MINA HEPSEN

Unsterblich wie der Morgen

GOLDMANN
Lesen erleben

Buch

Nach einem brutalen Überfall ist Lea nur knapp mit dem Leben davongekommen. Seit der Nacht, in der sie fast verblutete, hat sie eine besondere Verbindung zum Jenseits. Sie kann mit verlorenen Seelen in Kontakt treten. Das ist auch ein Grund, warum sie immer wieder von ihnen aufgesucht wird. Meist soll Lea ihnen helfen, die Umstände ihres Ablebens aufzuklären, damit die Toten endlich ihre Ruhe finden können. Manchmal wird sie aber auch von den Lebenden engagiert wie an jenem Abend, als sich ihr Leben grundlegend verändert. Ausgerechnet in das Haus einer Vampir-Familie wird sie gerufen, wo sie jemandem begegnet, der ihr schon bald viel mehr bedeutet, als sie sich eingestehen will ...

Autorin

Mina Hepsen ist das Pseudonym einer jungen Autorin. Geboren 1983 in Istanbul, verbrachte sie ihre ersten zehn Lebensjahre in Deutschland und ist seitdem süchtig nach Brezeln. Dann kehrte sie mit ihren Eltern zurück in die Türkei, studierte später Politikwissenschaften und Philosophie in Boston, zog nach Miami, dann nach Edinburgh, wo sie eine Reihe von Kinderbüchern schrieb und einen Abschluss in »Creative Writing« machte. Zurzeit lebt sie in Edinburgh, Schottland.

Von Mina Hepsen außerdem bei Goldmann lieferbar:

Unsterblich wie die Nacht. Roman (46917)
Unsterblich wie ein Kuss. Roman (47209)
Unsterblich wie die Liebe. Roman (47323)

Mina Hepsen

Unsterblich wie der Morgen

Roman

Aus dem Amerikanischen
von Gertrud Wittich

GOLDMANN

MIX
Papier aus verantwortungsvollen Quellen
FSC® C014496

Verlagsgruppe Random House FSC-DEU-100
Das FSC®-zertifizierte Papier *München Super* für dieses Buch
liefert Arctic Paper Mochenwangen GmbH.

2. Auflage
Deutsche Erstveröffentlichung Mai 2011

Originaltitel: The Changing Moon
Umschlaggestaltung: UNO Werbeagentur, München
Umschlagfoto: Image Source/Getty Images
Redaktion: Waltraud Horbas
NG · Herstellung: Str.
Satz: IBV Satz- und Datentechnik GmbH, Berlin
Druck und Bindung: GGP Media GmbH, Pößneck
Printed in Germany
ISBN: 978-3-442-47410-3

www.goldmann-verlag.de

Prolog

Istanbul, Türkei, August 2002

Während Lea vor der Suite Nummer 18 stand und darauf wartete, dass jemand auf ihr Klopfen reagierte, ließ sie den Tag Revue passieren. Es schien alles zu schön, um wahr zu sein. Ihre Ausstellung in der Istanbul New Art Gallery hatte all ihre Erwartungen übertroffen – das Interesse an ihren Fotografien war größer denn je. Ihr Agent hatte vier ihrer Lieblingsarbeiten verkauft, dazu noch einige andere. Das Leben hätte gar nicht besser sein können.

Beruflich ging es aufwärts, und in sieben Monaten würde sie heiraten. Sie wollte nach Schottland fliegen, um sich mit David, der kürzlich eine Stellung als Dozent an der University of Edinburgh ergattert hatte, eine Wohnung zu suchen. Alles, was sie sich erträumt hatte, schien wahr zu werden. Das Einzige, was ihr jetzt noch fehlte, war ihre Reisetasche, die von der Rezeption versehentlich auf ein falsches Zimmer geschickt worden war. Sie seufzte müde. Sie gehörte ins Bett. *Obwohl, nach all dem Stress werde ich wohl kaum schlafen können,* dachte sie und klopfte erneut.

Zu dumm, dass die Suite belegt war. Und noch dümmer, dass es schon so spät war. Wahrscheinlich würde sie jemanden aufwecken. Und sie hatte keine Lust, sich mit einem vergrätzten Hotelgast anzulegen.

Nun hörte sie drinnen Geräusche. Sie pflasterte ein Lächeln aufs Gesicht und nahm ihre Highheels, die sie im Aufzug ausgezogen hatte, von der linken in die rechte Hand.

»Ja, bitte?«

Sie hörte die tiefe Stimme, noch bevor sie den Mann sah. Ein Kribbeln durchlief sie, und ihre Finger zuckten unwillkürlich. Sie kam sich vor wie in einem James-Bond-Film. Ein wahres Prachtexemplar von einem Mann stand, nur mit einem knappen Handtuch bekleidet, vor ihr und rubbelte sich mit einem zweiten Handtuch die Haare trocken. Fehlte nur noch, dass sie statt ihres Koffers ein paar Geheimakten abholen sollte ...

Lea musste bei diesem absurden Gedanken unwillkürlich schmunzeln. Aber vielleicht hatte er ja nur einen fantastischen Body. Und ein Pferdegesicht. Besagtes Gesicht hatte sie nämlich noch nicht gesehen, da es immer noch unter dem Handtuch steckte. Sie wartete und tappte dabei ungeduldig mit einer rotlackierten Zehe. Nun ja, das Warten war keine Qual, wenn sie ehrlich war. Diese Brust ... muskulös, aber nicht übertrieben aufgepumpt wie bei einem Bodybuilder. Schmale Hüften. Beine, die auch in kurzen Hosen nicht schlecht ausgesehen hätten.

Als ihr klar wurde, dass der gute Mann so schnell nicht unter seinem Handtuch hervorzukommen beabsichtigte – und David wäre es sicher nicht recht gewesen, wenn er gewusst hätte, dass sie sabbernd die Körper anderer Männer anstarrte –, versuchte sie es mit einem fröhlichen »Hi!«.

Die kräftig-schöne Männerhand mit dem Handtuch sank langsam herab. Top Ten, dachte Lea. Nein, korrigierte sie sich sogleich, Top Drei. Leuchtend blaue Augen musterten aufmerksam ihr Gesicht, ihr knappes schwarzes Cocktailkleid, ihre nackten Füße.

»Ja, bitte?«, wiederholte er.

Sein Ton war distanziert, seine Miene höflich-entgegenkommend – kein lüsterner Blick oder etwas Ähnliches. Das gefiel Lea. Sie war beeindruckt, nein, mehr als beeindruckt. Er machte sie neugierig ... was ungewöhnlich war. Denn Lea hatte nach ihrem Studium mit dem Fotografieren von aufstrebenden Models begonnen. Sie war an schöne Menschen beiderlei Geschlechts gewöhnt. Natürlich wusste sie einen schönen Menschen zu schätzen – aber neugierig machten sie nur die wenigsten.

»Tut mir leid, dass ich Sie so spät noch störe«, sagte sie entschuldigend, »aber meine Reisetasche ist offenbar bei Ihnen gelandet.«

Als er das hörte, entspannte er sich sichtlich. Ein Lächeln umspielte seine Lippen – ein Lächeln, das eine schwächere Frau, als sie es war, glatt von den Füßen gehauen hätte. Immerhin: Er rückte sofort einen Platz höher auf ihrer mentalen Top-Ten-Liste. Obwohl, wer im Vergleich zu ihm Nummer Eins sein sollte, war ihr schleierhaft. Ein Frauenheld, so schätzte sie ihn ein. Sobald ihr das klar wurde, grinste sie belustigt. Weiberhelden ließen sie kalt, schon immer.

»Kleine schwarze Reisetasche?«, erkundigte er sich.

Lea bemerkte einen ganz leichten britischen Akzent, aber keineswegs übertrieben, so wie Davids englische Kollegen in Boston, die mit »uuuh Darlings!« nur so um sich warfen.

»Genau«, bestätigte sie.

Er verschwand im Nebenzimmer und tauchte kurz darauf in einer Designerjeans und mit ihrer Reisetasche in der Hand wieder auf. Wie war es bloß möglich, dass er jetzt, wo er *mehr* anhatte, noch besser aussah?

»Danke«, sagte Lea und nahm ihm die Tasche ab. Dabei streiften sich ihre Finger. Seine Hände waren kühl von der Dusche. Unwillkürlich stellte sie sich vor, wie gut sie sich auf ihrer überhitzten Haut anfühlen würden.

Definitiv Zeit zu gehen.

Sein Lächeln wurde breiter, und jetzt sahen seine Augen eher grau als blau aus. Lag das am Licht? Sein Blick war viel zu wissend ...

»Möchten Sie auf einen Drink reinkommen?«

Er schien sich mit dieser Frage ebenso überrascht zu haben wie sie. Lea schüttelte sofort den Kopf – auch wenn sie sich dafür hätte ohrfeigen können. Sie wurde zunehmend nervös. *Einfach lächerlich!*

»Nein, aber trotzdem danke«, sagte sie und schenkte ihm ein letztes Lächeln. Dann wandte sie sich ab und ging.

Adam schloss die Tür vor dieser Vision im knappen schwarzen Cocktailkleid. Er war froh, dass sie seine Einladung abgelehnt hatte. Was war nur in ihn gefahren? Er war doch sonst nie leichtsinnig, wenn er in einer Mission unterwegs war – selbst wenn die Versuchung von einer Frau ausging, die so fantastisch aussah wie diese Besucherin. Gewöhnlich verhielt er sich viel vorsichtiger, weshalb er auch einer der besten *Friedenshüter* im *House of Order* war.

Er wandte sich von der Türe ab und ging ins Schlafzimmer, begleitet von ihrem betörenden Duft. Ein blumiger Duft. Jasmin? Adam lächelte. Ja, das musste es sein. Ein Nachtblüher. In vielen Kulturen galt sie als die Blume der Vampire. Nun, seine nächtliche Besucherin war definitiv keine von ihnen. Aber umwerfend, wie er sich eingestehen musste. Kurzes schwarzes Haar, von Expertenhand geschnitten, hellgrüne Augen, dichte schwarze Wimpern. Ein Mund zum Küssen.

Verdammt.

Wenn er nicht dieses amüsierte Lächeln an ihr bemerkt hätte, dieses humorvolle Funkeln in ihren Augen, hätte er sich überhaupt nicht für sie interessiert. Er hatte in seinem langen Leben schon Hunderte von attraktiven menschlichen Frauen kennen gelernt und ging ihnen gewöhnlich aus dem Weg – aber so stark wie jetzt war die Versuchung noch nie gewesen.

Nein, Ablenkungen konnte er im Moment weiß Gott nicht gebrauchen. Adam gab sich einen Ruck und schlüpfte in ein schwarzes T-Shirt, das er aus seiner schwarzen Reisetasche fischte. Dann nahm er den schwarzen Samtbeutel, der auf seinem Bett lag, zur Hand, zog die Schnur auf und ließ den Inhalt in seine Handfläche fallen. Ein dicker goldener Anhänger mit rotfunkelnden Rubinen und weißen Diamanten: Feuer und Eis. Er hob den Anhänger an der Kette hoch und beobachtete, wie er sich im Licht drehte. Das goldene Medaillon ging mühelos auf. Darin steckte ein zusammengefaltetes Stück Papier.

Adam wusste, auch ohne das Papier auseinanderzufalten, dass er den Inhalt nicht würde lesen können – ein Vampir-Oberhaupt hatte den Brief vor über hundertfünfzig Jahren in osmanischem Türkisch an seine Frau geschrieben. Seine Aufgabe bestand lediglich darin, das Medaillon mit dem Brief sicher im House of Order abzuliefern.

Der erste Teil seiner Mission war gelungen: Er hatte das Medaillon aus dem Topkapi Palace Museum gestohlen. Jetzt musste er es nur noch außer Landes schmuggeln.

Mit langen Schritten ging er ins Wohnzimmer der Suite, nahm das Telefon von der Aufladestation und wählte eine Nummer.

»Büro von Lord Bruce. Was kann ich für Sie tun?«

Seine Mundwinkel zuckten. »Müssen Sie ihn denn immer *Lord* Bruce nennen?«

»Ach, Sie sind's, Mr. Adam!«

Adam konnte das Lächeln am anderen Ende der Leitung fast sehen. Sybil, *Lord* William Bruces Bollwerk von Sekretärin, war eine ungeheuer gut gelaunte Person. Sie war so gut gelaunt, dass keiner mit dem Tornado rechnete, der über einen kam, wenn man einen Fehler beging. Nicht, dass Adam je eine der gefürchteten Standpauken von Sybil erhalten hätte. Immerhin war er ihr erklärter Liebling. Und er machte nie Fehler.

»Miss Sybil, es ist mir wie immer ein Vergnügen, Ihre reizende Stimme zu hören.«

»Sie Charmeur! Aber warten Sie, sind Sie nicht irgendwo im Nahen Osten? Da muss es doch schon furchtbar spät sein!«

»Ist es auch«, sagte Adam mit einem Blick auf seine Uhr. »Aber ich hab's eilig. Könnte ich William sprechen?«

»Nun ja, er ist zwar gerade in einer Konferenz, aber ich bin sicher, für Sie macht er eine Ausnahme! Momentchen, Mr. Adam!«

Nur wenige Sekunden später dröhnte Williams besorgte Stimme durchs Telefon. »Was ist passiert?«

»Sollte man mit hundertdreißig nicht *ein klein wenig* gelassener sein?«, fragte Adam spöttisch. Er wusste, dass er seinen Boss mit dieser kleinen Stichelei mehr beruhigte, als wenn er ihm dreimal versichert hätte, dass alles in Ordnung war.

»Hunderteinunddreißig, Adam. Aber wer zählt schon? Also, was ist los?«

Adam rieb sich den Nacken und schaute sich prüfend um. Er durfte nichts vergessen. Hier im Wohnzimmer verrieten nur das Handy und eine offene Scotchflasche aus der Minibar, dass er hier gewesen war.

»Alles in Ordnung, ich habe das Medaillon. Aber es gibt Komplikationen. Ich muss einen anderen Fluchtweg finden.«

»Wie können wir helfen?«, fragte William sofort. Wie bei allen Mitgliedern des House of Order stand für ihn die Pflicht an erster Stelle.

»Ein Boot. Schickt es zum Cigran Palast auf dem Bosporus. In zwei Stunden.«

Kurze Stille, dann: »Wohin willst du?«

»Nach Athen. Von dort brauche ich ein Flugzeug nach Washington.«

»Alles klar. Sybil wird dir unseren Jet schicken; morgen

früh ist er dort. Und um das Boot kümmere ich mich persönlich. Alle weiteren Einzelheiten erfährst du in wenigen Minuten. Bis bald, mein Freund.«

Adam legte auf, dann nahm er ohne weitere Verzögerungen seinen Pass und seine Brieftasche vom Nachtkästchen und schob sie zusammen mit dem kostbaren Medaillon in die Innentasche seiner Jacke. Er griff sich seine schwarze Reisetasche und verließ die Suite. Er wollte auschecken und sich ein paar Blocks vom Hotel entfernt ein Taxi nehmen – falls die Behörden seine Spur bis zum Hotel zurückverfolgen sollten. Dann würde er wieder zurückkommen und vom Park aus den herrlichen Ausblick über den nächtlichen Bosporus genießen, bis das Boot eintraf.

1. Kapitel

Edinburgh, Schottland, Oktober 2009

Adam warf einen bewundernden Blick auf das beleuchtete nächtliche Edinburgh Castle, das sich vor dem schwarzen Himmel abhob. Er stand auf der Royal Mile, der schmalen Straße, die sich den Burghügel hinab bis vor die Tore des Holyrood Palace zog.

Sein Blick glitt über die zahlreichen kleinen Bars und Geschäfte, die die kopfsteingepflasterte Straße säumten: Kilt-Boutiquen, Andenkengeschäfte, Whisky-Bars, Coffee-Shops und Teeläden, dazwischen schmale, finstere, von steinernen Torbögen überdachte Gässchen. Er liebte die malerische Altstadt von Edinburgh mit ihrer immer noch etwas düsteren Atmosphäre, die hohen, schmalen Steinhäuser und ihre noch immer ein wenig rußigen Fassaden – obwohl die Zeiten längst vorbei waren, in denen in jedem Haushalt ein Kohlefeuer gebrannt hatte und dunkle Rauchsäulen aus den zahlreichen Kaminen in den Himmel gestiegen waren, zerteilt von den stürmischen schottischen Winden. *Auld Reekie,* hatte man die Stadt damals genannt, *Old Smokey* auf Neuenglisch. Adam spürte, wie sehr er seine Heimatstadt, die Stadt, in der er zur Welt gekommen war, vermisst hatte – so sehr sie jemand, der seit fast einhundertdreißig Jahren mehr oder weniger ununterbrochen unterwegs war, nur vermissen konnte. Ja, die Stadt berühmter Dichter und ebenso berühmter Morde hatte die ersten fünfundzwanzig Jahre seines Lebens geprägt. Genauso geprägt, wie sich die lilafarbene Knetmasse formen ließ, die er für seine Schwester Helena gekauft hatte.

Lila war Helenas Lieblingsfarbe – sie war ganz verrückt nach allem, was lila war. Adam hatte die Knetmasse in einem Dutyfree-Shop am Frankfurter Flughafen entdeckt und gedacht, sie wäre ein passendes Geschenk für das Oberhaupt der schottischen Vampire. Seine Schwester war zwar nur ein paar Jahre älter als er, hatte aber gute Aussichten, das neue Oberhaupt des Nordclans zu werden. Aber er fand, sie war viel zu ernst. Sein Geschenk würde sie, so hoffte er, ein wenig zum Lachen bringen.

Adam schob seine Hand in die linke Brusttasche seiner Jacke, tastete kurz nach dem Päckchen mit der Knetmasse und setzte sich dann den Hügel hinab in Bewegung. Ja, Edinburgh hatte ihn geprägt und übte noch immer großen Einfluss auf ihn aus. Er gab der Stadt die Schuld an seiner Schwäche für komplexe, vielschichtige Frauen – dieser komplexen, widersprüchlichen Stadt mit ihrer Vielschichtigkeit. Er mochte Frauen, die viele Facetten hatten, die sich nicht auf den ersten Blick einordnen ließen.

Es war ein kalter Oktobertag, aber Adam spürte die Kälte kaum, ganz im Gegensatz zu den Menschen, die sich mit hochgezogenen Schultern in Pub-Eingängen drängten und an Zigaretten lutschten. Weiter vorne überquerte ein Grüppchen ausgelassener Mädchen die Straße. Aus den rosa Federboas, den grell geschminkten Gesichtern und der »Brautschleife«, die eine kurzgewachsene Blondine um die üppigen Hüften trug, schloss er, dass es sich um eine sogenannte *Hen-Night* handelte, das weibliche Äquivalent der *Stag-Night* oder des Junggesellenabschieds. Auch die Mädchen hatten ihn jetzt bemerkt und kamen, eine Duftwolke aus süßlichem Parfüm, Schweiß und Baccardi-Breezers vor sich hertreibend, auf ihn zu: sechs Paar Highheels, sechs ultrakurze, hautenge Miniröcke, starrten sie ihn mit glasigen Augen und breiten, rotgeschminkten Mündern an.

Nicht sein Typ. Viel zu oberflächlich. Dennoch verlangsamte er unwillkürlich seine Schritte, denn nun drang ein weiterer Duft in seine Nase, ein Duft, den er viel verlockender fand: der Duft warmen, lebendigen Bluts.

Mit seinen scharfen Sinnen nahm er Details wahr, legte sie automatisch in den Archiven seines Gedächtnisses ab, als befände er sich auf einer Mission. Mädchen Nummer eins trug zwei unterschiedliche Ohrringe, hatte einen schlampigen dunklen Haaransatz und den rosa Nagellack zu hastig aufgetragen und nicht gründlich genug trocknen lassen. Zwei der Mädchen waren kokainsüchtig, eine hatte vor kurzem ein Kind bekommen, und die Brünette, die ihn unter klimpernden Wimpern hervor kokett anlächelte, schlief mit einem, mit dem sie besser nicht schlafen sollte, wie der Liebesbiss an ihrem Hals verriet, den sie laienhaft mit Make-up abzudecken versucht hatte. Adams Blick hing einen Moment lang hungrig an ihrem Hals. Er konnte ihre pochende Halsschlagader sehen, die wie Sirenengesang auf ihn wirkte. Seine Pupillen begannen sich zu weiten, Schwarz drohte das Dunkelblau seiner Augen zu verschlingen. Er blinzelte mehrmals, dann hatte er sich wieder unter Kontrolle.

»Wow, hallöchen, du Schöner«, schnurrte die kokette Brünette, die neben der kleinen blonden Braut stand. Sie trug einen rosa Haarreif mit zwei wippenden Antennen. An deren Spitzen klebten zwei Dreiecke, auf denen »Made of Honour« stand. *Niedlich,* dachte Adam amüsiert. Wie sehr sich die Zeiten geändert hatten! Niemand hätte sich vorstellen können, dass Frauen irgendwann einmal an Freitagabenden in knappen Miniröcken, Stilettos und pelzigen Antennen herumlaufen würden – ohne sich im geringsten um ihren guten Ruf, ja, um Leib und Leben zu sorgen. Jedenfalls ganz bestimmt nicht 1879, als er geboren worden war.

Adam ging weiter, ohne auf ihr Gekicher und ihre anzüglichen Sprüche einzugehen, schenkte der kleinen Braut zum Abschied aber noch ein Lächeln. Zwei Dinge hatte er in seinem langen Leben gelernt: dass der Tod am Ende unvermeidlich ist. Und zweitens: dass jede Frau begehrt werden will. Und Adam war ein Mann, der Frauen liebte.

Was kein Wunder war, denn er war in einem Haus voller Frauen aufgewachsen: seine Schwester Helena, seine Mutter Margaret und ihre engsten Freundinnen Prinzessin Belanow, Lady Violet und Storm. Allesamt starke, gütige – und komplexe Frauen. Die Art Frauen, die ihm gefielen. So eine hoffte er eines Tages selbst zu finden; aber jetzt noch nicht. Vorläufig war er es zufrieden, sich mit zwei von diesen drei Eigenschaften zu begnügen: komplex und sexy. Und wenn er seine Stadt auch nur ein bisschen kannte, würde ihm bald eine solche Frau über den Weg laufen.

Aber zuerst galt es, eine alte Freundschaft wieder aufzufrischen.

Er grinste bei dem Gedanken an ein Wiedersehen mit Professor Cem Bilen. Seit fast neun Monaten hatte er den Osmanen, seinen besten Freund, nicht mehr gesehen, was im Zeitalter von Billigflügen und Globalisierung einfach zu lange war. Aber Adam hatte schlichtweg nicht die Zeit gefunden. Irgendwie hatte eine Krise die andere gejagt, und als Friedenshüter des House of Order war es natürlich an ihm gewesen, die Brandherde zu löschen.

Er verlangsamte seine Schritte, als er sein erstes Etappenziel, das *Mercat Cross* oder Marktkreuz erblickte, das auf dem »Kreuzhaus« thronte. Von alters her ein Treffpunkt der Bürger bei Kundgebungen oder Märkten, war es nun der Sammelpunkt für die berühmten »Ghost-Tours« von Edinburgh. Es war am einfachsten, sich einer dieser »Geisterführungen« anzuschließen, wie Adam wusste, um in den Teil der unterirdischen Katakomben zu gelangen, die sein eigentliches Ziel waren.

Ein Mann mit Trommel schritt auf und ab und erzählte, zwischen getragenen Trommelschlägen, die Mär vom Tunnel, der sich unter der Royal Mile von der Burg bis zum Holyrood Palace erstreckte – und von dem Trommler, der eines Tages darin verloren gegangen war. Eine französische Schulklasse hörte kichernd zu, die Mädchen mit halb ängstlichen Gesichtern, die Jungen mit spöttischen, um ihr Unbehagen zu überspielen. Adam warf einen Blick auf seine Uhr: 19:42 Uhr. Um viertel vor acht würde die nächste Führung beginnen. Sein Blick fiel auf ein Grüppchen Touristen, das gespannt mit den Füßen scharrte, und auf deren Führer, eine ungeduldige Gestalt in einem langen schwarzen Cape. Adam trat in den Schatten des Wandelgangs der Kathedrale, die den Platz umschloss, und wartete geduldig ab.

Der Greyfriar's Friedhof lag in grauer Düsternis, aber das machte Lea nichts aus. Sie hatte keine Angst vor der Dunkelheit und auch nicht vor den Spukgeschichten, die über diesen Ort kursierten. Die Touristen strömten in Scharen hierher, um die eisige Hand von Mackenzie dem Poltergeist zu spüren, oder um sich das Grab anzusehen, an dem ein kleiner Hund namens Bobby noch lange treu über sein totes Herrchen gewacht hatte.

Auch auf diesem Friedhof spukten Geister, wie auf den meisten alten Friedhöfen in und um Edinburgh. Aber weder Bobby, der Hund, noch Mackenzie waren im Moment da, wie Lea genau wusste. Stattdessen geisterte hier eine ältere Dame namens Mrs. McDonald herum und ein mürrischer alter Mann, den die anderen Gespenster nur *Old Grumpy* nannten, weil er nie ein Wort sagte. Und natürlich der junge Liam O'Conner, dessentwegen sie hergekommen war.

Lea bog bei der Kirche nach rechts ab und schritt die abschüssigen Pfade entlang, die einst von Mönchen in grauen Kutten bevölkert worden waren.

»Lea, meine Liebe, wie geht es dir heute?«, erkundigte sich eine körperlose Stimme. Sie kam von einer steinernen Parkbank, die unter einem hohen Baum zu Leas Linker stand. Margaret McDonalds Lieblingsplatz.

»Sehr gut, danke, Mrs. McDonald. Und Ihnen?«

Margaret war ein sehr altes und erfahrenes Gespenst. Sie hatte keine Mühe, sich bei den Lebenden bemerkbar zu machen. Lea spürte eine eisige Kälte an ihrer linken Schulter und wusste daher, dass Mrs. McDonald neben ihr herging. Sie setzte ein Lächeln auf und wartete darauf, dass der Klagenkatalog aufgeschlagen wurde.

»An sich nicht schlecht, aber diese *Lebenden*!«, klagte die alte Dame prompt. »Diese Lebenden! Absolut kein Respekt vor den Toten!«

»Hmm«, murmelte Lea unbestimmt. Es hätte keinen Zweck gehabt, Mrs. McDonald darauf hinzuweisen, dass sie selbst ebenfalls zu den Lebenden gehörte. Der einzige Weg, mit der alten Schottin zu verfahren, war, möglichst nichts zu sagen, bis der Fluss ihrer Klagen von selbst versiegte.

»Heute hat doch tatsächlich eine junge Frau, die in Begleitung ihres jungen Mannes hier war, auf *meine* Bank gezeigt und gesagt, sie hätte gehört, Mary Shelley habe oft hier gesessen und ihren *Frankenstein* geschrieben.«

»Ach ja?«

Sie kamen an einem Massengrab aus dem siebzehnten Jahrhundert vorbei. Lea war heilfroh, dass die Seelen *dieser* Verstorbenen nicht hier zurückgeblieben waren. Wie hätte sie einem Geist helfen können, der zu Tode gefoltert worden war? Nein, Lea war heilfroh, dass sie mit so etwas bis jetzt noch nichts zu tun gehabt hatte ...

»Was für ein Unsinn!«, schimpfte Mrs. McDonald. »Mary hat nie auf meiner Bank gesessen! Sie ist oft hergekommen, das stimmt, aber gewöhnlich saß sie dort drüben.«

Lea konnte nur vermuten, in welche Richtung Mrs.

McDonald zeigte, da sie die Geister lediglich hören, aber nicht sehen konnte. Wofür sie ungeheuer dankbar war. Es war schon schwer genug, die Stimmen der Toten von denen der Lebenden zu unterscheiden. Wie viel schwieriger wäre es gewesen, wenn sie ihr auch noch erschienen wären ... schon der Gedanke ließ sie schaudern.

»Du könntest nicht vielleicht dafür sorgen, dass ein Hinweisschild aufgestellt wird, meine Liebe?«, erkundigte sich Mrs. McDonald. »Ich meine, damit es keine Verwechslungen mehr gibt?«

Lea wusste nicht, was sie dazu sagen sollte. Wie sollte sie sich da wieder herauswinden? Sie beschloss, die Karte der »unsensiblen Lebenden« auszuspielen. »Hm, Sie wissen ja, wie das ist, Mrs. McDonald«, sagte sie bedauernd, »die Lebenden begreifen manchmal einfach nicht, wie wichtig solche Dinge sind. Aber ich werde selbstverständlich einen entsprechenden Brief an die Stadtverwaltung schreiben und darum bitten, dass man ein Schild aufstellt.«

»Du hast ja so recht, meine Liebe, die Lebenden können derartig unsensibel sein! Ein Wunder, dass du so nett bist, dabei bist du noch gar nicht tot.«

Lea lächelte unbestimmt und nickte, denn nun hatte sie Liams Grab erreicht. Sie berührte den verwitterten Stein und wartete darauf, seine Stimme zu hören. Nichts.

»Du willst doch diesen Nichtsnutz nicht schon wieder auf eine deiner Unternehmungen mitnehmen, oder?«, fragte Mrs. McDonald missbilligend.

Lea ging stirnrunzelnd vor dem schmalen Grab in die Hocke. »Doch. Es gab eine Geistererscheinung am Manor Place, man hat mich angerufen. Liam sollte mich eigentlich hier treffen. Können Sie ihn irgendwo sehen, Mrs. McDonald?«

»Nein, Liebes, aber du weißt ja, wie diese jungen irischen Rabauken sind. Frech und unzuverlässig.«

Lea widerstand dem Drang, die Augen zu verdrehen. Liam war siebzehn gewesen, als er starb. Er würde zwar im Herzen immer ein Junge bleiben, da war Lea sicher, aber bis jetzt war er immer absolut zuverlässig und pünktlich gewesen.

»Entschuldige, Lea, dass ich zu spät komme! Jenny vom Bahnhof hat mich aufgehalten – sie hatte ziemlich interessante Geschichten zu erzählen!«

Lea lächelte, als sie Liams vertraute, melodische Stimme hörte.

»Ach ja?«, erkundigte sich Mrs. McDonald höchst interessiert.

»Bist du bereit, mit mir auf Gespensterjagd zu gehen?«, fragte Lea hastig. Sie wollte weder Mrs. McDonald noch Liam – denn beide waren ungeheuer klatschsüchtig – in Fahrt kommen lassen.

Liam gluckste. »Na klar.«

2. Kapitel

Adam trat an die lange, glänzende schwarze Theke und schaute sich interessiert um. Der *Club V*, wie er genannt wurde, hatte sich in den vergangenen Monaten ein wenig herausgemacht: Nicht nur die Theke war neu, auch Tische und Stühle hatten einen neuen schwarzen Anstrich bekommen. Über der Bar befand sich wie immer der große, silbergerahmte Spiegel, doch nun hingen ähnliche Spiegel über den vier Torbögen, die vom Hauptraum zu den kleineren Nebenräumen führten. Adam nahm lächelnd auf einem Barhocker Platz.

Der unterirdische Vampirclub hatte in den letzten zwanzig Jahren ebenso oft das Dekor gewechselt wie die britische Regierung ihre Premierminister, aber der Besitzer war immer noch derselbe. Colin McPherson war vor dreihundert Jahren aus den schottischen Highlands nach Edinburgh gezogen, und so lange gab es diese Bar schon. Mit seinen buschigen roten Haaren, den dicken roten Augenbrauen und dem Vollmondgesicht sah er aus wie eine schlankere, jüngere Version des ehrwürdigen alten Weihnachtsmanns.

»Schön, dich mal wieder hier zu sehen, Adam«, bemerkte Colin grinsend, während er mit einem weißen Geschirrtuch ein Glas polierte.

»Schön, dass du dir noch immer nicht zu schade bist, dich selbst hinter die Theke zu stellen, McPherson«, entgegnete Adam. »All diese glänzenden schwarzen Oberflächen, ich dachte schon, ich wäre in der falschen Kneipe gelandet.«

Colin zuckte mit den Schultern. Er nahm ein langstieliges Glas zur Hand und eine dunkelblaue Flasche aus dem Regal. »Das ganze Mahagoni ist mir langweilig geworden. Außerdem hat es sich mit meiner Haarfarbe gebissen, verstehst du?«

Adam grinste. »Und all die Spiegel?«

»Ja, ja, schon gut! Sam plagt mich schon die ganze Zeit deswegen – er ist schlimmer als 'ne Ehefrau! Von wegen ›Bordell-Look‹! Die Spiegel kommen runter, und dann ist hoffentlich Ruhe!« Colin hatte das Glas mit einer rubinroten Flüssigkeit gefüllt und stellte es nun vor Adam hin. »Da«, brummelte er, »der Erste geht aufs Haus.«

Adam nickte dankend und hob sein Glas.

»Seit wann gibt's hier Freiblut?«

Adam drehte sich um. Vor ihm stand sein alter Freund Cem und grinste von einem Ohr zum andern.

»Ach, das ist bloß ein kleiner Schuss, damit wir das Rugby-Derby auch ganz sicher gewinnen, stimmt's, Colin?«, meinte Adam, den Blick unverwandt auf seinen Freund gerichtet.

Cem setzte sich mit hochgezogener Braue auf einen Barhocker.

»Aye, ganz genau! Ich will schließlich nicht den Cup der Vier Clans an den Westclan verlieren, wäre ja noch schöner!« Colin zeigte mit dem Daumen in Cems Richtung.

»Und das bedeutet, der Professor hier kriegt auch einen aufs Haus!«

»Siehst du, kein Grund, neidisch zu werden«, neckte Adam seinen Freund.

Cem verdrehte die Augen. »Colin, das Gleiche wie der hier, bitte.«

»Kommt sofort.«

Adam legte seinem Freund die Hand auf die Schulter. »Siehst gut aus.«

Und er sah tatsächlich gut aus ... *anders*, aber gut. Seine Erscheinung war die alte: dunkler Teint, leuchtend grüne Augen und eine stattliche Größe, die er von seinem Vater geerbt hatte. Cem sah trotz seines Alters von einhundertzweiundzwanzig keinen Tag älter aus als dreißig. Aber etwas an ihm war anders, grübelte Adam.

»Siehst auch nicht schlecht aus«, sagte Cem mit einem zögernden Lächeln. »Dein Job als Friedenshüter scheint dich fit zu halten. Ich wette, der Seebarsch wird beim morgigen Spiel ganz schön staunen.«

Adam runzelte die Stirn. Small Talk lag Cem gar nicht. Was ging hier vor? Er musterte den Türken noch einmal gründlicher. Weißes Hemd, Jeans, grüner Pulli, Uhr mit Lederarmband ... alles ganz normal. Typisch Cem. Seine Haare waren ein wenig kürzer, ein wenig ordentlicher. Und dann traf es ihn wie der Blitz: Seine Jeans war gebügelt! Wer bügelte denn heutzutage noch Jeans? Und sein Hemdkragen – war der gestärkt? Adam schnupperte; ja, es roch nach Stärke ... und nach Parfüm! Nicht zu süß, nicht zu herb. Eine Spur Tabak. *Le Rouge* von Boulgari, vermutete er.

Da war eine Frau im Spiel, Adam war sich sicher.

Aber wenn sie Cems Hemden stärkte und seine Jeans bügelte, musste es was Ernstes sein – und das war *sehr* überraschend. Cem nahm seine Arbeit als *Hüter der Formel* sehr ernst. Die Verbesserung der Formel war sein Lebensinhalt. Sein Ziel war es, sie so weit anzupassen, dass die *Transformation* weniger schmerzhaft war. Dazu noch sein Posten als Leitender Dozent an der Fakultät für Organische Chemie – er hatte keine Zeit für eine Beziehung.

Das hatte er in den letzten hundert Jahren zumindest immer behauptet. Warum also hatte er ihm nichts von dieser Frau erzählt?

»Wer ist sie, und wie lange wohnt ihr schon zusammen?«

Cem riss Augen und Mund auf, dann begann er zu lachen. »Weißt du, dass ich mir eine regelrechte Strategie zurechtgelegt hatte? Um es dir so schonend wie möglich beizubringen? Und jetzt schau dich an! Typisch Friedenshüter. Dein Scharfsinn sollte mich eigentlich nicht verwundern.«

»Wieso schonend beibringen? Was ist los?«, fragte Adam erschrocken.

Doch nun war es unübersehbar: Cem war verliebt.

»Sie bedeutet mir alles«, sagte er schlicht.

Sie bedeutet mir alles. Genau dasselbe hatte Adams Vater auch einmal zu Adam gesagt. Wenn ein Vampir seinen Lebenspartner findet, rückt alles andere in den Hintergrund. Wahre Seelenpartner leben füreinander und sterben gemeinsam. So wie Adams Eltern. Wie Cems Eltern.

»Ich wusste immer, dass du mal sehr alt wirst«, sagte Adam.

»Wir beide gemeinsam, sie und ich«, sagte Cem entschlossen. »Der Verlust der Lebensfreude ist Vergangenheit. Wir alle können jetzt unseren Seelenpartner finden. Vorher, als wir nur unter unserer eigenen Rasse wählen konnten, war es schwerer. Aber jetzt können wir uns auch mit Menschen vermählen.«

»Mit Menschen!«, rief Adam fassungslos. Er hatte gehört, dass manche Vampire menschliche Partner wählten, aber sein Freund konnte doch nicht etwa meinen, dass ... Doch so schien es, Adam las es in Cems Miene. »Sie ist ein Mensch?«

»Ihr Name ist Victoria. Wir haben vor zwei Monaten geheiratet. Tut mir leid, dass ich dir nicht Bescheid sagen konnte, aber es ging alles so schnell. Sie hatte eine Heiratsphobie, und ich musste schnell handeln, damit sie es sich nicht anders überlegt. Du weißt, wie gern ich dich als Trauzeugen gehabt hätte.«

»Du bist verheiratet.«

Adam war wie vom Donner gerührt. Sein Freund war verheiratet. Mit einer menschlichen Frau!

»He, nun komm schon!« Cem wedelte mit seiner Hand vor Adams fassungslosem Gesicht herum. »Verstehst du jetzt, warum ich's dir schonend beibringen wollte?«

»Menschlich ...«, sagte er dümmlich; er fühlte sich im Moment alles andere als schlau. Hatte Cem denn gar nichts aus Helenas Fehlern gelernt? Eine Verbindung mit einem Menschen brachte doch nur Kummer und Schmerzen. Sie waren zu zerbrechlich. Zu sterblich.

»Ich bin so glücklich, Adam. Sie ...«, Cem rang nach den richtigen Worten.

»… bedeutet dir alles«, beendete Adam den Satz.

Es war zu spät. Zu spät für Warnungen. Sein Freund war verheiratet. Gebunden. Aber Mensch oder nicht, Victoria war nun mal Cems Frau, die wichtigste Person in seinem Leben. Es spielte keine Rolle, dass Adam das Ganze für einen schlimmen Fehler hielt. Es war geschehen. Und jetzt würde er dafür sorgen müssen, dass Victoria nichts zustieß.

»Und was jetzt?«, fragte er ironisch.

Cem schmunzelte, aber seine Augen blieben ernst. »Ich sehe, du machst dir Sorgen, Adam, aber das ist unnötig. Sie hat sich bereit erklärt, die Transformation zu vollziehen.«

»Sie will eine von uns werden?«, fragte Adam erleichtert. Ihm fiel ein Stein vom Herzen. Plötzlich war ihm Victoria gleich viel sympathischer. Cem und Victoria waren ein Ehepaar, da schien es nur logisch, dass auch sie Vampir werden wollte, um das lange Leben ihres Mannes zu teilen … aber nicht alle Menschen sahen das so. Helenas Mann zum Beispiel hatte sich geweigert, so zu werden wie seine Frau.

Lord William Bruce hatte die Formel vor über hundert Jahren entdeckt, dennoch waren Transformationen auch heute noch sehr selten. Die Clanoberhäupter hatten ihre Anwendung erst genehmigt, nachdem entsprechende Gesetze ausgearbeitet worden waren. Man wollte vermeiden, dass Menschen gegen ihren Willen transformiert wurden, dass die Formel womöglich in die falschen Hände geriet. Trotzdem gab es viele, die fanden, dass die Formel vernichtet werden sollte, aber die Oberhäupter hatten am Ende entschieden, Transformationen – unter strengen Auflagen –

zuzulassen. Ein Vampir durfte in seinem langen Leben nur einen einzigen Menschen transformieren – um dem Verlust der Lebensfreude und damit einem möglichen Selbstmord entgegenzuwirken.

Und es schien zu funktionieren, zumindest bei einigen. Aber die Bedingungen, unter denen die Transformation stattfand, hielten viele Menschen davon ab, sie am Ende zu vollziehen, selbst wenn eine Genehmigung vorlag. Vorschrift war der Besuch eines siebenwöchigen Seminars im House of Order, in dem der Bewerber Gesetze büffeln und die Geschichte der Vampire lernen musste. Und natürlich auch erfuhr, wie der Prozess der Transformation vonstatten ging.

Es gab am Ende viele Aussteiger. Die einen schreckten davor zurück, sich künftig von Blut ernähren zu müssen, die anderen wollten sich nicht den strengen Vampirgesetzen unterwerfen, aber die meisten fürchteten sich vor der Transformation selbst, einem äußerst schmerzhaften Prozess, der den Austausch von Blut erforderte. Jene, die es überstanden hatten, erzählten, es sei, als würde man bei lebendigem Leibe verbrannt werden.

»Sie wird eine von uns werden.« Cem nickte und leerte sein Glas. Seine Pupillen wurden einen Moment lang kohlschwarz, dann blinzelte er, und die Blutlust verging wieder. »Ich weiß, ich sollte mich freuen, aber, Adam, ich weiß nicht, wie ich es ertragen soll. Sie wird fürchterliche Schmerzen erleiden ... Wie kann ich das zulassen?«

Der erste Instinkt eines Vampirs war es, seinen Partner vor Schmerzen und Kummer jeder Art zu bewahren. Adam wusste, so sehr Victoria auch leiden würde, für Cem würde es doppelt so schlimm werden – weil er nichts tun konnte, um ihr zu helfen.

»Es dauert ja nicht lange«, versuchte Adam seinen Freund zu beruhigen. »Und dann kannst du es dein Leben lang wiedergutmachen.«

Der Blick, mit dem Cem ihn nun ansah, bereitete Adam Unbehagen. Er kannte diesen Blick: das, was jetzt kam, würde ihm wahrscheinlich gar nicht gefallen.

»Du bist mein bester Freund«, begann Cem. »Meine Eltern sind tot. Meine Schwester ebenfalls. Ich vertraue keinem so wie dir.«

Adams Handflächen wurden feucht, und er merkte, wie nervös er auf einmal war. Das würde schlimmer werden, als er gedacht hatte. »Und du bist mein bester Freund, Cem.«

Cem nickte. »Gut. Dann hast du doch sicher nichts dagegen, dabei zu sein? Falls ich im wichtigsten Moment meines Lebens versagen sollte?«

»Was?!«

Cem packte Adams Arm und schaute ihn flehend an. »Ich bitte dich, du musst dabei sein, wenn ich Victoria transformiere. Ich brauche dich, falls …«

Bei der Transformation dabei sein? Wenn Cem ihre Schmerzen nicht länger ertragen konnte, musste Adam übernehmen, musste er ihr sein Blut zu trinken geben. *Verdammt!* Jeder Instinkt, den Adam besaß, riet ihm, das Ganze abzulehnen, aber das brachte er einfach nicht übers Herz.

Er konnte nicht nein sagen.

»Aber wenn ich ihr schon mein Blut geben soll, dann will ich sie wenigstens vorher kennen lernen«, sagte er schließlich mit einem schiefen Grinsen.

»Hmm«, murmelte Cem, »das haut mich doch ein bisschen um.«

Adam spähte über die Schulter seines Freundes und konnte ihm nur zustimmen. Was er bisher vom Haus gesehen hatte, war nicht ungewöhnlich für einen wohlhabenden Mann: herrliche alte Kamine, glänzende Möbel, dicke Teppiche, kostbare Gemälde und die typischen hohen Decken von Stadthäusern im Georgianischen Stil. Alles war tipptopp sauber, hell und elegant, aber dieses Zimmer hier ... Adam fand keine Worte. Auf dem langen Esstisch lag eine schwarze Tischdecke, darauf verteilt kleine Teelichter. Die hohen Fenster an der Schmalseite waren mit schwarzem Papier zugeklebt, und auf den Sideboards standen Kerzenleuchter, in denen hohe Kerzen brannten.

»Wenn ich's nicht besser wüsste, ich würde sagen, du hast eine Hexe geheiratet«, sagte Adam grinsend. Er konnte nicht anders, Cem sah so komisch aus.

»Cem!«

Beide Männer fuhren herum und sahen eine kleine Frau in einem dünnen schwarzen Negligé auf sich zulaufen. Sie riss erschrocken den Mund auf, während ihr Blick zwischen dem zornigen Gesichtsausdruck ihres Mannes und Adams amüsierter Miene hin und her huschte.

»Victoria! Was hat das zu bedeuten?«

Cem riss seine Frau an sich und schlang schützend die Arme um sie, um ihren spärlichen Aufzug vor den Blicken des Freundes zu verbergen.

Adams Grinsen wurde noch breiter. Es war das erste Mal in über hundert Jahren, dass er seinen Freund so prüde erlebte.

Victorias Stimme klang gedämpft, da ihr Gesicht an die Brust ihres Mannes gedrückt war und es ihr trotz ihrer Bemühungen nicht gelang, den Kopf zu heben.

»Du hast nicht gesagt, dass du jemanden mitbringen willst. Lass mich los!«

Als Cem Adams hochgezogene Braue bemerkte, ließ er seine Frau widerwillig los. Er bedachte seinen Freund mit einem finsteren Blick, erlaubte es seiner Frau nun aber, sich umzudrehen.

»Doch, ich habe es dir gesagt, Victoria, aber du hast es wahrscheinlich vergessen«, antwortete Cem. Sie schien des öfteren etwas zu vergessen, wie sein Ton andeutete. Sein zärtlicher Gesichtsausdruck verriet jedoch, dass ihm das nichts ausmachte. »Das ist Adam, mein ältester und bester Freund.«

Victorias Augen leuchteten auf, und Adam begriff, was Cem zu ihr hingezogen hatte. Es war ihr Lächeln, ihr offenes, warmes strahlendes Lächeln. Natürlich war sie eine Schönheit: himmelblaue Augen, blonde Locken. Aber Cem hatte viele schöne Frauen gekannt. Diese Offenheit jedoch fand man heutzutage nur noch selten. Die meisten Menschen – und Vampire – lernten schnell, ihre Gefühle zu verbergen.

»Ich habe schon so viel von dir gehört, Adam!«, rief sie, »wie schön, dich endlich kennen zu lernen!« Sie trat mit offenen Armen auf ihn zu, doch Cem riss sie hastig zurück.

»Victoria, solltest du dich nicht vielleicht vorher umziehen?«

»Was? Ach, i wo! Ich hab doch was drunter an! Schau

mal!« Sie zog ihr Negligé auseinander und zeigte den Männern, was sich darunter befand: ein knappes schwarzes T-Shirt und Shorts.

Adam, der allmählich Mitleid mit seinem Freund bekam, trat einen Schritt vor, verneigte sich und nahm Victorias Hand. »Victoria, es ist mir ein Vergnügen, dich kennen zu lernen.«

Er beugte sich über ihre Hand und hauchte einen Kuss auf ihre Fingerspitzen. Als er sich wieder aufrichtete, sah er, dass ihre Wangen ganz rot geworden waren. Cem schaute ihn finster an, und Adam grinste. »Mach dir nichts aus Cem. Der ist bloß eifersüchtig.«

»Eifersüchtig?« Das schien Victoria regelrecht aus der Fassung zu bringen. »Aber auf wen denn?«

Cem räusperte sich. »Victoria, willst du mir nicht endlich sagen, was hier los ist? Unser Speisezimmer sieht aus, als wolltest du dort eine Séance abhalten!«

Victoria warf einen hastigen Blick den Gang entlang, als wäre ihr plötzlich etwas eingefallen, und meinte: »So etwas Ähnliches. Entschuldige, Schatz, ich hatte einfach keine Zeit, es dir vorher zu beichten, aber es geht um meine Schwester. Sie braucht mich.«

Adam nahm schnuppernd Witterung auf – ja, eine weitere Frau hielt sich im Haus auf, ein schwerer, blumiger Duft. Victorias Erklärungen hörte er währenddessen nur mit halbem Ohr.

»Willst du damit sagen, du hast einen ... einen *Geisterjäger* gerufen?«, stammelte Cem fassungslos.

»Geisterjäger*in*«, korrigierte Victoria ihn, »aber so nennt man das nicht. Sie selbst bezeichnet sich als *Medium*. Nun, soweit ich verstanden habe, ist sie so eine Art Exorzistin. Ich weiß, es klingt komisch, aber Grace ist sicher, dass es hier spukt, und na ja ... da habe ich eben ...«

»Eine Geisterjägerin gerufen.« Cem seufzte.

Adam musste an seine Eltern denken und wie es zwischen ihnen gewesen war. James Murray war ein eindrucksvoller Mann gewesen, seiner Frau aber absolut ergeben. Es war klar, wer im Haus die Hosen angehabt hatte.

»Victoria, das ist doch lächerlich! Geister! Gespenster! Liebes, ich bitte dich! Und wieso um diese Zeit? Hätte das nicht bis morgen warten können?« Cems Vorhaltungen wirkten hilflos – es war offensichtlich, dass er sich bereits geschlagen gegeben hatte und nur noch den Schein wahrte.

Victoria stemmte ihre Hände in die Hüften. »Dasselbe hätte ich vor drei Monaten über Vampire gesagt, *Schatz*. Aber euch scheint es ja zu geben! Außerdem ist es noch gar nicht so spät.«

Ihr Blick fiel auf Adam, und da glättete sich ihre gerunzelte Stirn und wurde durch ein strahlendes Lächeln ersetzt. Doch dann sah sie die Uhr über seiner Schulter, und ein erschrockener Ausdruck huschte über ihr Gesicht.

»Schon fast neun! Sie wird jeden Moment da sein! Schnell, Cem, du musst was Schwarzes anziehen! Wir müssen alle schwarze Kleidung anhaben. Das hat sie gesagt. Ach, ich muss Grace wecken, sie hat sich kurz hingelegt ...« Und sie eilte mit flatterndem schwarzem Negligé davon.

»Ein höchst ausdrucksvolles Gesicht«, bemerkte Adam.

»Sie hängt viel zu sehr an ihrer Schwester.«

»Darf ich daraus schließen, dass du nicht sonderlich begeistert von deiner neuen Schwägerin bist?«

Cem seufzte. »Victorias Eltern sind früh gestorben. Sie hat sich in den letzten fünfzehn Jahren um Grace gekümmert. Und jetzt scheint sie nicht mehr damit aufhören zu können, dabei ist Grace mittlerweile sechsundzwanzig. So, wie sie sich benimmt, könnte man meinen, sie ist nicht älter als zehn.«

Adam legte die Hand auf die Schulter seines Freundes. »Du musst Geduld haben, alter Freund. Es kann nicht leicht sein für Victoria, ihrer Schwester zu verheimlichen, was vor sich geht. Wahrscheinlich hat sie das Gefühl, sie zu hintergehen, weil sie sie belügen muss. Und das kompensiert sie jetzt mit Überfürsorge.«

»Ja, ich weiß. Aber, Mann, es ist verdammt schwer. Grace fällt von einer Krise in die andere, nur um Victorias Aufmerksamkeit zu erregen.«

Das klang, als ob Cem sich da einen hübschen Brocken angeheiratet hatte. »Na ja, hat keinen Zweck, sich jetzt darüber aufzuregen. Los, zieh dir was Schwarzes an. Ich bin ja zum Glück schon passend gekleidet. Sieht so aus, als würden wir gleich eine interessante Einführung in die Arbeit eines Exorzisten bekommen.«

3. Kapitel

Lea blickte stirnrunzelnd zu den hell erleuchteten Fenstern des Georgianischen Anwesens hinauf. Doch dann entdeckte sie das mit schwarzem Papier verklebte Fenster. Also doch die richtige Adresse. Sie rückte ihre lange schwarze Perücke zurecht und zupfte nervös an den vielen Ketten, die sie über ihrem weiten, viel zu großen schwarzen Kleid anhatte.

»Liam?«, flüsterte sie.

»Zur Stelle«, antwortete der junge irische Geist fröhlich. Er schien direkt neben ihr zu stehen. »Ziemlich schicke Hütte. Glaubst du wirklich, dass es da spukt?«

Lea wusste genau, was er meinte. Beim letzten Mal, als sie in ein ähnlich schönes Anwesen gerufen worden waren, hatte sich das Ganze als Jux herausgestellt. Die reiche Besitzerin hatte ihren ebenso reichen Freunden eine Show bieten wollen. Aber Lea war, trotz ihrer pittoresken Aufmachung, keine Betrügerin. Sie wollte nur den Seelen helfen, die hier hängen geblieben waren, ins Licht zu finden.

»Ich weiß nicht«, sagte sie zögernd, »aber das werden wir ja gleich rausfinden, nicht?« Sie schwieg einen Moment. »Wie sehe ich aus?«

Liam seufzte. »Du weißt, wie ich es hasse, dich zu kränken, aber musst du dich unbedingt als alte Hexe verkleiden?«

Lea ging lachend die Eingangsstufen hinauf und drückte auf die Klingel über dem kleinen Schild mit dem Namen *Bilen*. Liam wusste ganz genau, warum sie sich in einen alten schwarzen Umhang hüllte, ihr hübsches Gesicht mit grauem Make-up zukleisterte und eine kratzige Perücke aufsetzte. Die Leute erwarteten das einfach. Es passte in das Bild, das sie sich von Menschen machten, die mit übersinnlichen Phänomenen zu tun hatten. So seltsam es auch war, diese lächerliche Aufmachung verlieh ihr Glaubwürdigkeit und Autorität. Und die brauchte sie, wenn sie den Seelen helfen wollte.

»Ja?«

Lea erkannte die Stimme – es war die Dame, mit der sie telefoniert hatte.

»Mrs. Bilen? Ich bin Madame Foulard.«

Der falsche Name kam ihr mühelos über die Lippen. Sie benutzte zwar keinen ebenso falschen französischen Akzent, erzählte der Kundschaft aber immer, ihre französischen Eltern seien bei einem Urlaub in Edinburgh ums Leben gekommen. Sie sei dann bei einer amerikanischen Tante aufgewachsen und nach Schottland gekommen, um die Geister ihrer toten Eltern zu suchen. Und so war aus ihr *Madame Foulard*, das Medium geworden.

»Ich komme sofort!«, drang die Stimme der Frau aus der Gegensprechanlage.

»Klingt nett«, bemerkte Liam. Kurz darauf stieß er einen anerkennenden Pfiff aus. »Sie kommt grade die Treppe runter. Mann! Die ist ein richtiger Hingucker!«

Lea verdrehte die Augen. Sicher hatte Liam mal wieder den Kopf durch die Eingangstüre gesteckt. »Still jetzt.«

»Wieso denn? Sie kann mich doch sowieso nicht hören«, brummte Liam.

Das stimmte natürlich, aber er sollte ja auch nicht wegen Mrs. Bilen still sein. Lea war seltsam nervös, und es kam gelegentlich vor, dass sie vergaß, vor anderen Leuten nicht auf Liams freche Bemerkungen zu antworten. Sie umkrallte den Christbaumschmuck, mit dem sie sich aufgetakelt hatte, und verdrehte die zahlreichen Ketten.

»Was ist?«, fragte Liam mit leiser Überraschung in der Stimme. Er musste bemerkt haben, wie nervös sie war, aber Lea wusste nicht, was sie sagen sollte. Sie war normalerweise nie nervös bei diesen Séancen. Aber heute empfand sie eine unerklärliche Spannung, eine Art Vorahnung ... Ihr Magen zog sich zusammen. *Was ist bloß los mit mir?*, fragte sie sich alarmiert.

Bevor sie noch weiter darüber nachdenken konnte, flog die Türe auf.

»Bitte entschuldigen Sie, Madame Foulard, dass ich Sie so lange draußen in der Kälte habe stehen lassen!«

Mrs. Bilen bat sie mit einer anmutigen Geste herein. Die Frau war tatsächlich ein »Hingucker«, wie Liam sich ausgedrückt hatte, fand Lea. Und sie hatte glücklicherweise keinerlei Ähnlichkeit mit den gelangweilten Society-Matronen, von denen sie so oft gerufen wurde. Leas Magen entkrampfte sich ein wenig.

»Das macht doch nichts, Mrs. Bilen. Schön, dass wir uns endlich sehen.«

»Ach, bitte nennen Sie mich Victoria!«, meinte ihr Gegenüber lächelnd.

Lea nickte und schaute sich im Foyer um. Rechts und

links führten zwei breite Flügeltüren aus dunklem Eichenholz zu den Räumen im Erdgeschoss. Gegenüber schwang sich eine eindrucksvolle Treppe in die oberen Geschosse hinauf. Von der hohen Decke hing ein kostbarer Kronleuchter. Der Boden war mit lachsfarbenen Marmorfliesen ausgelegt, die sicher aus Italien stammten.

»Wie gesagt, tolle Hütte«, bemerkte Liam direkt neben ihrem Ohr. Lea zuckte unwillkürlich zusammen, hatte sich aber sogleich wieder im Griff.

»Victoria, haben Sie einen Tisch für mich vorbereitet?«, fragte sie. Sie hoffte, sich einen Moment hinsetzen zu können, bevor sie begann. Ihre Nerven flatterten noch immer.

Victoria bedeutete ihr zu folgen. »Selbstverständlich! Es ist oben, im ersten Stock. Ich habe alles genau so gemacht, wie Sie gesagt haben. Den Wein habe ich auch schon aufgemacht.«

Lea nickte nur. Sie hatte festgestellt, dass es am besten war, so wenig wie möglich zu sagen und nur in kurzen, knappen Sätzen zu sprechen. Das war überzeugender. Die Fantasie der Leute tat dann den Rest und nahm ihr die Arbeit ab. Jeder hatte so seine Vorstellungen über Geister und Geisterseher.

»Es sind noch drei im Haus«, sagte Liam ihr ins Ohr, während sie die Treppe hinaufgingen.

»Was? Drei?«, flüsterte Lea erschrocken.

Es gab jede Menge Geister in Edinburgh – immerhin war dies die *Stadt der Toten*. Aber gleich drei davon in einem Haus? So etwas hatte sie noch nie erlebt. Waren hier drei Leute gestorben, ohne ihre weltlichen Angelegenheiten in Ordnung bringen zu können? Natürlich kam es vor, dass Geister sich an Menschen hängten, es konnte daher sein, dass einer davon mit Mrs. Bilen eingezogen war, aber zwei andere, die bereits da gewesen waren? Das konnte sich Lea kaum vorstellen.

»Nein, keine Geister, *Lebende*«, stellte Liam klar. »Zwei Männer und noch eine Blondine. Auch so ein Hingucker. Sie und Victoria sehen sich ähnlich, aber die andere hat längere Beine, und ...«

»Das reicht!«, zischte Lea.

Victoria drehte sich auf der Treppe um. »Haben Sie etwas gesagt, Madame Foulard?«

»Ich fragte mich nur gerade, wer wohl die anderen drei sind? Die beiden Männer und die Frau? Ich hatte doch gesagt, es wäre mir lieber, wenn wir unter uns wären?«

Lea gab sich alle Mühe, sich nicht unter ihrer Perücke zu kratzen. Gott, wie das Ding juckte! Sie musste sich unbedingt eine neue zulegen.

Victoria starrte sie erstaunt an, dann schaute sie unwillkürlich nach oben, zum Kopf der Treppe, um zu sehen, ob die anderen dort standen. Was nicht der Fall war.

»Woher wissen Sie das?«

Lea unterdrückte ein Lächeln. Der fassungslose Ausdruck auf Victorias Gesicht verriet ihr, dass hier jemand begann, sie ernst zu nehmen. Gut, falls es hier tatsächlich spukte. Dann konnte Victoria ihr vielleicht bei ihrer Arbeit helfen.

»Verzeihen Sie, aber ich dachte, es würde nichts ausmachen, wenn noch ein paar mehr da wären«, entschuldigte sich Victoria. »Aber falls das für Sie ein Problem sein sollte, kann ich natürlich...«

»Nein, nein, das geht schon.« Sie waren inzwischen oben angekommen. »Solange es nicht so viele sind, dass ich mich nicht mehr konzentrieren kann.«

»Soll ich jetzt gehen und mal nachsehen, was hier so rumspukt?«, fragte Liam lachend.

»Was ist so lustig?«, flüsterte Lea. Sie folgte ihrer Gastgeberin durch einen dunklen Korridor.

»Na, dieses Gewäsch von wegen sich konzentrieren. Als ob du mich oder die anderen Geister nicht sowieso hören könntest. Wahrscheinlich sind eher wir es, die dich davon abhalten, dich auf die *Lebenden* zu konzentrieren.«

»Das reicht, Liam!«, zischte Lea. »Ja, zieh los und schau dich um, okay?«

»Okeydokey.«

Er verschwand. Das hoffte Lea zumindest.

»So, da wären wir.«

Victoria öffnete eine Türe und führte Lea in ein Speisezimmer. Tatsächlich hatte sie hier alles so hergerichtet, wie Lea es ihr aufgetragen hatte. Am entfernten Ende des langen Tisches saßen zwei Leute. Eine blonde Frau mit aufwändig gelocktem blondem Engelshaar. Sie war stark geschminkt und trug ein eng anliegendes schwarzes Schlauchkleid; tatsächlich sah sie aus wie Draculas Braut, fand Lea. Fehlten bloß noch die künstlichen Fangzähne und der malerische Blutstropfen am Mundwinkel. Die junge Frau musterte Lea hochmütig.

Der Mann dagegen war ein ganz anderes Kaliber.

Dass er sie für eine Betrügerin hielt, war offensichtlich. Und dass er nichts von »Geisterbeschwörungen« und »Geisteraustreibungen« hielt, ebenso. Aber eins musste man dem Mann lassen, er sah umwerfend gut aus: dunkler Teint, männlich-kantige Gesichtszüge, traumhafte Augen. Sicher hatte er schon viele Frauenherzen gebrochen.

»Madame Foulard, das ist meine Schwester Grace, und das hier ist mein Mann Cem«, stellte Victoria ihr die beiden vor.

Sie zog den Stuhl am Kopfende für Lea zurück, und diese nahm zwischen den beiden Platz, nachdem sie ihnen zugenickt hatte. Lea zog ihren Umhang enger zusammen und bemerkte dabei, wie Grace angeekelt die Nase rümpfte und den Blick abwandte. Gut. Das war so beabsichtigt. Genau aus diesem Grunde stank ihre Kleidung: damit die Leute den Blick von ihr abwandten.

»Sagen Sie, Madame Foulard, von wo genau aus Frankreich stammen Sie?«, fragte Cem, während seine Frau an seiner Seite Platz nahm.

Aha, der Hausherr hatte sich also nicht von ihrem Namen überzeugen lassen und wollte sie entlarven? Nun, das überraschte sie nicht.

»Ich wurde zwar in Paris geboren, Mr. Bilen, bin aber nicht in Frankreich aufgewachsen. Ich war noch sehr jung, als meine Eltern starben. Danach lebte ich in Boston, bei einer Schwester meiner Mutter.«

Das klang kurz und ehrlich – sie hatte es lange genug geübt. Lea konnte sehen, dass der Mann noch immer nicht ganz überzeugt war, aber das spielte jetzt keine Rolle. Sie beschloss, das Heft in die Hand zu nehmen.

»Aber es geht hier nicht um mich. Mrs. Bilen, ich meine, Victoria, was hat Sie auf den Gedanken gebracht, dass es hier Geister gibt?«

»Nun ja, ich bin nicht sicher, ob es wirklich Geister sind …«

Victoria wurde knallrot, was Lea sogar im gedämpften Licht der Kerzen sehen konnte. Ungewöhnlich. Höchst ungewöhnlich. Ihrer Erfahrung nach konnten es die Leute kaum abwarten, ihr all das Seltsame zu erzählen, das sich in ihrem Haus abspielte – unheimliche Laute, Türen, die sich von selbst öffneten und schlossen … aber dieser Frau schien das Ganze peinlich zu sein. Was ging hier vor? Schämte sie sich vor ihrem Mann? Fürchtete sie seinen Spott? Lea wusste zwar nicht genau, warum, aber sie bezweifelte es.

»Aha. Ich verstehe Ihre Reaktion, Victoria. Aber da Sie mich hergebeten haben, muss Ihnen doch irgendwas Ungewöhnliches aufgefallen sein? Etwas, das Sie davon überzeugt hat, dass es hier spukt?«

Victoria senkte kurz ihren Blick und schaute dann zu ihrer Schwester hin, die mit gerümpfter Nase im rechten Winkel neben Lea saß.

»Ich kann Ihnen sagen, was hier vorgeht«, meldete diese sich temperamentvoll zu Wort, »ich lebe schließlich auch hier.«

Sie senkte theatralisch die Stimme. Mit ihren blutrot geschminkten Lippen fuhr sie fort: »Da wären zunächst mal die Türen. Sie gehen immer wieder von selbst auf und zu.«

»Aha«, wiederholte Lea. Das Öffnen und Schließen von Türen war eine Beschäftigung, der nur Film-Geister nachgingen. Echte Geister hatten gar keinen Grund, eine Türe zu öffnen – sie konnten ja durchschweben. Außerdem erforderte es eine ganze Menge Übung und Konzentration für einen Geist, einen Gegenstand zu bewegen. Im Allgemeinen versuchten Geister zu den Lebenden Kontakt aufzunehmen, indem sie sie berührten. Nur sehr wenige Geister konnten Gegenstände bewegen oder ihre Berührung – außer durch Kälte – tatsächlich fühlbar machen. »Sonst noch etwas?«

»Mja, schon«, sagte Grace gedehnt und wickelte sich eine dicke blonde Locke, die ihr über die Brust fiel, um den Finger. »Ich habe einmal in der Nacht ein Brausen gehört, wie von einem starken Wind, aber als ich nachschauen ging, waren alle Fenster geschlossen.«

Lea runzelte die Stirn. Irgendetwas stimmte da nicht. Es war Graces Tonfall. Sie log; Lea war sich ganz sicher.

»Möchten Sie dem noch etwas hinzufügen?«, fragte sie Victoria.

»Nein.« Mrs. Bilen schüttelte verlegen den Kopf.

Aha, nun wurde die Sache schon klarer. Victoria glaubte nicht, dass es hier spukte; ihre Schwester war es, die auf dieser Einladung bestanden hatte. Aber warum log sie? War sie auf einen Nervenkitzel aus? Wollte sie ihren Freundinnen erzählen können, sie habe an einer echten Geisterbeschwörung teilgenommen? Und wo zum Teufel steckte Liam?

»Wollen Sie den ganzen Abend hier rumsitzen und Fragen stellen, oder fangen Sie jetzt endlich an, mit den Geistern zu reden?«, fragte Grace, während sie ihre rotlackierten Fingernägel studierte.

Lea, in der es allmählich zu brodeln begann, wollte gerade aufstehen und verkünden, dass es für sie hier nichts zu tun gab, als plötzlich jemand hinter ihr sprach.

»Verzeihung, ich habe mich verspätet.« Die Stimme des Mannes, der nun das Speisezimmer betreten hatte, ließ Lea erstarren.

Adam setzte sich neben Grace, die ihn mit klimpernden Wimpern begrüßte, wie schon zuvor, als sie einander vorgestellt worden waren. Unglücklicherweise hatte er nicht das geringste Interesse an der blonden Schönheit. Oder glücklicherweise. Cem wäre sicher nicht begeistert gewesen, wenn er etwas mit seiner Schwägerin angefangen hätte.

Madame Foulard dagegen war etwas ganz anderes; diese Dame war höchst interessant. Zunächst mal war da diese scheußliche schwarze Perücke, die auch noch ein klein wenig schief auf ihrem Kopf saß. Und dann diese graue Schminke ... wieso gab sie sich solche Mühe, wie eine alte Schachtel auszusehen und wie eine Mülltonne zu riechen? Aber etwas gab es, das sie nicht unter ihren weiten Fetzen und der gräulichen Schminke verstecken konnte: ihre herrlichen, hellgrünen Augen – das hellste Grün, das er je gesehen hatte. Trotzdem hatte er das komische Gefühl, sie zu kennen.

Aber eine Frau, die sich so anzog wie sie, hätte er doch bestimmt nicht vergessen, oder? Adam musterte sie schweigend. Was hatte sie vor? Auch ihre Gestik war die einer weit jüngeren Frau, ihre Hände waren zu glatt, und auch die Falten in ihrem Gesicht wirkten unecht, wie aufgemalt ... er hätte ihr gerne noch einmal in die Augen gesehen, vielleicht wäre ihm dann eingefallen, wo er ihr schon einmal begegnet war, aber sie mied seinen Blick. *Seltsam.*

»Madame Foulard, dies ist Adam, ein guter Freund meines Mannes«, erklärte Victoria.

»Freut mich, Madame Foulard«, bemerkte Adam lächelnd. Sie nickte, sagte aber nichts.

»Also, was ist jetzt mit den Geistern?«, fragte Grace ungeduldig.

Adam lehnte sich zurück und beobachtete die anderen. Victoria wirkte verlegen, auf Cems Stirn brauten sich dunkle Wolken zusammen, Madame Foulard dagegen schien immun gegen Graces Sticheleien zu sein. Sie hob eine schmale Braue und neigte den Kopf ein wenig zur Seite, als würde ihr jemand etwas ins Ohr flüstern.

Cem hatte ihm von vorneherein eingeschärft, dass es, was Victorias Familie betraf, keine Gedankenleserei geben durfte – aber in Madame Foulards Kopf konnte er doch wohl einen kleinen Blick werfen, oder? Adam atmete ein und konzentrierte sich.

Nichts.

Was zum Teufel?! Er versuchte es noch einmal, mit mehr Kraft, traf jedoch auf einen dicken Wall. So etwas war ihm noch nie passiert! Er versuchte es mit Gewalt – und brach durch. Er hörte Stimmen; mehrere Stimmen, allerdings verwaschen, frustrierend in ihrer Unverständlichkeit.

Madame Foulard hob die Hände an die Schläfen und runzelte die Stirn. Er war zu weit gegangen. Jetzt hatte sie Kopfschmerzen. Er hatte kein Recht, derart in sie einzudringen, und schon gar nicht, ihr Schmerzen zuzufügen. Neugier war keine Entschuldigung dafür. Adam zog sich sogleich zurück.

»Ist alles in Ordnung mit Ihnen, Madame Foulard?«, erkundigte sich Victoria voller Sorge.

»Ja, ja, selbstverständlich. Aber ich muss Ihnen leider mitteilen, Mrs. Bilen, dass es in Ihrem Haus keine Geister gibt.«

Adams Überraschung spiegelte sich auf Cems Gesicht. Grace sah aus, als würde sie jeden Moment explodieren.

»Woher wollen Sie das wissen?«, fauchte sie, sprang auf und wies anklagend mit dem Finger auf Lea. »Sie kommen hier rein, stellen dumme Fragen, und dann behaupten Sie, es ist nichts! Sie sind eine Lügnerin und Betrügerin!«

Adam ließ Madame Foulard nicht aus den Augen. Wie würde sie darauf reagieren? Ihre Nasenflügel bebten, ihre Augen verengten sich, und sie presste ihre vollen, bleich geschminkten Lippen grimmig zusammen.

»Das reicht!« Sie stand auf und zog ihren Umhang enger um die Schultern. »Mrs. Bilen, Sie glauben nicht, dass es hier spukt, oder?«

Victoria schüttelte mit hochroten Wangen den Kopf. Cem, der ihr Unbehagen spürte, legte schützend den Arm um sie. Madame Foulard nickte majestätisch. Dass sie die Rolle einer gebeugten Alten spielen sollte, schien sie für den Moment vergessen zu haben, wie Adam bemerkte.

»Und Ihr Mann hat das sowieso nie geglaubt. Ich frage mich daher, warum Sie, Miss Grace, mich unbedingt hier haben wollten? Denn das, was Sie mir erzählt haben, ist gelogen.«

Grace sah einen Moment lang aus wie ein Kind, das mit der Hand in der Keksdose ertappt worden ist. Vielleicht hat sie ja wenigstens jetzt den Mumm, die Wahrheit zu sagen, dachte Adam, aber damit war wohl kaum zu rechnen.

»*Sie* sind die Lügnerin, Madame!«, kreischte Grace.

»Das reicht, Grace!«, donnerte Cem.

Er würde nicht zulassen, dass seine Schwägerin sich noch mehr blamierte und seine Frau weiter in Verlegenheit brachte.

»Ich muss mich für meine Schwägerin entschuldigen. Es tut mir leid, dass wir Sie unnötig hierhergeholt haben. Natürlich werden wir Sie für Ihre Mühen entschädigen.«

»Das ist nicht nötig. Ich verlange nichts für das, was ich tue«, erklärte Madame Foulard. Ihr Zorn schien ebenso schnell zu verrauchen, wie er aufgeflammt war, und auf einmal erinnerte sie sich wieder an ihre Rolle. Sie ließ die Schultern hängen und krümmte den Rücken.

»Ich selbst muss mich für meine harten Worte entschuldigen.« Sie schaute Victoria an. »Wir alle haben unsere Gründe, warum wir von Zeit zu Zeit nicht die Wahrheit sagen.«

Die beiden Frauen wechselten einen stummen Blick, dann wandte sich Madame Foulard ab und verließ das Zimmer.

»Blöde alte Schachtel«, schimpfte Grace und ließ sich wieder auf ihren Stuhl fallen. »Die hat doch nicht alle Tassen im Schrank!«

Victoria beachtete ihre Schwester nicht und wandte sich stattdessen an ihren Mann. »Cem, ich habe ein furchtbar schlechtes Gewissen. Sollten wir ihr nicht wenigstens ein Taxi bezahlen?«

»Ich werde unsere Geisterjägerin selbst heimbringen«, sagte Adam zu seiner eigenen Überraschung.

4. Kapitel

»Wieso ausgerechnet er!«, brummte Lea vor sich hin, während sie sich mit großen Schritten vom Haus entfernte. Es war nicht zu fassen, dass ihr James Bond ausgerechnet hier, in Edinburgh, noch mal über den Weg lief! Nein, sein Name war nicht Bond, sondern Adam – wie der erste Mann in der Bibel. Wie passend für einen, der Testosteron versprühte, wie … eine Testosteronmaschine. Lahm! Selbst ihre Gedanken waren lahm. Genau wie ihre Reaktion vorhin, als er das Zimmer betrat. Sie war so sicher gewesen, dass er sie erkennen würde, aber rückblickend war das natürlich lächerlich.

Erstens war sie ziemlich gut verkleidet. Und zweitens waren seit ihrer damaligen Begegnung in Istanbul – 60 Sekunden in einem Hotelgang – sieben Jahre vergangen. Sie selbst konnte sich vor allem deshalb noch so gut daran erinnern, weil sich ihr Leben zwei Wochen später komplett auf den Kopf gestellt hatte.

»Sei nicht traurig, Lea, wir haben doch schon vorher gewusst, dass das Ganze ein falscher Alarm sein könnte«, versuchte Liam sie zu trösten.

»Ach, ich bin nicht traurig. Ich habe nur gedacht …« Sie sprach nicht weiter. Sie wollte nicht an die Vergangenheit erinnert werden.

»Umso besser. Außerdem war's kein kompletter Reinfall.« Liam schien im Moment vor ihr her zu gehen. Oder zu schweben, sie hätte es nicht sagen können. Auf ihre diesbezügliche Frage hatte er einmal geantwortet, es sei *eine Mischung aus beidem*. Sie überquerten eine Straße und kamen an einem roten Briefkasten vorbei. Vor ihnen ragte die St. Mary's Cathedral auf. »Diese Ladys waren die reinste Augenweide.«

»Freut mich, dass wenigstens *du* was davon hattest«, sagte Lea sarkastisch.

Liam lachte. »Ach komm, Lea, du willst mir doch nicht weismachen, dass dich diese Knaben kalt gelassen haben?«

Kalt gelassen? Was diesen Adam betraf, war das die Untertreibung des Jahrhunderts. Aber das hätte Lea nie zugegeben; Liam hätte sie bis in alle Ewigkeit damit aufgezogen.

»Na ja, mag sein, dass sie ganz gut ausgesehen haben«, sagte sie. »Aber der eine ist verheiratet, und der andere ist ein Weiberheld und eingebildet noch dazu.«

»Und das schließen Sie aus einem einfachen Hallo? Oder haben Ihre Geister Ihnen das erzählt?«

Lea erstarrte. Sie spürte, wie ihre Wangen unter der Theaterschminke zu glühen begannen.

»Huh, tut mir leid, Lea, aber ich hab ihn gar nicht kommen hören«, entschuldigte sich Liam, aber Lea hörte es kaum. All ihre Sinne waren auf den hinter ihr stehenden Mann konzentriert.

»Wow, das ist mir jetzt ein *bisschen* peinlich«, fuhr Liam fort. »Ich lass euch beide mal kurz allein, ja?«

Lea drehte sich langsam um.

Vor ihr stand Adam, die Arme vor der Brust verschränkt, und musterte sie spöttisch. Sie hatte sich gerade bei ihm entschuldigen wollen, aber seine Haltung ärgerte sie.

»Und – sind Sie das nicht?«, fragte sie herausfordernd.

»Was denn?« Überrascht ließ er die Arme sinken.

»Na, ein Frauenheld.«

Adam lachte auf, trat aber dabei von einem Fuß auf den anderen. Da bemerkte Lea, dass er gar keine Jacke anhatte. Er musste fürchterlich frieren!

»Habe ich etwas im Haus vergessen?«, erkundigte sie sich rasch.

»Nein.« Adam grinste und machte eine spöttische Verbeugung. »Dieser *Frauenheld* ist gekommen, um Sie sicher nach Hause zu geleiten.«

»Im Pulli? Sie spinnen wohl?«

Mein Gott, jetzt benahm sie sich schon wie eine besorgte Glucke! Was musste er von ihr denken! Führt auf offener Straße Selbstgespräche (mit Geistern?). Beleidigt ihn dabei auch noch. Und jetzt führte sie sich auf wie seine Mutter! Zumindest musste er das so sehen.

Sie brauchte einen Moment, bis ihr klar wurde, wie still er geworden war. Er stand einfach nur da und schaute sie auf dieselbe intensive Art an wie vorhin im Speisezimmer. Das machte sie ganz nervös.

»Ich brauche keinen Begleiter«, sagte sie, weil ihr nichts Besseres einfiel.

»Wieso verstecken Sie sich hinter dieser Verkleidung?«, fragte er.

Lea wünschte, er würde seinen bohrenden Blick woandershin richten. Warum schaute er sie so an? Was wollte er von ihr? Während sie noch überlegte, was sie auf seine Frage antworten sollte, ertönte plötzlich ein Schrei.

»Lea! Lea! Komm schnell!«

Lea vergaß alles um sich herum. Das war Liam! Wo war er? Sie schaute sich erschrocken um.

»Lea!«

Von der Kathedrale. Mit schwingenden Halsketten rannte sie in die betreffende Richtung. Sie hatte keine Zeit zu überlegen, was sie da tat und welche Folgen es haben konnte. Sie wollte nur zu Liam. Er war in Schwierigkeiten. Mit heftig schwingenden Armen rannte sie den Gehweg entlang auf die Kirche zu. Seine Stimme kam von weiter seitwärts, wo eine schmale Straße an dem Gebäude vorbei führte. Sie sah, dass sie von einem Grünstreifen gesäumt wurde, und rannte darauf zu.

Und wäre über den reglosen Körper gestolpert, wenn nicht zwei starke Arme sie im letzten Moment zurückgerissen hätten.

Adam stieß sie zur Seite und ging neben der bewegungslosen Gestalt in die Hocke.

»Ist er tot?«, flüsterte Lea, obwohl sie sich vor der Antwort fürchtete.

»Nein«, antwortete Adam rau.

Sie konnte weder sein Gesicht, noch das des armen Mannes erkennen, es war zu dunkel.

»Der arme Mann ist überfallen und niedergeschlagen worden!«, ereiferte sich Liam. »Und dann ist der Mistkerl mit seiner Aktenmappe abgehauen. Er ist um die Kirche herumgerannt, gerade eben! Ich hab versucht, ihn aufzuhalten, Lea, ehrlich, aber …«

Lea konnte Liams Frustration gut verstehen, aber dafür war jetzt keine Zeit. Sie schob ihre Hände in ihre Taschen, doch dann fiel ihr ein, dass sie ihr Handy zu Hause vergessen hatte.

»Wir müssen sofort die Polizei holen. Dieser Mann ist überfallen und ausgeraubt worden. Der Kerl ist mit seiner Aktentasche in diese Richtung abgehauen!«, erklärte sie Adam atemlos. »Rasch, damit die Polizei ihn noch erwischt.«

Adam war blitzschnell auf den Beinen. Er drückte ihr ein Handy in die Hand. »Rufen Sie die Polizei, und bleiben Sie bei ihm. Bin gleich wieder da.«

Bevor sie protestieren konnte, war er verschwunden.

»Also, schnell ist er, das muss man ihm lassen«, sagte Liam anerkennend. Lea ging neben dem reglosen Mann in die Hocke. Sie starrte auf das blau leuchtende Display des Handys, das Adam ihr überlassen hatte, und wählte schließlich den Notruf.

Adam war noch nicht wieder zurückgekehrt, als zehn Minuten später mit heulender Sirene die Polizei eintraf, gefolgt von einem Notarztwagen.

Lea sah zu, wie der arme Mann auf einer Bahre in den Krankenwagen gehoben wurde. Die Helfer hatten ihn mit einer warmen Decke zugedeckt. Ein Arm baumelte von der Bahre. War das eine Tätowierung?

»Sie sagen also, Sie haben jemanden wegrennen sehen und sind dann auf diesen Mann gestoßen?«

Die Polizeibeamtin, die sich als Constable Campbell vorgestellt hatte, stand mit gezücktem Notizblock vor ihr und schrieb eifrig alles mit. Der Krankenwagen sauste währenddessen mit heulender Sirene davon.

»Ja. Ich sagte zu meinem Bekannten, da sei jemand mit einer Aktentasche unter dem Arm weggerannt. In diese Richtung.« Sie deutete dorthin, aber die Polizeibeamtin blickte nicht auf. Sie hatten die Geschichte bereits zweimal durchgekaut, und jedes Mal hatte Lea in die betreffende Richtung gezeigt. »Da hat Adam mir sein Handy gegeben und gesagt, ich soll die Polizei holen. Und er selbst ist weggerannt, um zu sehen, ob er den Kerl vielleicht noch erwischt.«

Die Beamtin hörte auf zu schreiben und hob den Kopf, denn in diesem Moment erschien ihr Partner. Er war in die Kirche gegangen, um nach weiteren Tatzeugen zu suchen.

»Tom?«

»Nichts«, antwortete der Mann. Er warf Lea einen neugierigen Blick zu, wich jedoch zurück, als ihm ihr Geruch entgegenschlug.

»Also gut. Wir schauen uns am besten die Überwachungskameras an, vielleicht ist unser Aktentaschenräuber ja drauf.«

Constable Campbell seufzte und wandte sich wieder an Lea, während ihr Partner zum Auto ging. »Und jetzt erzählen Sie mir noch mal genau, woher Sie diesen Adam kennen.«

Überwachungskameras? Verdammt, daran hatte sie überhaupt nicht gedacht. Wenn es die gab, würde die Polizei vielleicht sehen, dass sie ohne ersichtlichen Grund zu dem Niedergeschlagenen gerannt war. Wie sollte sie das erklären? Sie hätte sagen sollen, dass sie etwas gehört hatte und nicht gesehen. Ob sie ihre Geschichte lieber gleich ändern sollte? Und wie sollte sie erklären, woher sie Adam kannte? Dann musste sie ja auch erklären, was sie im Haus seines Freundes gesucht hatte, und dann würde es erst richtig losgehen ... Wenn doch nur Liam noch hier wäre! Jetzt hätte sie seinen trockenen Humor gut gebrauchen können. Aber Liam war beim ersten Heulen der Sirenen ausgerissen. Er war vor zweihundert Jahren von einem Constable erwürgt worden und litt seitdem unter einer starken Polizei-Phobie.

Was sie ihm nicht verdenken konnte.

»Und wer sind Sie?«

Lea folgte Constable Campbells Blick und stieß einen erleichterten Seufzer aus.

»Das ist mein Bekannter«, erklärte sie rasch. Sie starrte in Adams ausdrucksloses Gesicht und erschauderte unwillkürlich. Er wirkte so ... abweisend. Ja, er schaute sie nicht mal an.

»Das ist die Aktentasche, die dem Mann geraubt wurde. Ich habe den Räuber an einen Laternenpfahl gebunden. Palmerston Place.«

»Was?!«, riefen Lea und Constable Campbell zugleich aus. Adam ging nicht darauf ein.

»Der Beraubte wird seinen Angreifer identifizieren können, sobald er wieder zu Bewusstsein kommt. Sie haben den Verbrecher, und Sie haben das Beweisstück. Sie brauchen uns nicht mehr.«

Die Beamtin nahm die Aktentasche entgegen, wirkte aber keineswegs begeistert. »Sie wollen mir doch nicht erzählen, wie ich meinen Job machen soll, oder?«

»Nein«, antwortete Adam, »ich habe Ihren Job bereits für Sie gemacht.«

Lea hatte sich noch nicht ganz von seiner ersten Äußerung erholt, als er sie auch schon bei der Hand nahm und wegführte.

»So können Sie nicht mit der Polizei reden!«, zischte sie ängstlich. Constable Campbell würde sicher jeden Moment die Verfolgung aufnehmen.

»Habe ich aber«, entgegnete Adam knapp. Er klang noch immer sehr distanziert, ganz anders als zuvor.

»Adam! Wir können nicht einfach abhauen!«

Er seufzte, ging aber keineswegs langsamer. »Doch, können wir. Sie müssten uns schon verhaften, wenn sie uns aufhalten wollen. Und das wollen sie sicher nicht. Also gehen Sie weiter – oder wollen Sie denen wirklich erklären, was Sie in diesem Teil der Stadt zu tun hatten und wie Sie mich kennen gelernt haben?«

Nun, da hatte er nicht unrecht. Trotzdem gefiel ihr das Ganze nicht. Sobald sie um eine Ecke in eine Seitenstraße eingebogen waren, riss sie ihre Hand los.

»Ich habe schließlich nichts verbrochen!«

Er packte sie beim Arm und brachte sie mit einem Ruck zum Stehen. »Und was genau *haben* Sie getan, *Madame Foulard*? Woher wussten Sie, dass der Mann ausgeraubt wurde?«

Lea schnappte nach Luft wie ein Fisch auf dem Trockenen. Er hielt ihren Arm fest umklammert. Und das erinnerte sie an eine andere Szene, einen anderen Mann, der gewalttätig geworden war. Sämtliche Muskeln in ihrem Körper spannten sich an, ihre Augen sprühten vor Zorn.

»Lassen Sie mich sofort los«, stieß sie zwischen zusammengebissenen Zähnen hervor. Etwas in ihrem Ausdruck schien ihn zu erschrecken. Er ließ sie sofort los und trat einen Schritt zurück.

»Antworten Sie mir, *Madame*.«

»Oder was?« Sie würde sich nicht noch einmal einschüchtern lassen. Nie wieder! Er musste seine Antworten schon aus ihr herausprügeln, ansonsten würde sie gehen. »Was dann?«

Adam musterte sie verwirrt. »Nichts. Ich würde einem Unschuldigen nie etwas zuleide tun.«

Wie seltsam, so etwas zu sagen. Aber ihr genügte es. Sie nickte grimmig, die Hände zu Fäusten geballt. »Gut, denn ich habe für heute die Schnauze gestrichen voll. Und jetzt gehen Sie mir aus dem Weg!«

Aber sie wartete nicht ab, was er tat, sondern schritt um ihn herum und ging davon. Nach Hause.

5. Kapitel

Das *House of Order* wird von den Clanoberhäuptern geleitet. Diese ernennen auch die einzelnen Leiter der Clanhäuser. Jedes Clanhaus hat eigene Abteilungen für Meldewesen, Formelvergabe, Blutausschank und -akquise.«

»Stimmt genau.«

»Und die Clanhäuser beschäftigen *Friedenshüter*, wie dich.« Victoria zeigte lächelnd auf Adam. »Dann gibt es noch den *Hüter der Formel*, der zufällig mein Ehemann ist.«

Adam lächelte über den Stolz in ihrer Stimme. »Genau.«

»Und schließlich sind da noch die ... die ...«, sie schnippte ungeduldig mit den Fingern, doch es wollte ihr nicht einfallen.

Adam hatte Erbarmen und sagte: »Du meinst sicher die *Interrogatoren*.«

»Ah ja! Die vergesse ich immer. Sie gehören auch zum *House of Order*.« Victoria schwieg einen Moment, und ein verlegener Ausdruck trat auf ihr Gesicht. »Tut mir leid, das mit meiner Schwester«, murmelte sie und rückte unbehaglich auf ihrem Barhocker hin und her.

Adam warf einen Blick zu dem Tisch, an dem Victorias Schwester mit Cem und ihrem derzeitigen Schatz, Hugo, saß. Eine Hand besitzergreifend auf dem muskulösen Arm des Rugby-Spielers hob sie mit der anderen ein Glas Kir Royal an die kirschrot geschminkten Lippen. Hugo redete eifrig auf sie ein. Grace nickte abwesend, den Blick hungrig auf Adam gerichtet, der mit Victoria an der Bar saß.

Adams Blick kehrte zu Victoria zurück. Sie trug ein schlichtes, eng anliegendes pflaumenblaues Kleid, das ihr ausnehmend gut stand. Wie sehr es sich von der knappen, flittchenhaften Goldlamé-Nummer unterschied, die ihre Schwester trug. Dass zwei Geschwister so verschieden sein konnten!

»Du musst dich nicht entschuldigen. Sie ist noch jung, und du hast dein Bestes getan.«

Victoria musterte ihn skeptisch. »Mein Bestes? Manchmal bin ich mir da nicht so sicher. Sie ist einfach schamlos. Wie sie diesen armen Hugo am Gängelband herumführt. Und wie sie dich ansieht ...«

Adam grinste. »Glaub mir, Victoria, Hugo mag am Gängelband herumgeführt werden. Und was mich betrifft: Ich würde deine Schwester nie anrühren. Cem ist wie ein Bruder für mich. Du und deine Schwester, ihr gehört jetzt zur Familie.«

»Zur Familie«, wiederholte Victoria langsam. Als sie Adam ansah, geriet der in Panik.

»Bitte nicht weinen!«, sagte er hastig. »Wenn ich etwas gesagt haben sollte, das dich gekränkt hat, dann nehme ich es zurück!«

»Nein, das tust du nicht.« Victoria tupfte sich lächelnd mit einer Papierserviette die Träne ab, die aus einem Auge gekullert war. »Für Rückzieher ist es zu spät. Ab jetzt bist du mein großer Bruder.«

Sie sagte es beinahe sehnsüchtig. Adam überlegte unwillkürlich, wie hart ihr Leben gewesen sein musste, bevor sie Cem kennen gelernt hatte. Hart und einsam. Eine junge Victoria, allein gegen die Welt. Und eine minderjährige Schwester, die sie aufziehen musste. Er konnte sie nur bewundern. Was sie aus ihrem Leben gemacht hatte! Sie hatte sich ihr Universitätsstudium ganz allein finanziert, hatte anschließend eine kleine Zeitschrift gegründet, aus der nun ein international anerkanntes Blatt geworden war.

Victoria hatte ihrer Schwester die beste Schulbildung ermöglicht, die für Geld zu haben war, hatte ihr eine Stellung bei ihrer Zeitschrift angeboten. Aber Grace wollte nicht arbeiten, Grace wollte gar nichts machen. Soweit Adam es aus den Gesprächen der beiden in den letzten Tagen mitbekommen hatte, wohnte Grace gewöhnlich mit einem ihrer reichen Liebhaber zusammen. Und wenn sie gerade keinen hatte, fiel sie ihrer Schwester zur Last.

»Du ehrst mich«, sagte Adam. Er drückte warmherzig Victorias Hand. Dann meinte er: »Und da ich nun dein großer Bruder bin, ist es meine Pflicht, dir zu zeigen, wo's langgeht.«

»Wie meinst du das?«, fragte Victoria misstrauisch.

»Ich meine dein neues Leben. Wie du dich darin am besten zurechtfindest. All die kleinen Tricks eben.«

Adam zwinkerte ihr zu, und Victoria starrte ihn verblüfft an. Dann jedoch beugte sie sich vor, begeistert grinsend wie ein Kind.

Adam warf einen Blick den Tresen entlang. Es fiel ihm nicht schwer, den Vampir unter den Bartendern auszumachen. Die *All Bar One* in der George Street besaß eine

Blutausschanklizenz. Und da eine solche nur von Vampiren beantragt werden konnte, war der Barbesitzer natürlich auch ein Vampir. Die Bar, die auch für »normale« Kundschaft offen stand, beschäftigte daher in jeder Schicht mindestens einen Vampir hinter der Bar – neben den gewöhnlichen Barmännern und -frauen.

Vampire lassen sich am besten an ihrer Aura erkennen, aber nicht alle Vampire können eine Aura sehen. Daher hatte die SVA eine neue, leichtere Methode ersonnen: Jeder Vampir-Bartender musste eine Plakette an der Hüfte tragen, auf der stand *Save the Human*.

»Habt ihr in deinem Kurs schon gelernt, wie man in einer SVA-Bar einen Drink bestellt?«, erkundigte sich Adam. Er hatte keine Ahnung, was man ›Vampirbewerbern‹ in den Kursen beibrachte, an denen seine Schwester Helena maßgeblich mitgewirkt hatte. Bestimmt lernten sie so grundsätzliche Dinge wie das Bestellen von Blut in einer Vampirbar, oder?

»Klar. Sam hat uns das erst gestern alles genau erklärt.«

Sam. Adam zog die Augenbrauen hoch. Sie nannte ihren Lehrer also schon beim Vornamen.

Sie seufzte, als sie seinen Gesichtsausdruck bemerkte. »*Müsst* ihr euch so ähneln, du und Cem?«

»Na ich weiß nicht, findest du es richtig, deinen Lehrer mit dem Vornamen anzureden?«

»Es geht doch nicht etwa um *Sam*?«, fragte Cem mit unverhohlener Missbilligung. Er war lautlos hinter Victoria und Adam aufgetaucht.

»Nein, geht es nicht!«, antwortete Victoria stirnrunzelnd und verschränkte die Arme vor der Brust.

Wir mögen Sam wohl nicht?, fragte Adam telepathisch.

Wir mögen keinen Mann, der meiner Frau nachsteigt, entgegnete Cem.

Adam brauchte gar nicht erst Cems Stimme zu hören, um zu wissen, wie wenig sein Freund den Lehrer seiner Frau ausstehen konnte.

»Habt ihr euch gerade telepathisch unterhalten?«, fragte Victoria, halb verärgert, halb neugierig.

»Kann sein«, grinste Cem und gab seiner Frau einen Kuss auf die Stirn. »Also, was gibt's hier zu bereden, das so wichtig ist, dass ihr mich dort am Katzentisch habt sitzen lassen?«

Victoria warf Adam einen strahlenden Blick zu. »Ich wollte Adam gerade erklären, dass ich weiß, wie man einen *Merlot* bestellt.«

Dann wusste sie also Bescheid. Adam gab der jungen Frau im engen weißen Tank-Top mit der *Save-the-Human*-Plakette an der Hüfte einen Wink.

»Also dann, probier's mal«, forderte er Victoria auf.

Victoria schaute unsicher zu der Barfrau hin, doch dann nickte sie entschlossen.

Die Barfrau kam heran. »Was darf ich Ihnen bringen?«, erkundigte sie sich. Ihr Blick war auf Adam gerichtet, den sie anerkennend musterte. Dieser wies mit einer Kopfbewegung auf Victoria.

»Die Dame wollte etwas bestellen.«

Der Blick der Barfrau huschte zwischen Victoria und Cem hin und her. »Ja, bitte?«

Victoria räusperte sich und tippte mit dem rechten Zeigefinger zweimal auf den Tresen. Dann sagte sie: »Ein Glas Merlot, bitte.«

Die Barfrau zögerte, und ihr Blick huschte hilfesuchend zu Adam.

»Victoria, du bist viel zu zurückhaltend«, rügte er sie lächelnd. Dann ließ er seine Augen einen Moment lang kohlschwarz aufblitzen, bevor sie wieder ihre ursprüngliche Farbe annahmen. Die Barfrau wandte sich lächelnd ab, um das Gewünschte zu bringen.

»Ich bin so dumm«, stöhnte Victoria.

Cem schlang sofort einen Arm um seine Frau. »Nicht doch, Schatz. Das wird schon noch. Wir alle machen hin und wieder kleine Fehler, selbst die Erfahrensten unter uns.«

»Ja, aber ihr könnt diesen Trick mit den Augen machen, ich nicht«, murrte sie.

»Noch nicht, Liebling. Aber bald«, beruhigte Cem sie.

Kurz darauf tauchte die Barfrau mit einem Weinglas auf, das sie Victoria hinstellte. Victoria musterte die dicke rote Flüssigkeit mit weit aufgerissenen Augen.

Adam zückte seine Geldbörse. »Cem, geht doch schon mal zurück an den Tisch. Ich erledige das hier.«

Cem nickte und führte Victoria von der Bar weg, und Adam reichte der Barfrau einen Zehn-Pfund-Schein.

Sie beugte sich vertraulich vor: »Die Kleine wird sich früher oder später dran gewöhnen müssen«, sagte sie leise.

Wie wahr. Aber das brauchte Zeit. Junge Vampire durchliefen in der Pubertät eine Phase erhöhter Blutlust, doch bei ›Neubewerbern‹ war es meist das Gegenteil: Ihnen graute vor dem Gedanken, Blut trinken zu müssen.

Aber wie die Barfrau gesagt hatte, Victoria würde sich daran gewöhnen müssen, sobald sie die Transformation durchlaufen hatte.

»Das wird sie schon. Das wird sie.«

6. Kapitel

Vordergrund: kahle Bäume, frostweißes Gras, ein leise herabrauschendes Bächlein, dünne Nebelschwaden. In der Mitte: zerklüftete Felsen. Hintergrund: malerische alte Steinhäuser, hohe Kamine, daneben die majestätisch aufragende Burg. Lea spähte durch die Linse, wandte sich ein wenig nach links und richtete sie auf den halb zusammengefallenen Luftballon, der in einem Baum hängen geblieben war.

Klick.

»Lea, wir haben gehört, dass du vor zwei Nächten in Begleitung eines Mannes unterwegs warst. Eines *sehr gutaussehenden* Mannes, wie man sich erzählt. Ist das wahr?«

Lea justierte die Linse, stellte sie nun auf eine leere Dose Birnen-Cidre ein, die am Fuß des Baums lag. Grüne Dose. Rostroter Ballon. Frostblauer Baum. Perfekt.

Klick.

»Schwesterherz, du weißt doch, dass Lea nicht gestört werden will, wenn sie arbeitet!«

Lea kümmerte sich nicht weiter um die beiden. Die Littleton-Zwillinge hielten sich nun einmal gerne in den *Princess Street Gardens* auf, dem Park unterhalb des Burgbergs. Er war vor zweihundertfünfzig Jahren entstanden. Davor hatte es hier einen Fjord gegeben, den *Nor Loch*.

Dieser Fjord hatte vielen praktischen Zwecken gedient, unter anderem dem Ertränken von vermeintlichen Hexen wie den Littleton-Schwestern.

»Im übrigen, wenn du unbedingt einen gutaussehenden Mann sehen willst, dann warte bis morgen. Da kommt Leas Agent!«, kicherte eine Littleton-Schwester.

Lea, die im Gras kniete, schoss noch ein paar Fotos, dann erhob sie sich. »Woher wisst ihr, dass Marco morgen kommt?«

»Keine Ahnung. Ist uns entfallen«, zwitscherten die beiden Geister-Schwestern und bekamen prompt einen neuen Lachanfall.

Lea packte seufzend ihren Fotoapparat in die Tasche. »Kann man denn vor euch gar nichts mehr geheim halten? Offenbar nicht. Okay, es wird Zeit. Kommt ihr mit zum Treffen?«

Die Schwestern folgten ihr durch den Park, unermüdlich auf sie einredend. Lea hatte brav die leere Dose aufgehoben und in einen Abfallkorb geworfen. Nun erklomm sie die Stufen, die zur National Gallery hinaufführten.

»Ach ja, und Liam hat schamlos mit dieser Claudette geflirtet«, sagte eine der Schwestern. Anne-Marie, wie Lea vermutete. »Du weißt doch, das Mädchen, das am Eingang vom St. James Centre sitzt?«

»Liam flirtet mit jeder ›schönen Maid‹, wie er sich ausdrückt«, entgegnete Lea trocken.

Da konnten ihr die beiden Schwestern nur beipflichten: »Stimmt, aber er ist wirklich gut darin!«

Lea, die mittlerweile oben angekommen war, verdrehte die Augen. Der Ordner am Eingang lächelte ihr zu, bevor sie durch die Drehtüre ging. Lea hob grüßend die Hand, dann ging sie am Galerie-Café vorbei, an der Infotheke und am Museumsladen und nahm die breite Freitreppe, die hinauf in den ersten Stock führte.

»Da bist du ja, Lea!«, wurde sie von Liams sorgloser, fröhlicher Stimme begrüßt. »Ah, wie ich sehe, hast du die Littleton-Zwillinge mitgebracht. Es ist mir wie immer ein Vergnügen, die jungen Damen wiederzusehen!«

Die beiden brachen in Gekicher aus, und Lea konnte nur den Kopf schütteln.

»Wer ist heute alles gekommen?«, erkundigte sie sich, während sie an dem Gemälde *Diana und ihre Nymphen* vorbeiging, das der Dichter Robert Burns für seinen *Tea Room* in Auftrag gegeben hatte. Zufälligerweise eins ihrer Lieblingsstücke.

»Ganz schön viele«, erwiderte Liam. »Mark von Jenners, Mrs. McDonald, John von der Uni, Sebastian, der Hotelgeist, George, der Duellant, die deutschen Brüder von Carlton Hill und Jenny vom Bahnhof.«

Zusammen mit den Littleton-Zwillingen machte das insgesamt elf Geister. Lea fragte sich stirnrunzelnd, was da wohl vor sich ging. Sie und die Geister der Stadt hatten sich vor einiger Zeit auf diese täglichen Treffen in der National Gallery geeinigt. Da sie täglich stattfanden, brauchten nicht alle auf einmal zu kommen – gewöhnlich waren es fünf bis sechs. Eigentlicher Zweck der Treffen war es, »Neuzugänge« willkommen zu heißen und ihnen zu helfen, soweit es in Leas Kräften stand. Die »alten« Stadtgeister brachten die Neuankömmlinge zu Lea, und Lea tat, was sie konnte, wenn das erwünscht war.

»Worum geht's denn, Liam? Hast du eine Ahnung?«

Liam schwieg, was Lea zu denken gab. Sie hatten mittlerweile den abgelegenen Saal erreicht, in dem die Treffen stattfanden.

»Er macht ein Gesicht, als ob er ein schlechtes Gewissen hätte«, bemerkte eine der Littleton-Schwestern.

»Was ist los?«, zischte Lea ihrem Freund zu. Doch schon drangen die Stimmen der versammelten Geister auf sie ein.

»Lea!«

»Da bist du ja!«

»Bist spät dran!«

Lea hob gebieterisch die Hand und ließ sich auf ein grünes Sofa sinken, das für Galeriebesucher an einer Wand stand. Sie stellte ihre schwere Fototasche ab.

»Wie ich höre, sind heute eine ganze Menge von euch gekommen.«

Da begannen alle auf einmal auf sie einzureden. Lea verstand kein Wort. Ein Mann kam gemächlich in den Saal geschlendert und bewunderte die Gemälde. Sie durfte nicht zu laut reden, sonst würde er sie für verrückt halten.

Lea hob erneut die Hand, und die Geister verstummten.

»Also gut«, flüsterte sie, um nicht von dem anderen Besucher gehört zu werden. »Ich weiß, ihr habt was auf dem Herzen. Also wählt einen Sprecher, und der soll mir dann sagen, um was es geht.«

Unverständliches Getuschel.

Dann: »Also, das ist so …«

Lea war nicht überrascht, Liams Stimme zu hören. Die Geister wussten, dass er ihr bester Freund war. *Verdammt, was könnten die nur von mir wollen?*, überlegte sie. *Hoffentlich nicht wieder so was Unmögliches wie beim letzten Mal.* Letztes Mal hatten sie von ihr verlangt, den größten Friedhof der Stadt für die Öffentlichkeit sperren zu lassen.

»Wir, das heißt einige von uns, würden gern einen Filmabend einrichten«, stieß Liam verlegen hervor.

Lea blinzelte verwirrt. »Einen Filmabend?«

»Genau.« Liam räusperte sich. »Weißt du, die Filme, die im Kino laufen …«

»Ja, die sind einfach schrecklich«, rief eine Littleton-Schwester dazwischen. »Und in Häuser schleichen und den Leuten beim Fernsehen zuschauen ist auch nicht besser. Die gucken dauernd *Big Brother* oder endlose Wiederholungen von *Friends* oder ähnlichen Schwachsinn. Wir würden uns so gerne mal das anschauen, was *uns* gefällt!«

Lea begann allmählich ein Licht aufzugehen. *Darauf* wollten sie also hinaus …

»Ihr wollt euch Filme anschauen. Bei mir zu Hause.«

»Ja.«

»Du hast es erfasst, meine Liebe.«

»Das wäre echt nett!«

Lea musste sich ein Grinsen verkneifen. Die Geister von Edinburgh wollten einen wöchentlichen Filmabend bei ihr veranstalten. Nun ja, das war nicht so schlimm. Es ließe sich einrichten … Natürlich würde es Regeln geben, sie würde ihnen Grenzen setzen müssen.

»Also gut«, erklärte Lea. »Einmal pro Woche, okay? Und ich möchte eine Liste von allen Filmclub-Mitgliedern. Damit jeder mal entscheiden kann, welchen Film wir uns ausleihen.«

Allgemeines Jubeln und Klatschen.

»Du bist ein wirklich netter Mensch«, flüsterte Liam Lea ins Ohr.

»Und du bist ein abscheulicher Freund«, entgegnete sie. »Hättest mich wirklich vorwarnen können.«

Liam lachte. »Wieso denn? Ich wusste, dass du nichts dagegen haben würdest. Außerdem bin ich doch der beste Freund, den man haben kann!«

»Abscheulich und außerdem aufgeblasen«, schalt sie ihn.

Um sie herum herrschte aufgeregtes Stimmengewirr. Die Geister besprachen, was sie sich künftig alles ansehen wollten und welchen Film sie wohl als Erstes aussuchen könnten.

Leas Blick huschte zu dem Mann hinüber, der versunken vor einem Gemälde stand. Er wirkte so still. Ob es in ihrer Welt je wieder so still werden würde? Und wollte sie das überhaupt?

7. Kapitel

Ein Blitz fuhr hernieder und erleuchtete für den Bruchteil einer Sekunde die Gestalten auf dem Spielfeld. Geduckt, mit gefletschten Zähnen standen sie einander gegenüber. Ihre schwarz schimmernden Pupillen waren auf einen einzigen Mann gerichtet. Stumm warteten sie ab.

Adam warf einen raschen Blick nach links. Er packte den Rugby-Ball fester in der sternförmigen Griffvertiefung, holte mit dem rechten Bein aus und trat zu. Der Ball flog hoch, hoch in den Himmel, der Blick der Zuschauer und der Spieler folgte ihm, wie er an den flatternden Fahnen des Murrayfield Rugby Stadions vorbeiflog und in den dicken Wolken verschwand, die über den Nachthimmel zogen.

Sechzehn Sekunden. So viel Zeit hatte er, bis der Ball wieder an genau der gleichen Stelle herunterkommen würde.

Los geht's.

Das Spiel begann ohne Vorwarnung. Adam wich einem Angreifer aus, der von links kam. Doch schon tauchte Cem neben ihm auf, dahinter seine Mannschaftskameraden in einer 3-4-Formation. Cem packte den angreifenden Vampir beim Kragen und brachte ihn zu Fall. Adam hob den Hingefallenen hoch und schleuderte ihn beiseite. Einer aus ihrer Mannschaft warf sich auf ihn, um sicherzustellen, dass er auch wirklich aus dem Spiel war.

Noch zehn Sekunden.

Ein krachender Donnerschlag, aber auf dem Murray-Spielfeld herrschte eine geradezu unheimliche Stille. Adam rannte weiter. Schlammiges Wasser troff von seinen Haaren, seine Beinmuskeln brannten. Er warf sich zur Seite, brachte einen weiteren Angreifer zu Fall. Er sprang auf und schaute sich um. Cem hatte zwei zu Boden gerungen. Die anderen Jungs schienen die gegnerische Mannschaft im Griff zu haben. Nur noch einer blieb übrig.

Der Seebarsch.

Noch sieben Sekunden.

Der französische Vampir schaute grinsend zu ihm herüber. Er stand genau an der Stelle im Mittelfeld, wo der Ball wieder herunterkommen würde. Adam erwiderte sein Grinsen. Der Seebarsch war der beste Spieler des Westclans – mit ihm fertig zu werden war eine höllische Herausforderung.

Adam blieb einen Augenblick lang reglos stehen und musterte seinen Gegner: lange, nasse Haare, nackter Oberkörper, aufrechte, stolze Haltung, breitbeinig, Gewicht auf dem linken Fuß, Hände locker an den Seiten herabhängend. Adam begann zu rennen, direkt auf seinen Gegner zu, schneller als menschenmöglich. Als er nur noch wenige Schritte von dem Mann entfernt war, warf er sich zu Boden und schlitterte direkt in sein linkes Bein, brachte den Gegner zu Fall.

Noch vier Sekunden.

Der Seebarsch wollte wieder aufspringen, doch Adam

hatte ihn bereits bei seinen langen Haaren gepackt und gab ihm nun einen mächtigen Schwinger unter den Brustkasten, der ihm den Atem raubte. Der Seebarsch schnappte nach Luft wie ein Fisch auf dem Trockenen und sackte zu Boden.

Noch eine Sekunde.

Adam schaute zum Himmel – und der Ball fiel ihm in die Arme, wie dem armen Waisenkind die Sterntaler. Er fuhr herum, rannte auf die Ziellinie zu. Cem tauchte lachend neben ihm auf. Kurz vor der Linie blieb er abrupt stehen. Vampir-Rugby wurde lautlos gespielt, aber gegen einen kleinen telepathischen Meinungsaustausch konnte niemand etwas einwenden. Adam reichte den Ball an Cem.

Ich finde, du solltest diesmal den Cup für uns sichern, mein Freund.

Cem nickte. *Bringen wir's zu Ende!*

Cem trat über die Linie und warf den Ball zu Boden. Die Zuschauer sprangen von den Sitzen auf und schwenkten jubelnd die Fähnchen des Nordclans. Der Osmane bückte sich, nahm den Ball und reckte ihn hoch in die Luft.

Doch dann erstarb sein Lächeln.

Was ist?, wollte Adam wissen.

Cem antwortete nicht; das brauchte er auch gar nicht. Adam folgte seinem Blick. Da stand Victoria, in einer der vordersten Reihen, und schwenkte begeistert ein Fähnchen. Neben ihr stand ein hochgewachsener Mann.

Adam wischte sich den Regen aus den Augen. *Das ist dann wohl Sam?*

Cem nickte. *Ich weiß nicht … ich mag den Mann nicht. Irgendwas stimmt nicht mit ihm.*

Adam legte seine Hand auf Cems Schulter. *Na, dann lass uns mal zur Rettung schreiten, was?*

Cem schnaubte.

Dich meine ich, mein Freund. Wenn einer gerettet werden muss, dann doch du.

Adam duckte sich grinsend, und Cems Hieb ging daneben.

»Ich hatte solche Angst! Diese Kerle aus dem Westclan, das sind ja Riesen!«

Victoria klammerte sich an den Arm ihres Mannes. Ihre anfängliche Begeisterung wich einer immer größer werdenden Nervosität.

Adam konnte es ihr nicht vorwerfen. Sie war das einzige menschliche Wesen im Club V.

Mit ihr in den Club zu gehen war Sams Idee gewesen. Victoria war zunächst ganz begeistert davon gewesen, doch jetzt, wo sie hier waren, wurden ihre Augen von Sekunde zu Sekunde größer. Ängstlich schaute sie sich in dem unterirdischen Raum um.

»Na, so riesig waren sie auch wieder nicht«, widersprach Cem und zog Victoria fester an sich.

»O doch!«, rief Victoria energisch aus, doch dann wechselte sie plötzlich das Thema. Sie reckte den Hals. »Ist so eine Aufmachung hier üblich bei Frauen? Ähm, Vampirfrauen?«, wollte sie wissen.

Adam folgte ihrem Blick. Weiter hinten an der Bar servierte Colin, der Barmann, soeben drei Frauen in unerhört knappen schwarzen Fähnchen, ohne BH und möglicherweise sogar ohne sonstige Unterwäsche, Gläser mit Froschblut, ein beliebtes Aphrodisiakum.

»Nicht bei allen«, versuchte Adam sie zu beruhigen.

»Aber bei den meisten?« Victoria ließ nicht locker.

Da Cem sich stirnrunzelnd in Schweigen hüllte, war es an Adam, die Erklärungen zu übernehmen.

»Vampire sind nicht so, ähm, konservativ, was ihre Sexualität betrifft, wie Menschen. Wenn Vampirfrauen in solcher Kleidung in den Club kommen, sind sie gewöhnlich auf der Suche nach einem Sexualpartner.«

Victoria war geschockt. »Du meinst, die Männer können sie einfach ansprechen und mitnehmen? Wie ein Spielzeug?«

»Victoria, jetzt hol bitte nicht die feministische Fahne raus«, sagte Cem und merkte erst, als seine Worte heraus waren, dass das die falsche Antwort war. Seine Frau musterte ihn erbost.

»Ganz und gar nicht«, warf sich Adam in die Bresche. Er bedachte seinen Freund mit einem Du-bist-ein-Idiot-Blick. Victoria war in einer männlich dominierten Gesellschaft groß geworden. Es würde nicht leicht für sie werden, die Gepflogenheiten von Vampiren zu akzeptieren. Hier waren beide Geschlechter wirklich und wahrhaftig gleichberechtigt. Ein männlicher Vampir hatte nicht mehr Rechte als ein weiblicher. Wenn überhaupt, so wurde ihre Gesellschaft von der weiblichen Seite dominiert.

»Du wirst bald lernen, dass in unserer Gesellschaft eher die Frauen das Sagen haben«, erklärte Adam Victoria. »Diese Frauen dort wählen sich ihre Partner, nicht umgekehrt. Kein Mann wird es wagen, sich ihnen von sich aus zu nähern. Er muss warten und hoffen, dass sie auf ihn zukommen.«

»Wie wahr«, bemerkte Sam und setzte sich an ihren

Tisch. Cem runzelte die Stirn, aber der blonde Vampir schien es nicht zu bemerken. An Adam gewandt fuhr er fort: »Habt ihr unserer Victoria hier schon die Ablehnungsrechte erklärt?«

»Ablehnungsrechte?« Victoria runzelte verwirrt die Stirn. »Was soll das heißen?«

Jetzt wusste Adam, was Cem gemeint hatte, als er sagte, etwas stimme nicht mit dem Mann. Dieser Sam … er schien etwas im Schilde zu führen.

»In vielen Vampir-Zeremonien bekräftigen wir die *Freude am Leben*«, erklärte Sam, in seine Lehrerrolle verfallend.

»Ach ja.« Victoria errötete. Offenbar wusste sie bereits, was *darunter* zu verstehen war.

»Und bei solchen Zeremonien, einer Begräbniszeremonie zum Beispiel, ist sozusagen *Damenwahl*, um einen menschlichen Ausdruck zu gebrauchen«, sagte Sam süffisant. Cem hatte sich während dieser Worte mehr und mehr versteift, was Sam nicht zu bemerken schien. Oder bemerken wollte.

Wollte der Vampir Cem absichtlich provozieren?, fragte sich Adam. Er war nicht sicher. Es konnte ja sein, dass er nur seiner Aufgabe als Victorias Lehrer nachkam. Sie musste schließlich alles über den Alltag und das Leben eines Vampirs lernen.

»Und der Mann darf Nein sagen? Ist es das, was ihr mit ›Ablehnungsrecht‹ meint?«, erkundigte sich Victoria.

»Fast.« Sam zwinkerte ihr zu. »Die meisten Männer dürfen nämlich *nicht* Nein sagen. Nur Clanoberhäupter, sonstige Anführer und natürlich die Friedenshüter, wie Adam hier, haben dieses Recht.«

»Und du?«, fragte Victoria ihren Mann.

Jetzt begriff Adam, was vorging. Seine Augen wurden schmal, als er seine Hand auf Sams Schulter fallen ließ.

»Ich glaube, da hat jemand nach Ihnen gerufen, *mein Freund.*«

Sam nickte grinsend. »Da könnten Sie recht haben«, sagte er, höchst zufrieden mit sich, stand auf und ging.

Aber der Schaden war bereits angerichtet.

»Schau mich nicht so an, Victoria!«, protestierte Cem erschrocken. »Du weißt ganz genau, dass du die Einzige für mich bist!«

»Aber was ist, wenn du an einer Zeremonie teilnehmen musst? An einer Beerdigung oder an einem Mündigkeitsritual? Die Teilnahme ist zwingend, das haben wir bereits gelernt. Und was dann? Kann dann jede daherkommen und dich zwingen, mit ihr zu gehen?« Victoria klang zutiefst verletzt.

Adam war wütend. Er hätte diesem Mistkerl Sam am liebsten den Hals umgedreht.

»Nicht, wenn der Vampir bereits eine Lebenspartnerin hat, Liebling«, versuchte Cem seine Frau lächelnd zu beschwichtigen. Das stimmte zwar, aber laut Vampirgesetz würde Victoria erst nach ihrer Transformation als Cems offizielle Lebenspartnerin anerkannt werden.

Und das schien sie, zu Cems Unglück, genau zu wissen.

»Versuch nicht mich auszutricksen, Professor Bilen! Deine ›Lebenspartnerin‹ werde ich erst in zwei Wochen sein!«

Dazu fiel Cem nichts mehr ein. Verzweifelt zog er seine

Frau an sich und warf Adam über ihren Kopf hinweg einen hilflosen Blick zu.

Und gerade, als Adam schon glaubte, das Schlimmste sei vorüber, glitt eine der drei Frauen von ihrem Barhocker und kam, den Blick fest auf Cem geheftet, auf ihren Tisch zu.

Das konnte kein Zufall sein. Die meisten Frauen suchten sich keinen Mann, der so offensichtlich gebunden war wie Cem. Was Sam bequemerweise zu erwähnen vergessen hatte, war, dass in Vampirbars dieselben Gesetze zwischen den Geschlechtern galten, wie bei Zeremonien. Cem würde die Frau nicht zurückweisen können – und das wusste Victorias Lehrer, der jetzt bei den anderen beiden Frauen saß und sich angeregt mit ihnen unterhielt.

Sam kräftig verwünschend erhob sich Adam und vertrat der Frau den Weg. »Du bist mir gleich aufgefallen.«

Die Frau blieb stehen. Ihre grünen Augen huschten zwischen Adam und Cem hin und her. Sie hatte einen herrlichen Körper, schlank und geschmeidig, mit straffen Brüsten und Lippen, die zum Küssen einluden. Wären da nicht ihre geweiteten Pupillen gewesen – ein Nebeneffekt des Froschbluts –, Adam wäre tatsächlich versucht gewesen, etwas mit ihr anzufangen.

»Aber ich sollte …«, begann sie, verstummte jedoch, da Adam sie an sich zog.

»Was?«

Sie kicherte. »Ach, nichts. Du gefällst mir sowieso besser.«

Sie fuhr mit ihren roten Fingernägeln über sein Hemd, dann stellte sie sich auf die Zehenspitzen und küsste ihn.

Adam ließ es sich gefallen. Ein Blick über ihre Schulter überzeugte ihn davon, dass Cem, Gott sei Dank, den Rückzug angetreten hatte. Er und Victoria gingen soeben zum Ausgang.

»Ich hab schon so viel von dir gehört«, gurrte die Frau ihm ins Ohr.

»Ach ja?« Jetzt, wo die Gefahr vorbei war, fragte sich Adam, warum er sich kein bisschen zu der Schönheit hingezogen fühlte.

Sie rieb ihre Brüste an ihm und legte den Kopf ein wenig in den Nacken, um ihm in die Augen sehen zu können. Grüne Augen. Aber nicht hell genug.

Nicht hell genug? Was zum Teufel …?

»Sie reden überall über dich, in der ganzen Stadt«, sagte sie. »Dein Ruf eilt dir voraus, Friedenshüter. Besonders bei Frauen.«

Adam konnte es nicht fassen: Warum musste er *ausgerechnet jetzt* an *Madame Foulard* denken? An diese stinkende Vogelscheuche, mit ihrem kleisterdicken Make-up? Dann hatte sie eben die schönsten Augen der Welt, na und? Sie war eine Irre, die mit imaginären Geistern sprach und Launen hatte, dass die Milch sauer werden konnte.

Aber das war es ja gerade! Sein Fluch. Er fühlte sich zu verrückten Frauen hingezogen, nur weil sie ihm Rätsel aufgaben. Und empfand nichts für sinnliche Sirenen wie diese hier, die sich wie eine Katze an ihm zu reiben begann.

»Verzeih«, sagte er und wich einen Schritt zurück. »Du bist umwerfend, Schätzchen, aber ich fürchte, ich bin heute Nacht nicht Mann genug für dich.«

Als er sah, wie verletzt sie war, riss er sie an sich und küsste sie, bis ihr die Luft wegblieb.

»Vielleicht ein andermal.«

Die Frau lächelte verträumt und nickte, und Adam machte kehrt und ging.

8. Kapitel

Du siehst gut aus, Lea.«

Lea fühlte sich im Moment alles andere als attraktiv, doch das behielt sie für sich. Marco Venetto war schon seit vierzehn Jahren ihr Agent, von Anfang an, seit Beginn ihrer Karriere als Fotografin. Er war ein guter Geschäftsmann, ein treuer Freund – und der einzige Mensch auf der Welt, der wusste, wer sich hinter dem Pseudonym »Fotograf X« verbarg.

Vor sieben Jahren, als David sie verlassen hatte, als die Stimmen der Geister immer lauter wurden, hatte sie beschlossen, ein ganz neues Leben anzufangen. Sie hatte keine Wahl gehabt: entweder die Vergangenheit hinter sich lassen oder verrückt werden. Die vernünftige und praktische Lea konnte die Existenz übersinnlicher Wesen nicht akzeptieren – geschweige denn, sich mit deren Anliegen zu befassen. Die vernünftige und praktische Lea hielt sich seit jenem verhängnisvollen Unfall und dem daraus resultierenden Krankenhausaufenthalt für verrückt, für schizophren. *Diese* Lea wäre unweigerlich in der Psychiatrie gelandet und hätte sich ihr Leben lang mit Psychopharmaka vollpumpen müssen.

So war die »neue« Lea geboren worden und hatte sich ein neues Leben aufgebaut, ein Leben mit ganz anderen

Zielen. Ihr Traum von Mann und Kindern, von einem Eigenheim, war gründlich ausgeträumt. Jetzt war ihr nur noch eins wichtig: genug Geld mit ihrer Fotografie zu verdienen, um leben zu können und jenen Geistern zu helfen, die ins Licht zu treten wünschten. Es ließ sich schwer sagen, warum einige Seelen hier auf Erden hängen blieben und nicht gleich »weitergingen«. Meist lag es daran, dass sie noch etwas zu erledigen hatten. Manche wussten um ein Geheimnis, das ans Licht kommen musste, bevor sie gehen konnten, andere wollten etwas Bestimmtes erledigt sehen … das war ganz unterschiedlich. Aber eins war klar: Jeder »Geist« wusste ganz genau, was ihn daran hinderte weiterzugehen.

Dann gab es natürlich noch Geister wie Liam, die nicht die leiseste Absicht hatten »weiterzugehen«. Und dagegen hatte sie nichts, denn diese Sorte bereitete ihr am wenigsten Schwierigkeiten. Nur die Geister oder Seelen, die Hilfe brauchten, wurden anhänglich. Und genau so eine Seele hing ihr im Moment auch am Rockzipfel. Bildlich gesprochen.

Es war daher kein Wunder, dass sie alles andere lieber getan hätte, als mit Marco in einem schicken Restaurant zu sitzen.

»Danke, Marco, du siehst selbst nicht schlecht aus«, erwiderte sie sein Kompliment. »Aber was machst du hier in Edinburgh? Ist nicht gerade Prinzessin-So-und-so-Woche in Monte Carlo?«

Marco setzte sein verführerischstes Lächeln auf, und Lea hob skeptisch die Braue. Sicher, er sah unverschämt gut aus, aber sie kannte ihn viel zu gut, um auf ihn reinzufallen. Ihr italienischer Agent war seinen zahlreichen Eroberungen ebenso untreu, wie er seinen Klienten, also ihr, treu war. Außerdem machte sie sich nichts aus seinem geleckten italienischen Macho-Look. Sie bevorzugte den raueren, gefährlicheren Typ. Einen, der vor verhaltener Kraft vibrierte … einen wie Adam.

Menschenskind, warum musste sie schon wieder an ihn denken?!

»Wie schaffst du es nur, einem Mann mit zwei kurzen Sätzen den Wind aus den Segeln zu nehmen?«, beschwerte sich Marco in gespielt verletztem Ton.

Lea zuckte die Achseln. »Ich hab jede Menge Übung.«

Er hob eine Braue. »Du brichst mir das Herz, *cara,* aber du darfst das. Du bist schließlich meine kleine Goldmine.«

»Ach ja?« Lea verdrehte die Augen und schob sich einen großen Bissen Steak in den Mund. Da sie nur selten ausging, hatte sie beschlossen, das Beste draus zu machen.

»O ja.« Marco nickte. Dann gab er dem Kellner einen Wink, und als dieser herankam, hob er seinen Salat. »Ich hatte um einen *kleinen* Spritzer Olivenöl gebeten, aber es scheint, als habe man mir einen dicken Klecks Mayonnaise auf meinen Salat getan. Der geht zurück. Bitte bringen Sie mir stattdessen die Tomaten-Basilikum-Suppe.«

»Gewiss, mein Herr.« Der Kellner zog mit saurem Gesicht von dannen.

»Ich sollte dich vielleicht darauf aufmerksam machen, dass es in England unüblich ist, sein Essen zurück gehen zu lassen«, fühlte Lea sich genötigt zu sagen.

»Ach was! Ich hoffe, die hauen mir keine Sahne in die

Tomatensuppe?« Er schaute sich besorgt um. »Ich hätte dem Kellner sagen sollen: keine Sahne!«

Lea gab sich alle Mühe, doch dann brach sie trotzdem in Lachen aus. Nur Marco konnte sich so wegen einer Tomatensuppe aufregen.

»Na also.« Ihr Agent lehnte sich seufzend zurück. »Endlich lachst du mal. Du hast den ganzen Abend noch nicht einmal gelächelt.«

»Verzeih.« Lea seufzte; es tat ihr tatsächlich leid. Marco konnte ja nichts dafür, dass bei ihr daheim im Bad ein Geist auf sie wartete, eine Argentinierin, die ihr die verrückteste Bitte vorgetragen hatte, die ihr je untergekommen war. »Ich war mit den Gedanken woanders.«

Marco beugte sich vor und nahm sie beim Kinn. Seine schwarzen Augen blickten auf einmal ganz ernst, ernster, als sie ihn je zuvor gesehen hatte.

»Lea, ich weiß, ich war nicht da, als du mich am meisten gebraucht hättest, aber jetzt bin ich für dich da. Ich kann mich ändern.«

Lea holte tief Luft und legte ihr Besteck beiseite. Dann nahm sie seine Hand in ihre. Sie wusste, dass er es gut meinte, wusste, dass er davon überzeugt war, sich ändern zu können … dass er ihr ein guter Freund sein wollte. Und dafür hatte sie ihn von Herzen gern. Aber sie mochte ihn wie einen Bruder, einen guten Freund, nicht mehr.

»Marco, das ist Jahre her, bitte hör auf, dir deswegen den Kopf zu zerbrechen. Woher hättest du es auch wissen sollen? Und du bist gekommen, sobald du es erfahren hast. Bitte, vergiss das Ganze. Du bist mir immer ein wahrer Freund gewesen.« Sie drückte kurz seine Hand und lehnte sich dann zurück. »Aber mehr kann nicht sein zwischen uns. Du weißt ja, dass meine einzig wahre Liebe das Fotografieren ist.«

Marcos Lächeln ließ ein wenig länger auf sich warten, als Lea gedacht hätte. Er griff in seine Tasche, holte einen Umschlag hervor und schob ihn zu ihr hinüber.

»Nun, deine wahre Liebe hat sich mal wieder als äußerst profitabel erwiesen«, sagte er. »Du bist jetzt ganz offiziell – wie nennt man das noch – *stinkreich?*«

Lea nahm den Umschlag und ließ ihn grinsend in ihrer Handtasche verschwinden. »Na, das sind doch mal gute Neuigkeiten, oder?«

»Gut. Ja.« Marco hob seine Champagnerflöte, und als sie es ihm gleichtat, sagte er feierlich: »Gut für uns beide, mein liebes Gespenst.«

Das war der Spitzname, den ihr die Medien gegeben hatten. Die Ironie war Lea natürlich nicht entgangen.

»Und was willst du nun mit all deinen Reichtümern anfangen?«

»Das geht dich nichts an, mein Freund«, entgegnete Lea streng. Sie wusste ganz genau, was sie damit anfangen wollte. Sie hatte eine Million auf der hohen Kante, genug, um damit jahrelang ihren jetzigen Lebensstil aufrechtzuerhalten – wenn nicht gar bis an ihr Lebensende. Alles Weitere gab sie immer gleich weg.

Sie spendete regelmäßig hohe Summen an verschiedenste Einrichtungen und Wohltätigkeitsorganisationen, darunter zum Beispiel städtische Friedhofsverwaltungen, die dafür sorgten, dass die Gräber gepflegt wurden. Sie gab Geld an die Krebsforschung, an Tierheime und Waisenhäuser in der ganzen Welt, sie spendete Tierschutzorganisationen und Kinderhilfswerken. Aber das meiste Geld ging an *Helping Hand*, eine Einrichtung, die hilfsbedürftigen Frauen und Mädchen einen Unterschlupf bot.

Nachdem Lea aus dem Krankenhaus entlassen worden war, hatte sie feststellen müssen, dass David, ihr Verlobter, sie kurzerhand auf die Straße gesetzt und all ihr Geld einbehalten hatte. Sie hatte nichts dagegen tun können. Die Wohnung lief auf ihn, und ihr ganzes Geld lag auf seinem Konto, da sie in der kurzen Zeit, seit sie nach Schottland gezogen war, noch keine Zeit gehabt hatte, ein eigenes Konto zu eröffnen.

Ohne einen Pfennig hatte sie auf der Straße gestanden und war auf Sozialhilfe angewiesen gewesen. Sie hatte eine winzige Wohnung in einer Sozialbausiedlung zugewiesen bekommen, dazu ein paar Essensmarken. Die Essensmarken hatte sie nicht eingelöst, sondern sich voller Angst, verrückt zu werden, in ihrem Zimmerchen eingeschlossen und versucht, nicht auf das Randalieren der Alkoholiker und Drogensüchtigen in der Nachbarschaft zu achten, auf das Heulen von Polizeisirenen und auf die Stimmen der Verstorbenen, die unablässig auf sie eindrangen.

Erst als sie Mrs. Drew kennen lernte, die *Helping Hand* leitete, war es wieder mit ihr aufwärts gegangen. Die Hilfsorganisation residierte in einer gemütlichen alten Pension, wo hilfsbedürftige Frauen und Mädchen einen Unterschlupf, gute Hausmannskost und viele gute Ratschläge erhielten.

Mrs. Drew war es, dank Leas großzügiger Spenden, in den letzten drei Jahren gelungen, überall in Schottland ähnliche Häuser zu eröffnen. So wurde Tag für Tag Frauen geholfen.

»Komm doch mit, Lea. Ich fliege morgen früh nach Paris«, sagte Marco, »und ohne dich wäre es einfach nicht dasselbe. Wir könnten die Flohmärkte unsicher machen, in guten Restaurants essen und Wein trinken bis zum Abwinken.«

Shopping in Paris.

Marco hatte ja keine Ahnung, wie wenig sie sich daraus machte.

Der großzügige Park um Prestonfield House war mit blauen und lila Lichtern kunstvoll ausgeleuchtet. Sie fuhren an den ehemaligen Stallungen vorbei, in denen nun, dem Anschein nach, irgendein teures Event stattfand. Vor dem Eingang des Hauptgebäudes, aus dem nun das Prestonfield Hotel geworden war, hielten sie an. Adam konnte sich noch gut erinnern, wie er vor vielen Jahren einmal eine unvergessliche Pokerspiel-Woche hier verbracht hatte, damals, als das Anwesen noch in Privatbesitz gewesen war.

»Ich dachte, du würdest dich freuen, mal das Restaurant kennen zu lernen«, sagte Victoria mit einem schelmischen Grinsen, während ein weißbehandschuhter Portier den Wagenschlag für sie aufhielt. Ein langer roter Teppich führte in die hell erleuchtete Eingangshalle, von der aus man rechts und links ins Restaurant, beziehungsweise die Hotelbar gelangte. »Cem hat mir erzählt, dass du dich bei deinem letzten Besuch hier offenbar prächtig amüsiert hast.«

Adam warf seinem Freund einen belustigten Blick zu. »Er hat dir doch nicht meine Jugendsünden gebeichtet?«

Victoria grinste. »Ach, nur ein bisschen. Und nur, weil es mich so *brennend* interessiert hat.«

»Sicher hat er gewaltig übertrieben, damit du ihm an den Lippen hängst«, bemerkte Adam. »Ich dagegen kann dir Geschichten von ihm erzählen – ohne Übertreibung! –, bei denen …«

»Adam«, sagte Cem warnend. Nicht, dass das Adam davon abgehalten hätte, seinen Freund mit den alten Geschichten zu blamieren, wenn er unbedingt gewollt hätte. Aber er wollte nicht. Cem hatte jetzt Victoria. Das, was davor gewesen war, war Vergangenheit. So war es bei allen Vampiren, die endlich ihren Lebenspartner gefunden hatten.

»Ah, Mr. Bilen, herzlich willkommen. Ihr üblicher Tisch wird gleich für Sie fertig gemacht«, sagte der Oberkellner hoheitsvoll, sobald er sie erspäht hatte.

Das *Rhubarb* war offenbar eins von Cems und Victorias Lieblingsrestaurants. Adam folgte den beiden und fragte sich dabei unwillkürlich, ob *er* wohl je eine Frau haben würde und ein gemeinsames Lieblingsrestaurant … Der Gedanke war ihm bisher noch nie gekommen.

»Also, was sind das für Geschichten?«, wollte Victoria sofort wissen, nachdem man sie an »ihren« Tisch gesetzt hatte. Er stand an einem der hohen Fenster, und man hatte von dort aus einen herrlichen Blick in den Garten. Der große Kamin und die hohen Decken waren noch ganz so wie früher, aber alles andere hatte sich drastisch verändert. Jetzt standen überall kleine, mit weißen Tischdecken gedeckte Tische, darauf glänzendes Silberbesteck, funkelnde Kristallgläser, gefüllt mit teuren Weinen, in der Mitte kostbare Kerzenständer. Früher hatten hier gerade mal zwei Sofas und ein paar Sessel gestanden; es war das Raucherzimmer des Anwesens gewesen.

»Adam wollte bloß andeuten, dass er kein so großer Playboy ist, wie ich behauptet habe«, erklärte Cem und widmete sich mit unnatürlichem Interesse der Speisekarte.

»Ach, Playboy, was für ein hässlicher Ausdruck«, sagte Adam, wurde aber von Victoria unterbrochen.

»Mein Gott, Cem, weißt du, wer das ist?«

Adam folgte Victorias Blick zu einem Tisch am anderen Ende des Raums. Er kannte den Mann nicht, der dort mit einer Frau saß, doch der Typ war ihm durchaus vertraut: manikürte Hände, enge Beinkleider, schmale Krawatte. *Das* war ein Playboy, wie er im Buche stand. Aber was fand Cems Frau bloß an ihm?

»Und? Das ist ein italienischer Gentleman«, bemerkte Cem gleichgültig und steckte seine Nase wieder in die Speisekarte.

Seine Frau verdrehte die Augen. »Ein italienischer Gentleman! Weißt du denn nicht, wer das ist? Das ist Marco Venetto, der Agent des Gespensts!«

Nun hatte sie Cems Aufmerksamkeit errungen. Er legte die Speisekarte beiseite und warf einen genaueren Blick zum anderen Tisch hinüber.

Adam dagegen glaubte sich verhört zu haben. Das Gespenst? Wie eigenartig. Er hatte noch nie davon gehört. Victoria merkte es.

»Das Gespenst ist ein Fotokünstler, und Marco ist sein Agent. Er selbst nennt sich ›Fotograf X‹, aber die Kunstwelt hat ihm den Spitznamen ›das Gespenst‹ gegeben, weil er noch nie öffentlich in Erscheinung getreten ist«, erklärte Victoria, die sich vorgebeugt hatte, um nicht so laut reden zu müssen. »Der Fotograf ist vor, ich glaube, sieben Jahren wie aus dem Nichts aufgetaucht – das heißt, natürlich nicht er, sondern sein Agent. Er ist der Einzige, der weiß, wer sich hinter dem Pseudonym verbirgt. Mein Gott, was wir schon alles versucht haben, um ein Interview mit dem scheuen Künstler zu bekommen! Aber Venetto ist unnachgiebig.«

Adam schaute noch einmal zu dem italienischen Agenten hinüber, diesmal mit mehr Respekt. Was immer Mr. Venetto sonst sein mochte, er schien ein guter, treuer Agent zu sein.

»Warum gehst du nicht kurz hin und sagst Hallo?«, schlug Cem vor. »Wenn man bedenkt, wie viel wir für dieses ›Gespensterfoto‹ ausgegeben haben, dann ist er dir zumindest ein paar freundliche Worte schuldig.«

»Ich weiß nicht«, sagte Victoria unschlüssig, »er ist nicht allein.«

»Sie geht sich gerade die Nase pudern«, verkündete Adam. Er konnte das Gesicht der Frau, die mit dem Rücken zu ihnen saß, zwar nicht erkennen, aber ihre Figur in dem schlichten schwarzen Cocktailkleid war fabelhaft. Typisch Italiener – immer ein Model am Arm.

»Komm«, sagte er, erhob sich und bot Victoria seinen Arm, »einen möglichen Käufer will Mr. Venetto sicher gerne kennen lernen.«

Victorias Augen blitzten auf; sie hakte sich bei Adam unter. »Cem, ich glaube, ich habe mich soeben in deinen besten Freund verliebt.«

Kichernd ließ sie sich von ihm wegführen. Adam hörte seinen Freund zwar noch etwas grummeln, wusste aber, dass dieser sich im Grunde herzlich freute.

»Mr. Venetto.«

Victoria bot dem Mann mit einem professionellen Lächeln die Hand. Adam hätte kein Gedankenleser sein müssen, um die Neugier und Anerkennung zu sehen, die im Gesicht des Italieners aufleuchteten.

»Kennen wir uns?«, fragte er. Er erhob sich, nahm die dargebotene Hand und drückte einen Handkuss auf Victorias Fingerknöchel. Adam hätte gereizt reagiert auf diese Geste, wäre da nicht Cems Räuspern gewesen, das vom anderen Ende des Saals her ertönte. Die Eifersucht seines Freundes war ebenso ungewohnt wie amüsant.

»Mein Name ist Victoria Bilen.«

»Ah! Herausgeberin und Chefredakteurin von *Artists Sight* und stolze Besitzerin der Fotografie *Liams Toys*«, sagte Marco. Plötzlich leuchteten seine Augen. »Ich bin ein großer Fan Ihrer Zeitschrift und Ihrer Artikel. Es gibt nur wenige in der Welt der Schönen Künste, die derart gut informiert sind wie Sie und die einen so untrüglichen Geschmackssinn besitzen. Es ist mir eine Ehre, Signorina.«

Adam war beeindruckt. Der Mann hatte Stil. Und ein ausgezeichnetes Gedächtnis, wie es schien. Auf Victorias Wangen war eine zarte Röte erschienen. Er verstand sich darauf, dem Käufer das Gefühl zu geben, etwas ganz Besonderes zu sein.

»Darf ich Ihnen den Herz -, ich meine, Lord Murray vorstellen?«, korrigierte sich Victoria, der im letzten Moment eingefallen war, dass Adam lieber seinen weniger bedeutenden Titel benutzte.

»Lord Murray.« Marco schüttelte Adam die Hand und musterte ihn dabei interessiert. »Es ist mir ein Vergnügen.«

»Ganz meinerseits, Mr. Venetto. Victoria hat mir gerade klargemacht, dass mir noch ein ganz bestimmter Künstler in meiner Sammlung fehlt. Sie schwört auf Ihren Klienten mit dem Namen ›das Gespenst‹.«

Das war nicht wirklich gelogen. Adam war tatsächlich ein Kunstsammler, hatte aber bisher wenig Zeit dafür gehabt. Außerdem interessierte er sich vor allem für Ölgemälde.

»Wie gesagt, Miss Victoria besitzt einen ausgezeichneten Geschmack …«

»*Mrs*. Victoria, wenn es Ihnen nichts ausmacht.«

Cem war hinter ihrem Rücken aufgetaucht. Victoria bedachte ihren Mann mit einem kühlen Blick, den dieser ignorierte. Er lächelte dem verlegenen Italiener zu. »Möchten Sie nicht an unseren Tisch kommen, Mr. Venetto?«

»Es freut mich immer, ein wenig Zeit mit Kunden und Kunstliebhabern zu verbringen, aber ich bin mit einer lieben Freundin hier … ah, da ist sie ja.«

Marco schaute zur Türe, und Adam drehte sich neugierig um. Er war gespannt darauf, die *liebe Freundin* des Agenten näher in Augenschein nehmen zu können.

Er erkannte sie sofort, und Zorn wallte in ihm auf. Wieso hatte er sie nicht schon vorhin erkannt? Er vergaß nie ein Gesicht, nie.

Und er hatte auch ihres nicht vergessen. Sie sah genauso aus, wie er sie in Erinnerung hatte: kurzes, schwarzes

Haar, volle Lippen, hohe Wangenknochen und die hellsten grünen Augen, die er je gesehen hatte. Die Frau, die er in Istanbul – fast – in seine Suite eingeladen hätte, sie war hier, in Schottland.

Und es war nicht das erste Mal, dass er sie sah.

Aus irgendeinem Grunde gefiel sich die mysteriöse Dame darin, sich in Lumpen zu hüllen und Geisterséancen abzuhalten.

»Da bist du ja, *bella*! Darf ich Ihnen Miss Lea Donavan vorstellen? Lea, das sind Mr. und Mrs. Bilen und Lord Murray.«

9. Kapitel

Wie das mit dummen Zufällen so war: Lea hatte gleich zwei davon in einer Woche. Wer immer dort oben saß und ihr Leben für sie plante, musste sich den Bauch halten vor Lachen. Nicht genug, dass sie vor vier Nächten auf so seltsame Art und Weise mit dem Mann zusammengetroffen war, jetzt lief er ihr schon wieder über den Weg!

Sofort, nachdem Marco sie vorgestellt hatte, zog sie ihn beiseite und sagte, sie müsse sofort gehen, es sei dringend. Sie hatte sich ohnehin aus dem Staub machen wollen, und dieses unglückliche Zusammentreffen mit den dreien machte ihr die Entscheidung umso leichter. Glücklicherweise schien Mrs. Bilen geradezu entzückt darüber zu sein, Marco an ihren Tisch bitten zu können. Das enthob Lea ihres schlechten Gewissens.

Aber das schlechte Gewissen wäre im Moment ohnehin ihre geringste Sorge gewesen: Ihr *anderes Problem* hatte sich nämlich bereits wieder in den Vordergrund gedrängt.

»Diese Leute, wer waren?«

Lea durchquerte mit geballten Fäusten und laut klappernden Absätzen die Gott sei Dank vollkommen leere und stille Eingangshalle des Hotels. Ja, wer waren diese Leute? Das zu erklären hätte eine Menge Zeit in Anspruch genommen, Zeit, die Lea weder hatte, noch sich nehmen wollte. Außerdem war sie sich gar nicht sicher, ob Isabella die Antwort wirklich interessierte. Die argentinische Studentin war erst heute Vormittag infolge einer Reihe unglücklicher Zufälle, die dazu führten, dass sie versehentlich ein falsches Sandwich aß, gestorben. Es war ein Erdnussbutter-Sandwich gewesen, und Isabella war höchst allergisch gegen Erdnussbutter. Als die anderen endlich merkten, dass sie keine Luft mehr bekam, war es bereits zu spät.

»Das ist jetzt egal, Isabella. Ich bitte dich, konzentriere dich! Ich will dir ja helfen, aber es fällt mir schwer zu glauben, dass du nur deshalb nicht ins Licht gehen kannst, weil …«

»Ach ja? Du nicht glauben?! Aber du sagen, ich nachdenken und erster Grund, das kommt in Kopf, ist richtiges! Und das ist Grund, das kommt in Kopf!«

Lea trat hinaus ins Freie. Die Kälte des Oktoberabends traf sie wie eine willkommene Ohrfeige. Sie war vollkommen ratlos. Sie wusste nicht, was sie tun sollte. Aus den alten Stallgebäuden gegenüber drang herrliche Geigenmusik, begleitet von einem Klavier, einer Gitarre, einem Bass und ein paar weiteren Streichinstrumenten. Die schöne Musik beruhigte Leas blank liegende Nerven, und ein tiefer Friede breitete sich in ihr aus.

Da hörte sie in der diesigen Luft ein leises Schluchzen.

Ach du meine Güte.

»Isabella, bitte, so weine doch nicht! Mach dir keine Sorgen …«

»Es t-tut mir leid, Lea, ich … ich … no entiendo. No entiendo. *Warum?*«

Ja, warum? Lea war zwar nicht sicher, ob Isabella weinte, weil sie gestorben war oder weil sie hier ›hängen geblieben‹ war – aber beides schien unfair. Sie wollte und musste diesem armen Mädchen helfen. Irgendetwas würde ihr schon einfallen.

»Eine Demonstration, hast du gesagt? Eine Art … Vorstellung, dir zu Ehren? Ist das richtig?«

»Sí.«

»Wie wär's mit einem Tanz? Ginge das? Eine Tanzvorstellung, dir zu Ehren?«

»Ich weiß nicht. Vielleicht?«

Vielleicht war besser als gar nichts. Lea hatte eine Idee … Entschlossen machte sie sich auf den Weg zu den Ställen.

Was sie jetzt brauchte, war ein Schnaps.

Oder auch zwei.

Adam stand auf der Treppe vor dem Hoteleingang und schaute zu den Ställen hinüber. Die Festveranstalter hatten sich wirklich ins Zeug gelegt: Weiße Zelte umgaben den schönen alten venezianischen Springbrunnen. Zwischen den kunstvoll gestutzten Bäumen und Hecken waren Heizelemente aufgestellt worden, damit es den Reichen und Schönen nicht kalt wurde. Weißbehandschuhte Kellner schritten mit Silbertabletts zwischen den Gästen herum und servierten Häppchen und Champagner in langstieligen Gläsern.

Er wusste selbst nicht, was ihn dazu veranlasste, Miss Lea Donavan zu folgen, aber er hatte das Gefühl, dass sie noch nicht ganz miteinander fertig waren. Verletzter Stolz vielleicht. Sie hatte ihn früher erkannt als er sie. Und dabei vergaß er nie ein Gesicht!

Wie hatte er diese Augen vergessen können? Es ergab keinen Sinn. *Sie* ergab keinen Sinn. In dem einen Moment eine alte Schachtel, im nächsten Moment eine glamouröse Erscheinung. Und nun hatte sie Marco Venetto einfach stehen lassen, der ganz offensichtlich mehr als glücklich gewesen wäre, sie großzügig mit einfach allem zu überschütten, was sie sich nur wünschte. Doch sie war stattdessen in Richtung Party bei den Stallungen aufgebrochen.

War es das? War er ihr nur deshalb gefolgt, weil er nicht aus ihr schlau wurde? Das allein konnte es doch nicht sein. Trotzdem, er wollte und musste mehr über sie herausfinden. Bei diesem Gedanken krampfte sich sein Magen erwartungsvoll zusammen. Ja, das musste es sein: reine Neugier. Er zog den Kopf ein – es hatte in dicken, trägen Tropfen zu regnen begonnen – und lief über die gekieste Auffahrt zu den alten Stallgebäuden hinüber. Er tauchte in eins der weißen Zelte ein, nahm sich ein Glas von einem vorbeikommenden Tablett und schnupperte an der goldgelben Flüssigkeit: Whisky. Adam nahm einen genießerischen Schluck, dann ließ er sich von seinen Ohren zum Musikzelt leiten.

Als Adam das Zelt betrat, ging soeben ein Walzer zu Ende, und er sah ein ältliches Pärchen die Tanzfläche zu seiner Rechten verlassen. Er wandte sich nach links, hin zur Kapelle. Dort blieb er dann mit seinem Drink stehen und lächelte einigen Damen zu, die kichernd und tuschelnd seine Aufmerksamkeit zu erregen versuchten. Eine hob gar auffordernd die Brauen, was ihn zum Lachen reizte. Sie war eine ganz besondere Schönheit: rothaarig, mit üppigen Kurven, in einem eng anliegenden, weißen Paillettenkleid. Wenn er nicht mit den Gedanken woanders gewesen wäre, wer weiß …

Ein temperamentvoller Gitarrenakkord ließ die Gäste verstummen. Eine Frau trat auf die Tanzfläche, und aller Augen richteten sich auf sie. Adam trat unwillkürlich einen Schritt vor: Es war Lea! Langbeinig, in Stiletto-Sandalen, die nur von einem dünnen Riemchen gehalten wurden, trug sie dieses lange, eng anliegende schwarze Schlauchkleid, ohne jeden Schmuck, nichts, das von ihrer schlanken Figur, ihrer hochgewachsenen Gestalt ablenkte. Sie war einfach umwerfend.

Mitten auf der Tanzfläche blieb sie stehen, und Adam grinste erwartungsvoll. Ganz offensichtlich stand ihm eine weitere Überraschung bevor. Ein schelmisches Lächeln breitete sich über Leas Gesicht, während sie langsam mit den Händen über ihren Körper strich, bis sie den kleinen Schlitz in ihrem Kleid erreichte, am rechten Saum. Der Pianist spielte einen lauten Akkord, die Damen keuchten auf, und Lea riss den Saum des Kleides auf, bis hinauf zur Hüfte. Was für eine Schauspielerin!

Wie gebannt trat Adam vor. Lea hob die Arme. Langsam zunächst, dann allmählich immer schneller, begann sie zu tanzen. Dass sie alleine tanzte, spielte keine Rolle. Diese Frau brauchte keinen Tanzpartner. Sie hob ihr rechtes Bein, bog die Wade, machte einen Ausfallschritt. Ein paar Fingerbreit nackter Oberschenkel wurden sichtbar und ein Straps, der einen schwarzen Seidenstrumpf festhielt. Einige der etwas konservativeren Gäste schnappten hörbar nach Luft. Adam konnte förmlich hören, wie die versammelte Männerwelt schluckte.

Was hatte sie vor? Vollkommen versunken tanzte sie den argentinischen Tango, als wäre es ihr angeboren, als wäre sie in einem Bordell in Buenos Aires zur Welt gekommen. War sie eine Trickbetrügerin? Spielte es überhaupt eine Rolle?

Nicht wirklich. Jedenfalls jetzt nicht, in diesem Moment, in dem sie ihn mit ihrem Tanz verführte. Er verspürte den starken Drang, zu ihr auf die Tanzfläche zu gehen, mit ihr zu tanzen, sie zu erobern – aber er widerstand. Er wollte den Zauber nicht brechen, mit dem sie ihn und alle Anwesenden im Zelt gefangen hielt.

Der Rhythmus wurde immer schneller. Lea wirbelte herum, mit anmutigen Armbewegungen und weiten, ausgreifenden Schritten. Wie gebannt folgte ihr jedes Augenpaar. Und als die Musik schließlich ihren Höhepunkt erreichte, mit einem stürmischen Crescendo verklang, da warf sich Lea zu Boden und blickte nach oben, wobei sich ihre Brust unter schweren Atemzügen hob und senkte. Stürmischer Applaus erfüllte das Zelt, aber Lea schien ihn überhaupt nicht wahrzunehmen. Ihr Blick war noch immer nach oben gerichtet, als würde sie etwas sehen, das andere nicht wahrnehmen konnten. Ein trauriges Lächeln umspielte ihre Lippen, und sie hob ihre Hand, wie um jemandem Lebewohl zu sagen. Im nächsten Moment sprang sie auf und rannte, ungeachtet der Rufe, die ihr folgten, von der Tanzfläche und verschwand in der Menge.

Adam folgte ihr sogleich, eilte übers Parkett, versuchte sich durch die Leute zu drängen. Aber als er den anderen

Zeltausgang erreichte, war sie bereits verschwunden. Eine Viertelstunde lang suchte er verzweifelt nach ihr, doch dann sah er sie zu seiner Erleichterung über den Kiesweg zum Ausgang stolpern.

»Lea?«, rief er, doch sie schien ihn nicht zu hören. Etwas an ihrem Gang machte ihn stutzig – sie schien kaum vorwärts zu kommen. Lag es an ihren hohen Absätzen? Einen Herzschlag später war er an ihrer Seite.

Er hielt sie am Arm fest und zog sie zu sich herum. Ein paar Mal blinzelte sie, sah ihn verwirrt an, dann breitete sich ein Grinsen auf ihrem Gesicht aus.

»Adam! Hab gerade an dich gedacht!«

»Ach ja?«

Er konnte es kaum glauben, aber die Anzeichen sprachen für sich: die glasigen Augen, der schwankende Gang … Wie um alles in der Welt hatte sie nur so tanzen können, wenn sie ganz offensichtlich sturzbetrunken war?

»O ja!« Sie nickte ernst. »Ich will ja gar nicht, aber … aber … ich muss!«

Unter anderen Umständen hätte er ihr natürlich eine charmant-schlagfertige Antwort gegeben, aber Lea schien im Moment nicht sie selbst zu sein. *Mist aber auch*.

»Weißt du was?«, sagte sie. »Weißt du was? Ich hab gleich gewusst, dass du … dass du … mir Ärger machen wirst.«

Sie stolperte weiter. Adam schob die Hand unter ihren Ellbogen und stützte sie. Mit der anderen Hand holte er sein Handy heraus und tippte eine SMS an Cem: Sie würden sich morgen sehen. Dann schaute er sich nach einem Taxi um.

Keins in Sichtweite.

»Lea, wo wohnst du?«

»Weißt du … das letzte Mal, dass ich Tequila getrunken hab, das war … das war, als David und ich eine Wohnung gefunden ham.« Sie runzelte angestrengt die Stirn. »Hätte die Finger von den Dingern lassen sollen. Hab nich mehr getanzt, seit die alte Lea … in der Versoff … in der Versenkung verschwunden is'. Aber ich hab gedacht, ich würd' mich besser fühlen.«

»Aber das hast du nicht?«, riet er und führte sie zum Parkplatz. Er wollte Cems Chauffeur bitten, sie heimzufahren und dann wieder herzukommen.

»Nee. Schuss in'n Ofen.«

Sie konnte sich mittlerweile kaum noch auf den Beinen halten. Adam hatte Erbarmen, bückte sich und hob sie schwungvoll hoch. Abermals blinzelte sie ihn an, doch diesmal waren ihre herrlichen grünen Augen nur noch Zentimeter von den seinen entfernt.

»Du trägs' mich ja«, sagte sie lächelnd. Die Sirene hatte sich in ein kleines Mädchen verwandelt. Wie schaffte sie es nur, dass er sie im einen Moment begehrte, im nächsten Augenblick dagegen nur noch beschützen wollte?

»Bist 'n netter Kerl, oder?«, murmelte sie.

Er lächelte. Fast wünschte er, kein netter Kerl zu sein, denn nette Kerle sind Gentlemen, wenn es um betrunkene Frauen geht. »Du brauchst keine Angst zu haben, Lea.«

Sie schaute ihn ein paar Sekunden lang an, dann ließ sie ihren Kopf auf seine Schulter sinken und schlief ein.

10. Kapitel

Lea streckte und räkelte sich in ihrem warmen Bett. Seltsamerweise fühlte sie sich wie zerschlagen. Fremde Laute drangen an ihr Ohr … ferne Schritte, Stimmen … ein Staubsauger? Nein, sie wollte die Augen jetzt noch nicht aufmachen. Sie war noch gar nicht richtig wach. Und sie wollte auch gar nicht wach werden.

Aber das beharrliche Läuten eines Telefons riss sie schließlich aus ihrem herrlichen Dämmerzustand. Mühsam schlug sie die Lider auf und schaute sich um.

»Wa …?«

Lea setzte sich abrupt auf und versuchte, den Blick zu fokussieren. Es dauerte einen Moment, bis das Zimmer aufhörte sich zu drehen. *Ein fremdes Zimmer*, nicht ihr eigenes. Ihr Blick huschte erschrocken über das wuchtige Himmelbett mit seinen vier Holzpfosten, über den dicken Teppich, die Kommode und die fremden Lampen. Sie schluckte, dann sah sie vorsichtig an sich herab.

Erleichterung durchströmte sie, als sie erkannte, dass sie ihr schwarzes Kleid noch anhatte.

Ermutigt durch diese gute Nachricht schwang sie die Beine aus dem Bett und ging auf der Suche nach dem Badezimmer ein paar Schritte durch den Raum. Da fiel ihr Blick auf einen Zettel, der an einer Vase lehnte. Darauf stand in eleganter Schrift ihr Name.

Sie nahm den Brief in die Hand und las:

Lea,
ich konnte dich gestern Abend leider nicht mehr wecken, um zu fragen, wo du wohnst. Deshalb habe ich dich mit zu mir genommen. Ich muss leider kurz weg und bin deshalb wahrscheinlich nicht da, wenn du aufwachst, um dir alles zu erklären. Du kannst duschen, wenn du willst. Frühstück steht auf dem Tisch.
Adam

Adam. Jetzt fiel ihr alles wieder ein, und Lea schlug entsetzt die Hände vors Gesicht. Mein Gott, was hatte sie getan! Dieser Tanz. All die Leute. Tequilas. Was war nur in sie gefahren? Wie hatte sie nur so dumm sein können, ihre Verlegenheit durch Alkohol zu betäuben? Und Adam hatte sie sogar tragen müssen … ach, du großer Gott.

Sie holte tief Luft und öffnete die Schlafzimmertüre. Langsam schaute sie sich um, inspizierte die Suite. Nein, Gott sei Dank, sie war tatsächlich allein. Ein Schlafzimmer, ein begehbarer Kleiderschrank, ein Esszimmer und ein Wohnzimmer. Diese Hotelsuite war größer als ihre eigene kleine Bleibe. Und man hatte einen fantastischen Blick auf die Burg. Sie blieb vor dem Esstisch stehen, der mit einer weißen Tischdecke gedeckt war. Darauf standen Toast, Tee, Marmeladen und ein Dutzend anderer Sachen zum Frühstücken. Wie war sie bloß hier gelandet? Und warum war sie so nervös?

Zur Hölle, sie wusste genau, warum sie so nervös war. Wegen Adam. Ihm nach ihrem gestrigen Ausrutscher in nüchternem Zustand gegenübertreten zu müssen, überstieg ihre Kräfte. Der Mann war auch so schon beunruhigend genug. Am besten sie machte sich so schnell wie möglich aus dem Staub, bevor er wieder auftauchte.

Aber zuerst mal musste sie ihren Brummschädel unter einen Duschstrahl halten, ohne das ging's einfach nicht. In der Hoffnung, sich danach zumindest nicht mehr ganz so schlecht zu fühlen, verschwand Lea im Badezimmer.

Ein Gutes hatte der gestrige Abend zumindest gehabt: Isabella war ins Licht getreten. Und das war schließlich der Zweck der ganzen Vorstellung gewesen.

Eine Viertelstunde später kam Lea, erfrischt und sogar ein wenig hungrig, wieder aus dem Bad. Es machte ihr noch nicht einmal sonderlich viel aus, dass sie das schwarze Kleid noch mal anziehen musste. Sie hatte im Bad ein kleines Hotel-Nähzeug gefunden und den Schlitz mit ein paar Sicherheitsnadeln ein wenig züchtiger gemacht. So gerüstet, nahm sie am Frühstückstisch Platz und griff zu einer Scheibe Toast, die sie mit Erdbeermarmelade bestrich. Dann suchte sie sich unter den Teebeuteln einen Kamillentee aus, holte ihn aus dem Papiertäschchen, hängte den Beutel in eine Porzellantasse und übergoss das Ganze mit heißem Wasser.

Während sich ihr Tee langsam gelb färbte, machte Lea Pläne. Als Erstes würde sie nach Hause gehen und sich umziehen. Dann würde sie Liam auf dem Friedhof einen Besuch abstatten, mit Mr. Thomson Kaffee trinken und dann zum Geister-Meeting in die National Gallery gehen.

Und dann raus nach Bruntsfield zum Fotografieren. Ach ja, und Marco anrufen, natürlich.

Da ging auf einmal die Haustüre auf, und jemand betrat die Diele. Kurz darauf tauchten Adams breite Schultern in der Esszimmertür auf. Er sah einfach verboten gut aus: Designerjeans, Lederjacke und ein schlichter schwarzer Pulli. Er hatte die Ärmel zurückgeschoben, und sie konnte die hervortretenden Adern auf seinem Unterarm sehen. Auf seiner Stirne zitterte ein Regentropfen, der ihm aus dem dichten schwarzen Haar gefallen war. Sie starrte ihn mit offenem Mund an, sie konnte einfach nicht anders.

»Hi.« Lächelnd betrat er das Zimmer, stellte eine Einkaufstüte ab und warf seine Lederjacke auf einen Sessel. »Na, gut geschlafen?«

Lea errötete. Obwohl, wie sie nach der gestrigen Blamage überhaupt noch rot werden konnte, war ihr ein Rätsel. »Ja. Aber Sie hätten mir wirklich nicht Ihr Bett überlassen müssen.«

Er hob eine Braue. »Soll ich das als Dankeschön auffassen?«

Sie wurde noch röter. »Entschuldigen Sie, ich weiß nicht, was in mich gefahren ist. Ich bin sonst nie so unhöflich. Danke, es war sehr nett von Ihnen, dass ich hier übernachten durfte. Und getragen haben Sie mich auch noch …?«

»Ach, das war mir ein Vergnügen.« Er machte eine wegwerfende Handbewegung. Dann nahm er die Tüte und brachte sie ihr an den Tisch. »Da. Ich dachte, Sie könnten vielleicht noch ein Kleid gebrauchen.«

»Ein Kleid?« Verblüfft nahm sie ihm die schwarze Tüte

ab. Armani. Er hatte bei Armani für sie eingekauft? »Für mich?«

Er zuckte lässig mit den Schultern. »Ich war sowieso unterwegs – die Frau meines Freundes wollte Weihnachtseinkäufe machen, und er selbst konnte sie nicht begleiten. Da bin ich eingesprungen.«

»Weihnachtseinkäufe? Aber es ist ja noch nicht mal Halloween.«

»Wenn Victoria Weihnachtseinkäufe machen will, dann macht sie Weihnachtseinkäufe. Wehe dem Mann, der sich dem Willen einer Frau widersetzt.«

Lea lachte, als sie den ernsten Ausdruck in seiner Miene sah. »Nun, der kluge Mann wird sich hüten.«

Und Lord Murray war ein kluger Mann, so viel wusste sie bereits.

»Aber ich kann das nicht annehmen, wissen Sie.«

»Wieso denn nicht? Sie haben es ja noch nicht mal angesehen.« Er setzte sich ihr gegenüber an den Tisch.

»Ich kann keine Geschenke von Ihnen annehmen. Wir kennen uns ja kaum.«

Sie hielt ihm die Tüte hin, aber er machte keine Anstalten sie zu nehmen. Stattdessen musterte er die Teebeutel. Er runzelte die Stirn, als er sah, für welchen sie sich entschieden hatte.

»Hätte Sie nicht für den Kamillentee-Typ gehalten.«

Verwirrt schaute sie auf ihren Tee, dann zuckte sie mit den Schultern. »Ich bin überhaupt kein Teetrinker, aber heute … na ja, Kamillentee soll ja beruhigen.«

»Hmm.« Weiter sagte er nichts, doch da begann erneut das Telefon in der Diele zu klingeln. Lea fiel ein, dass es vorher schon mal geklingelt hatte. Adam erhob sich, um ranzugehen.

»Es hat zuvor auch schon mal geklingelt«, rief sie ihm nach.

»Probieren Sie das Kleid an«, befahl er und verschwand im Wohnzimmer.

Das Kleid anprobieren. Also wirklich. Aber nach all dem Seltsamen in der letzten Zeit kam ihr das gar nicht mehr so undenkbar vor. Sie sah an ihrem zerrissenen, notdürftig geflickten Kleid herunter. Es war definitiv besser, sich auf die seltsame Situation weiter einzulassen; zumindest würde ihr das einen reichlich uneleganten Abgang aus einem der vornehmsten Hotels Edinburghs erlauben. Und sie konnte Adam das Geld ja wiedergeben. Neugierig darauf, was er wohl gewählt hatte, griff sich Lea die Tüte und verschwand im Schlafzimmer.

Adam legte auf, nachdem er Victoria versichert hatte, dass er gern zum Abendessen kommen würde. Er hatte sich kaum wieder an den Esstisch gesetzt, als Lea aus dem Schlafzimmer kam.

Das dunkelrote Kaschmirkleid stand ihr fabelhaft. Der U-Boot-Kragen brachte ihren langen, eleganten Hals besonders vorteilhaft zur Geltung. Und der Wollstoff schmiegte sich an ihren schlanken Körper, betonte ihre sanften Rundungen. Es reichte ihr bis knapp zum Knie, was ihre langen Beine noch länger wirken ließ.

Adam schluckte. Er war zum Opfer seines eigenen guten Geschmacks geworden. Warum hatte er gerade *dieses* Kleid für sie ausgesucht?

»Es steht Ihnen sehr gut«, sagte er nach einer Pause mit etwas heiserer Stimme.

Sie trat an den Tisch und setzte sich wieder an ihren Platz.

»Ich finde es umwerfend«, erwiderte sie. Doch sie wirkte so unbehaglich, dass Adam aus seiner Trance erwachte.

»Stimmt was nicht?«

Sie schüttelte den Kopf, und sein Blick huschte unwillkürlich zu ihrem schlanken Hals und zu ihrer deutlich pulsierenden Halsschlagader. Seine Nasenflügel bebten.

»Nein, es …« Sie strich mit den Fingerspitzen über das Kleid. »Es überrascht mich nur, dass Sie gerade so eins ausgesucht haben.«

Er lehnte sich zurück und verschränkte die Arme. »Was hätten Sie denn gedacht, was ich aussuchen würde?«

»Na ja, ich weiß nicht, aber bestimmt nicht das hier.«

»Was denn? Was Hässlicheres?«

Sie lachte. Sie hatte ein schönes Lachen. Viele verschiedene Tonlagen, ebenso komplex wie die ganze Person.

»Na ja, vielleicht was Auffälligeres«, gestand sie.

Adam wusste nicht, ob er beleidigt sein sollte oder nicht. »Sie haben mir also keinen Geschmack zugetraut, was?«

Sie musste wieder einen Moment über ihre Antwort nachdenken, was ihn zum Lachen brachte.

»Nein, das ist es nicht. Ich dachte eher, dass Sie *mir* nach dem gestrigen Abend nicht sehr viel Geschmack zutrauen.«

Aha, sie schämte sich. Aber das brauchte sie nicht, er hatte ihre Vorstellung sehr … stimulierend gefunden. »Ich weiß nicht, was Sie meinen«, entgegnete er lächelnd.

Sie zögerte, dann musste sie ebenfalls lachen. »Das ist einfach lächerlich!«

»Was denn?«

»Das alles.« Sie machte eine ausholende Armbewegung. »Wir kennen uns doch gar nicht. Wie kommt es, dass ich hier mit Ihnen in Ihrem Hotelzimmer beim Frühstück sitze?«

Adam konnte nicht umhin ihr zuzustimmen, wie seltsam das alles war. Gewöhnlich saß er nur dann mit einer Fremden am Frühstückstisch, wenn eine gemeinsame Nacht im Bett vorausgegangen war.

»Und trotzdem sitzen Sie hier.«

Lea griff achselzuckend nach einer zweiten Scheibe Toast. »Glauben Sie mir, ich wollte längst weg sein, bevor Sie wieder auftauchen, aber das ist mir ja nun leider nicht gelungen. Na ja, was das betrifft, so läuft mein Leben in letzter Zeit ohnehin nie so recht nach meinen Plänen.«

»Nun, ich würde Ihnen ja mein Beileid aussprechen, aber ich bin eigentlich ganz froh, dass Sie noch hier sind.«

Adam griff nach der Kaffeekanne und schenkte sich eine Tasse ein. Nicht, dass er Lust auf das schwarze Gebräu hatte, er tat es eher, um Lea Gesellschaft zu leisten. Und während er sie betrachtete, wurde ihm klar, wie sehr es stimmte: Er *war* froh, dass sie da war. Sehr froh sogar. Er freute sich, mit ihr zusammen zu sein, egal, was sie machte oder wer sie gerade vorgab zu sein. Madame Foulard oder eine verführerische Tangotänzerin. Oder ob sie einfach hier mit ihm am Tisch saß und Marmeladentoast aß, während andere längst rot vor Scham die Flucht ergriffen hätten. Sie überraschte ihn ständig, seine geheimnisvolle Schöne aus Istanbul.

»Aber Sie haben recht«, sagte sie kauend. »Marco wird sich kaputtlachen, wenn ich es ihm später erzähle.«

Marco. Den Italiener hatte er ja ganz vergessen. Adams Laune sackte in den Keller. »Ach ja. Aber ich bezweifle, dass Ihr Liebhaber sich kaputtlachen wird, wenn Sie ihm erzählen, dass Sie die Nacht im Hotelzimmer eines anderen verbracht haben.«

»Mein Liebhaber?« Lea blinzelte verwirrt, dann schüttelte sie lächelnd den Kopf. »Sehen Sie? Ich hab's doch gesagt. Sie wissen gar nichts über mich.«

Dann war Marco also nicht ihr Liebhaber? Adam grinste. Muskeln, von denen er gar nicht gewusst hatte, dass sie sich verspannt hatten, lockerten sich wieder. Seine gute Laune kam aus dem Keller hervorgehüpft. »Sie täuschen sich, ich weiß mehr über Sie, als Sie glauben.«

»Ach ja? Das müssen Sie mir schon beweisen«, sagte Lea herausfordernd.

Einer Herausforderung hatte Adam noch nie widerstehen können.

Er musterte sie unverhohlen von Kopf bis Fuß, nahm jedes noch so kleine Detail in sich auf: die fast nicht mehr sichtbare Falte in ihrer linken Wange, die silbernen Ohrstecker mit dem Peace-Zeichen, die verräterischen kleinen Löcher, die sich darüber in ihren Ohrläppchen abzeichneten, der französische Haarschnitt, die kurzen, dunkelrot lackierten Fingernägel …

»Sie sind nicht verheiratet.«

Sie hob eine Augenbraue. »Das ist nicht schwer zu erraten.«

»Sie stammen aus den New-England-Staaten der USA,

wohnen aber schon seit ein paar Jahren hier. Nicht lange genug, um Ihren Akzent ganz abzulegen, aber lange genug, um sich die hiesige Ausdrucksweise anzueignen. Sechs Jahre?«

Sie runzelte die Stirn. »Sieben. Aber meinen amerikanischen Akzent hätte jeder raushören können.«

Adam lachte. »Ich bin noch nicht fertig! Sie schlafen auf der linken Seite, Sie waren in Ihrer Jugend ein Hippie-Mädchen, Sie haben eine Zeit in Argentinien verbracht. Und natürlich in Istanbul.«

Sie schaute ihn mit großen Augen an. Offenbar war ihr nicht klar gewesen, dass er sich noch an jene kurze Begegnung vor so vielen Jahren erinnerte.

»Sie sind nicht nur eine sehr sinnliche und gleichzeitig praktische Frau, sondern auch eine Künstlerin«, fuhr er fort. Er nahm ihre Hand und begutachtete ihre kurzen, makellos lackierten Fingernägel. »Sie arbeiten mit Ihren Händen, und Sie lieben kräftige Farben. Und Sie verkleiden sich gern als alte Hexe und halten Séancen ab.«

Lea entzog ihm ihre Finger und wich seinem Blick aus.

»Dann gehören Sie jetzt zu den drei Menschen, die am meisten über mich wissen«, sagte sie leise. Ihre Miene war alles andere als erfreut. »Ich war schon immer der Meinung, dass, wer immer da oben über mein Schicksal entscheidet, einen verdrehten Sinn für Humor haben muss.«

Jetzt tat es Adam leid, dass er so offen gesprochen hatte. »Falls es wirklich nur so wenige Menschen gibt, die das Glück haben, Sie besser zu kennen, Lea, dann liegt das nur daran, dass Sie sie nicht an sich ranlassen. Ich verstehe, dass

Sie ein sehr scheuer Mensch sind und selbst entscheiden wollen, wer Sie besser kennen lernen darf.«

Lea schaute ihm ernst in die Augen. »Jetzt sind Sie wieder so nett. Warum sind Sie bloß so nett zu mir?«

»Vielleicht bin ich einfach nur ein netter Kerl.« Aber noch während er das sagte, wusste er, dass er im Moment alles andere als ›nett‹ sein wollte.

Er wusste selbst nicht, warum er sich so sehr zu dieser Frau, die ja gar nicht seiner Spezies angehörte, hingezogen fühlte – und er wollte auch nicht weiter darüber nachdenken. Der beste Weg, diese Art von Besessenheit loszuwerden, war, ihr nachzugeben. Er wusste, dass sich sein Interesse verflüchtigen würde, sobald er mit ihr geschlafen hatte. So war es immer gewesen.

Adam streckte die Hand aus, um ihre Wange zu streicheln, aber sie zuckte unwillkürlich zurück. Auf ihrem Gesicht stand ein erschrockener, unsicherer Ausdruck. Das gefiel ihm gar nicht. Er wollte nicht, dass sie Angst vor ihm hatte. Sie musste doch wissen, dass er ihr nie etwas antun könnte.

Sie muss es entscheiden, wurde ihm plötzlich klar. Er musste sie dazu bringen, dass sie von allein zu ihm kam.

»Was wirst du tun, Lea?«

»Was meinen Sie?«, flüsterte sie. Ihre Stimme klang leise, zögernd. Er hätte gelächelt, wenn er nicht so erregt gewesen wäre. Er konnte sich kaum noch beherrschen, er wollte und musste sie haben.

»Ich kann sehen, dass du mich willst. Und du hast sicher gemerkt, dass ich nicht mehr lange die Finger von dir lassen kann … also, was wirst du tun, Lea?«

Ihre Pupillen weiteten sich. Sie holte tief Luft. Adam sah, wie sich ihre Brust hob und senkte. Er hoffte inständig, dass sie bald eine Entscheidung traf. Und dass es die richtige war. Er konnte sich nicht erinnern, dass es ihm je so schwergefallen war, sich zurückzuhalten.

»Ich will …«, begann sie.

Ihr Blick huschte zur Schlafzimmertür, dann wieder zurück zu ihm.

»Du willst …«

Er blieb ganz still, zwang sich, keinen Finger zu regen. Er musste all seine Willenskraft aufbieten, um sie nicht zu packen und sie auf seinen Schoß zu ziehen. Er wusste, dass sie sich nicht dagegen gewehrt hätte – sie wollte ihn ja.

Aber es musste ihre Entscheidung sein.

Sie holte noch einmal tief Luft, dann schaute sie auf ihre Hände, mit denen sie ihre Teetasse umklammerte. »Ja, ich will dich. Aber du musst mir zuerst was versprechen.«

Er hätte wissen müssen, dass sie nicht einfach Ja sagen würde; alles an ihr war kompliziert. Er wartete darauf, dass sie weitersprach.

»Ich will nicht, dass wir danach Telefonnummern austauschen. Oder Tee trinken und ›Erzähl-mir-was-von-dir‹ spielen. Wir werden uns nicht mehr wiedersehen.«

Sie sagte genau das, wovon die meisten Männer träumen. Er hätte sich freuen sollen. Er hätte entzückt sein sollen. Sie war schließlich kein Vampir, und er ließ sich nie auf eine feste Beziehung mit einer Menschenfrau ein. Trotzdem ärgerten ihn ihre Worte. Sie wollte ihn also benutzen und dann wieder wegwerfen, ja? Also gut, das Spiel konnte er auch.

Er löste ihre Finger von ihrer Tasse, streichelte ihre Handgelenke. Ihr Puls beschleunigte sich, ihre Lider waren gesenkt. Er schob seinen Stuhl zurück und zog sie hoch, küsste sie. Es war ein elektrisierender Kuss. Lea reagierte zunächst mit Zurückhaltung, dann mit wachsender Kühnheit. Hitze schoss in seine Lenden. Sie hob die Hände zu seinen Schultern, ihr Duft füllte seine Lungen. Er schlang einen Arm um ihre Taille, mit dem anderen fegte er den Esstisch leer.

Das Geschirr fiel klappernd zu Boden, der Orangensaft spritzte auf den Teppich. Sie merkten es kaum. Adam hob Lea auf die polierte Tischplatte. Seine Hände strichen über den flauschigen Wollstoff ihres neuen Kleids. Er drückte sie mit dem Rücken auf die Tischplatte.

Sie wollte eine schnelle Nummer, das hatte sie selbst gesagt. Keine langen Verführungskünste; das konnte sie haben …

Er bedeckte ihr Gesicht mit Küssen. Lea stöhnte, während Adam sich zu ihrem Hals hinab arbeitete. Dort hielt er inne. Der Duft ihres Bluts war berauschend, ihm schwirrte der Kopf, seine Fangzähne traten hervor. Er versuchte gegen die wachsende Blutlust anzukämpfen, indem er den Ausschnitt ihres Kleids herunterzog und ihre Brüste küsste, weg von ihrem Hals und weg von der Versuchung. Sie sollte nicht sehen, dass seine Pupillen schwarz geworden waren. Aber seine Fangzähne wurden noch länger, als er ihren schwarzen Spitzen-BH erblickte und die warme Haut unter seinen Händen fühlte. Sie hob die Hände – um ihn auf sich zu ziehen, wie er glaubte –, doch dann stieß sie ihn zurück.

»Hör auf, bitte.«

Adam wandte sein Gesicht ab und ging ein, zwei Schritte von ihr weg, um Beherrschung ringend. Seine Hände zitterten beinahe, seine Kehle war wie ausgedörrt. Er hätte sie fast gebissen, wie ihm klar wurde. Beinahe hätte er die Beherrschung verloren.

»Es tut mir leid«, flüsterte sie.

Ihre Verzweiflung drang durch den roten Schleier seiner Erregung, wirkte wie eine kalte Dusche. Er wartete noch einen Moment, um sicherzugehen, dass seine Augen wieder ihre normale Farbe angenommen hatten, dann drehte er sich zu ihr um.

Sie rutschte gerade vom Tisch herunter. Auf ihrem Gesicht lag ein Ausdruck tiefer Scham.

»Lea …«, begann er voller Reue.

»Nein, bitte.« Sie hob die Hand. »Es war mein Fehler. Ich dachte, ich könnte es, aber ich schaffe es nicht.«

Er fuhr sich mit der Hand durchs Haar. Was war er nur für ein Trottel! Er hatte doch gesehen, dass sie Angst hatte, dass sie unsicher war. Und er war derart unbeherrscht über sie hergefallen! Hatte sie Angst vor *ihm*? Er kam sich wie ein Idiot vor, und tiefe Schuldgefühle wegen dem, was beinahe passiert wäre, nagten an ihm.

»Es war meine Schuld.«

»Nein, du hast nichts falsch gemacht«, widersprach sie ihm. Seufzend nahm sie ihre Handtasche vom Sofa. »Glaub mir, ich bin die Mühe nicht wert.«

Adam wollte widersprechen, wollte ihr sagen, dass sie sich irrte. Dass sie verdammt noch mal *natürlich* die Mühe wert war. Aber genau deshalb rührte er sich nicht. Er war noch immer viel zu erregt, unfähig, einen klaren Gedanken zu fassen. Vermutlich weil es schon eine Weile her war, seit er zuletzt eine Frau gehabt hatte. Das war die einzige Erklärung, die ihm einfiel. Er war ein Vampir. Ein Friedenshüter, ein Spezialagent. Niemand – *niemand* – durfte ihn so aus der Fassung bringen. Nein, er war offensichtlich nicht ganz bei sich. Es war besser, wenn sie ging.

»Nochmals danke für das Kleid. Und für das Bett zum Schlafen.« Mit einem wehmütigen Lächeln wandte Lea sich ab.

Und war verschwunden, bevor er es sich anders überlegen konnte.

11. Kapitel

Er hat dich also in sein Hotel getragen, dir sein Bett überlassen und dieses Kleid gekauft?«

Lea warf einen bösen Blick auf den scheinbar leeren Stuhl neben ihr. Sie konnte nur hoffen, dass er sein Ziel traf: Liam. Der Geist konnte nicht aufhören, über Adam zu reden, seit sie ihm alles auf dem Greyfriars-Friedhof erzählt hatte. Er war ihr hierher in die Cameo Bar gefolgt, wo sie immer ihren Kaffee mit Mr. Thomson trank.

Leider war der ältliche Geist im Moment auch nicht gerade in bester Stimmung: Er nahm es ihr übel, dass sie heute Vormittag nicht gekommen war. Sie hätte ihm »wenigstens Bescheid sagen können«, hatte er sich beschwert.

Allerdings, wie man einem Geist Bescheid sagen soll, dass man verhindert ist, das überstieg Leas Begriffsvermögen. Sie konnte ihn ja schließlich nicht anrufen! Aber dieses kleine Detail schien Mr. Thomson nicht zur Kenntnis nehmen zu wollen.

Sie nahm einen Schluck Kaffee und versuchte, sich auf ihr Kreuzworträtsel zu konzentrieren. Sollten sie sie doch gern haben, alle beide!

Dreizehn senkrecht: »erwartungsvoll«, acht Buchstaben.

»Ich finde es nicht richtig, dass sich Lea von irgendwelchen Männern herumtragen lässt«, bemerkte Mr. Thomson missbilligend.

»Ich auch nicht!«, stimmte ihm Liam zu. »Dieser Kerl gefällt mir nicht.«

»Würdest du *bitte* aufhören?«, zischte Lea. Als daraufhin ein Mädchen am Nachbartisch erschrocken aufblickte, zog Lea kleinlaut den Kopf ein. »Ich versuche mich auf mein Kreuzworträtsel zu konzentrieren!«

»Dreizehn senkrecht ist ›gespannt‹, meine Liebe. Und der junge Liam hat recht, wir wissen nichts über diesen Adam.«

Warum konnten sie nicht aufhören, über Adam zu reden? Aber immerhin hatte Mr. Thomson wieder »meine Liebe« zu ihr gesagt, was wohl bedeutete, dass er seinen Groll heruntergeschluckt hatte. Sie schrieb das betreffende Wort ins Kreuzworträtsel.

Achtzehn senkrecht: Wo wurde das Croissant erfunden?

Sie lächelte. Das wusste sie, es war neulich in einer Quizsendung gekommen; sicher hatte derjenige, der das Kreuzworträtsel geschrieben hatte, sie auch gesehen.

»Das Croissant ist in Wien erfunden worden, meine Liebe.«

»Das hätte ich auch gewusst!«, sagte Lea vorwurfsvoll. Dann schob sie seufzend das Kreuzworträtsel beiseite und suchte Zuflucht bei ihrem Kaffee.

»Und Sie haben recht, Mr. Thomson, wir wissen nichts über diesen Adam. Aber das spielt keine Rolle, denn ich werde ihn sowieso nicht wiedersehen.«

»Ach nein?«, riefen Liam und Mr. Thomson verblüfft aus.

Warum waren sie so überrascht? Natürlich würde sie

den viel zu attraktiven und viel zu gefährlichen Adam nicht wiedersehen. Er war eine Komplikation – mit einem extra großen K –, und so was konnte sie in ihrem ohnehin komplizierten Leben nicht gebrauchen. Sie war nicht bereit für die Gefühle, die er in ihr weckte, sie fürchtete sich davor.

Lea wusste selbst nicht, was mit ihr los war – er verwirrte sie vollkommen. Nur einmal mit ihm schlafen, das hatte sie gewollt. Und hatte es ihm auch unmissverständlich klargemacht. Doch nur wenige Augenblicke später wünschte sie sich, ihn besser kennen zu lernen, noch ein wenig zu bleiben.

Zuzulassen, dass er *sie* besser kennen lernte.

Alles war so schnell gegangen, er hatte sie auf den Tisch gehoben, und dann hatte sich ihr Gehirn ausgeschaltet – bis ihr Blick plötzlich auf das Frühstücksmesser fiel, das Messer, das mit der roten Marmelade beschmiert war. Sie war schlagartig zur Besinnung gekommen und hatte ihn von sich gestoßen.

Rückblickend war sie beinahe froh darüber. Das mit Adam war einfach zu viel für sie – zu groß, zu bedrohlich. Bei ihm fühlte sie sich entblößt, verletzlich.

Ja, sie war froh, aber nur beinahe. Es ärgerte sie, dass etwas, das schon so lange zurücklag, immer noch so viel Macht über sie besaß. Der Anblick dieses Messers hatte ihr eine Heidenangst eingejagt. Lochrin Place und alles, was dort passiert war, war mit einem Schlag wieder lebendig geworden. Sie hasste das, sie wollte nicht, dass die Vergangenheit sie immer wieder einzuholen drohte. Deshalb kam sie jeden Morgen in diese Frühstücksbar, um mit

Mr. Thomson einen Kaffee zu trinken. Deshalb war sie in diese kleine Wohnung gezogen, nur wenige Meter von der Straße entfernt, in der ein Mann sie überfallen und halb tot zurückgelassen hatte. Verdammt noch mal, sie wollte, dass es endlich vorbei war!

Zornig sprang sie auf. Ihre Untertasse klapperte, als sie ihren Stuhl zurückschob. Fluchtartig verließ sie die Bar durch den Seiteneingang. Lochrin Place lag verlassen da, wie meist. Das kleine französische Café gegenüber hatte heute früher geschlossen. In dem Perlengeschäft neben der Bar schlenderten noch ein paar Kunden umher, aber auf der Straße war niemand zu sehen.

»Lea?«

Lea ignorierte Liams besorgte Frage. Sie wickelte ihre Arme um ihren Oberkörper und ging die Straße entlang auf die kleine Autovermietung zu, die an deren Ende lag. Sechzehn, achtzehn, zwanzig … sie blieb vor dem Türschild mit der Nummer zweiundzwanzig stehen. Vor sieben Jahren war dieses Schild, waren diese Wohnungen brandneu gewesen.

Vor sieben Jahren, als sie hier auf offener Straße niedergestochen worden war.

»Du wirst dir noch eine Erkältung holen, meine Liebe«, sagte Mr. Thomson besorgt. Ihm gefiel dieser Ort ebenso wenig wie ihr, das wusste sie. Der Geist war an jenem Tag auch hier gewesen, er hatte sie in ihrem Blute liegend gefunden und war ihr ins Krankenhaus gefolgt, wo man sie mit Blaulicht und Sirene hingebracht hatte.

Seine Stimme war das Erste gewesen, was sie hörte, als sie zwei Wochen später aus dem Koma erwacht war.

Der erste Geist, der zu ihr sprach.

»Liam, kannst du mir einen Gefallen tun?«, fragte sie nach längerem Schweigen.

»Natürlich, Lea, alles, was du willst.«

Sie musste lächeln. »Ich glaube, ich gehe jetzt nach Hause und lege mich ein bisschen hin. Könntest du für mich in die Galerie gehen und nachsehen, ob dort jemand auf mich wartet?«

Es kam nicht oft vor, dass sie einmal nicht in die Galerie ging, aber heute fühlte sie sich dem einfach nicht gewachsen. Heute wollte sie sich nur noch hinlegen und schlafen. Sie wollte ihre Angst von damals vergessen, das Gewicht des Mannes, das Messer, das jeden Moment auf sie niederfahren würde ... wieder und wieder.

Ohne sich dessen bewusst zu sein, legte sie schützend die Hände auf ihren Bauch.

»Selbstverständlich, Lea, das mache ich doch gerne«, versicherte ihr Liam.

»Ja, du solltest dich wirklich ein wenig hinlegen, meine Liebe«, sagte auch Mr. Thomson begütigend.

Sie nickte, dann wandte sie sich ab und verließ den Ort, an dem die *alte Lea* gestorben war. Ihre Kopfschmerzen waren in der letzten halben Stunde immer schlimmer geworden, sie musste sich wirklich ein wenig hinlegen. Sie bog um die Ecke in die Home Street, überquerte die mit Kopfsteinen gepflasterte Straße und ging auf dem gegenüberliegenden Gehsteig weiter, vorbei an dem Sushi-Restaurant und dem Blockbusters-Videoverleih und erreichte schließlich die blaue Eingangstüre des schmalen Hauses, in dem sich ihre winzige Apartmentwohnung befand. Sie kramte in dem Abendtäschchen, das sie immer noch bei sich hatte, holte den Hausschlüssel hervor, schloss auf und begann die steile, dunkle Treppe hinaufzusteigen.

Sechzig Stufen bis zu ihrer Wohnung im dritten Stock, sie hatte sie oft gezählt in den sechs Jahren, seit sie hier wohnte. Lea war beinahe im zweiten Stock angelangt, als sie etwas hörte. Sie blieb stehen und schaute sich um. Nichts zu sehen.

»Liam?«

Stirnrunzelnd ging Lea weiter. Sie musste noch müder sein, als sie gedacht hatte. Erst als sie beinahe oben angekommen war, hörte sie es wieder: eine Art Flüstern.

»Wer ist da?«

»Bist du Lea?«, fragte eine zögernde Stimme. Lea erkannte die Frauenstimme nicht, aber sie erkannte die Angst darin. Jeder Gedanke an Kopfschmerzen und an ein Schläfchen war sofort verflogen.

»Ja.«

Ein Seufzer, dann Stille.

»Möchtest du mit raufkommen und reden?«, fragte Lea behutsam. Gewöhnlich lud sie keine Geister in ihre Wohnung ein, aber sie hatte das Gefühl, dass dieser hier besonders verwirrt und hilfsbedürftig war.

»Bin ich wirklich tot?«

Das war die Frage, vor der sie sich am meisten fürchtete, eine Frage, die man ihr erst zweimal gestellt hatte. Dieser Geist, diese Seele, konnte noch nicht lange tot sein. Wahrscheinlich war sie gerade erst gestorben.

»Komm«, sagte Lea ermunternd, »komm mit rein, da können wir uns in Ruhe hinsetzen und unterhalten.«

»Nein!«, rief die andere panisch aus. »Ich bin wirklich tot, oder?«

»Ja.« Lea nickte. »Es tut mir leid.«

»Passiert das jedem, wenn er stirbt? Müssen alle ... hierbleiben?«

»Nein, nur die, die hier noch etwas zu erledigen haben.«

»Was heißt das?«

»Das werden wir schon rausfinden. Hör zu, wie heißt du?«, fragte Lea.

»Mary.«

Das enge, finstere Treppenhaus war kein Ort für solche Gespräche. Lea wusste, dass sie äußerlich ganz ruhig und gelassen bleiben musste, damit diese arme, verwirrte Seele nicht noch mehr Angst bekam.

»Mary, ich weiß, du hast einen ziemlichen Schock erlitten, aber ich muss mich jetzt erst mal hinsetzen. Dann können wir in Ruhe reden.«

Ohne auf eine Antwort zu warten, ging Lea weiter die Treppe hinauf. Sie schloss ihre Türe auf, schüttelte ihre hochhackigen Schuhe ab und hängte ihre Tasche an einen der Garderobenhaken in der winzigen Eingangsdiele mit der rot-weiß-gestreiften Tapete.

Dann ging sie ins Wohnzimmer, in dem nur ein hässliches rotes Zweisitzer-Sofa, ein nicht viel schönerer brauner Sessel und ein kleiner Sofatisch Platz hatten. Vervollständigt wurde dieses Ensemble durch einen ebenso hässlichen, quadratischen Wohnzimmerteppich. Lea ließ sich dankbar auf das Sofa plumpsen und zog die Beine an.

Sie holte tief Luft. »Bist du da, Mary?«

»Ja, ich bin da.«

Mary klang überrascht, aber gefasst. Lea hatte mit Angst und Unglauben gerechnet. Sie überlegte sich genau, was sie als Nächstes sagen sollte, aber Mary kam ihr zuvor.

»Dies ist nur eine Zwischenstation, das fühle ich. Dahinter wartet das Jenseits.«

Lea hatte schon oft vom Jenseits gehört. Soweit sie »ihre« Geister verstanden hatte, war das ein warmer, friedvoller, guter Ort. Sie selbst konnte sich darunter nichts vorstellen. Alles, was sie wusste, war, dass manche Seelen dorthin strebten und andere davor zurückschreckten.

»Willst du dorthin, Mary?«

»Ja«, sagte die Stimme voller Überzeugung. »Kannst du mir helfen?«

Lea zog den warmen Wollstoff ihres Kleides über die kalten Beine. Sie hätte gerne die Heizung angeschaltet, aber im Moment brauchte Mary ihre volle Aufmerksamkeit. Sie wollte ihr zu verstehen geben, dass jemand für sie da war.

»Ich werde mein Bestes tun, aber du wirst mir helfen müssen. Ich habe das schon ein paar Mal gemacht, Mary, und du musst mir glauben, wenn ich dir sage, dass du *weißt,* was dich hier noch zurückhält.«

»Wirklich? Wie kann das sein?«

»Jede Seele weiß es. Du musst nur überlegen. Also, Mary, denk gut nach. Denk an dein Leben. Was hat zu deinem Tod geführt? Gibt es etwas, das du noch erledigen musst? Denk nach, und du wirst es *fühlen,* wenn du auf das Richtige gekommen bist.«

Stille. Lea versuchte sich vorzustellen, wo Mary war. Ob sie auf und ab ging? Oder saß sie im Sessel? Wie sah sie aus? Lea versuchte gewöhnlich, Distanz zu halten zu jenen Seelen, die ins Jenseits wollten, sich nicht mit ihnen anzufreunden. Dann würde sie sie auch nicht vermissen, wenn sie weitergegangen waren. Daher stellte sie auch so wenig Fragen wie möglich.

Die weiße Plastikuhr an der Wand der früheren Küche – die sie nun in eine Dunkelkammer umfunktioniert hatte – tickte monoton. Tick-tack, tick-tack …

»Jetzt weiß ich es!«, stieß Mary plötzlich hervor. Ihre Stimme kam von dem kleinen Fenster, an dem ein schlaffer, lilafarbener Vorhang hing.

Lea hielt den Atem an. Sie hoffte nur, dass nicht wieder eine Tanznummer erforderlich war.

»Du musst mir helfen, meine Leiche zu finden.«

12. Kapitel

Sie ist nett«, sagte Victoria. Lächelnd schaute sie der Blondine mit den umwerfend langen Beinen nach, die hinter der Tür mit der Aufschrift ›Ladies‹ verschwand.

Adam verzog das Gesicht. Victoria irrte sich; »nett« war das Letzte, womit sich Jaquelines Charakter beschreiben ließ. Sie war ein gerissenes, sexhungriges Biest, das gern mit den Naiven dieser Welt ihre Spielchen trieb. Mit fast dreihundert war sie doppelt so alt wie er und Cem. Als er, Adam, noch ein junger Vampir gewesen war, hatte sie ihn in die Welt der Erotik eingeführt. Sie hatten vor langer Zeit einige Monate in Paris zusammen verbracht, und sie hatte es ihm bis heute nicht verziehen, dass er sich damals aus ihrem Kreis von Bewunderern zurückgezogen hatte. Und jetzt war sie auf einmal hier, in Edinburgh …

Was zum Teufel wollte sie hier?

»Sei vorsichtig«, warnte er Victoria, »wenn ich du wäre, ich würde mich von ihr fernhalten. Der äußere Eindruck täuscht.«

»Ach ja?« Victoria warf einen besorgten Blick zur Bar. Adam legte mit einem besänftigenden Lächeln seinen Arm um sie.

»Ich würde nie zulassen, dass dir was zustößt, Mrs. Bilen. Also schau nicht so besorgt drein.«

Sie grinste ihn an und entspannte sich wieder. »Das beruhigt mich enorm, mein Freund. Cem hat mir ja so einiges über dich erzählt. Du scheinst der reinste Jackie Chan zu sein.«

Adam lachte laut auf. Sie saßen in einem kleinen, lauschigen Alkoven in Whighams Weinkeller. Es war ungewöhnlich voll für einen Donnerstagabend. Die Bar wurde geradezu belagert, und auch die kleinen Tische waren alle besetzt. Sie hatten Glück gehabt, diese Nische noch leer vorzufinden. Ein idealer Platz, wenn man vorhatte, jemanden zu verführen …

Lea. Adam schüttelte unwillig den Kopf; er wollte jetzt nicht an sie denken. Sie war gegangen, es war ihre Entscheidung. Und damit hatte es sich.

»Du machst so ein finsteres Gesicht«, bemerkte Victoria. Sie schaute besorgt zu ihm auf, und Adam gab sich einen Ruck.

»Ach, das bildest du dir nur ein. Muss an der schlechten Beleuchtung hier liegen.« Adam hob sein Glas, um Victoria aufzumuntern. Wieso machte er sich überhaupt so viel aus dieser Frau? Warum ging sie ihm so unter die Haut?

»Du guckst schon wieder so finster«, bemerkte Victoria. »Was ist bloß los mit dir? Du bist heute Nachmittag einfach nicht mehr du selbst.«

Sie war eine sehr einfühlsame Frau, was an sich nicht schlecht war, ihm im Moment aber überhaupt nicht in den Kram passte. »Hör auf, dir Sorgen um mich zu machen. Es ist nichts«, sagte er abwehrend.

»Schon gut, schon gut. Ich wollte dich nicht drängen.

Aber wenn ich was für dich tun kann, dann sag es mir bitte.«

»Ach, Adam lässt sich nie helfen. Das ist so bei ihm.«

Jaqueline ging die zwei Stufen zu ihrem Alkoven hinab. Mit einem strahlenden Lächeln auf den Lippen beugte sie sich vor, bevor sie sich setzte, um ihnen einen guten Einblick in ihren Ausschnitt zu gewähren. »Das stimmt doch, oder nicht, Schätzchen?«, fragte sie und rückte ihren Stuhl näher an Adam heran.

Victoria runzelte missbilligend die Stirn.

»Was führt dich hierher? Hast du geschäftlich in Edinburgh zu tun?«, erkundigte sich Adam gleichgültig.

Bevor Cem nicht auftauchte und Victoria ablenkte, konnte er kein privates Wörtchen mit der kapriziösen Französin wechseln – und ihr somit auch nicht klarmachen, dass er nichts mehr von ihr wissen wollte.

Victorias Handy begann zu dudeln. Sie zog es hervor. »Hallo?«

Jaqueline machte sich diese Ablenkung zunutze und drückte ihre Brüste an Adams Arm. Mit flatternden Lidern schaute sie zu ihm auf.

»Geschäftlich? Ich mache grundsätzlich nichts Geschäftliches. Ich bin nur zum Vergnügen hier, das solltest *du* doch wissen, *mon cher.*« Sie strich mit ihren langen, knallroten Fingernägeln über sein Hemd. »Wir haben schöne Zeiten zusammen erlebt, stimmt's nicht?«

Ihre Hand verirrte sich an seinen Gürtel. Adam packte sie und hielt sie fest. »Das ist lange her.«

»Zu lange«, schnurrte sie. »Komm, wir gehen zu mir.«

Er warf einen besorgten Blick zu Victoria hinüber, die glücklicherweise noch immer telefonierte.

»Ich bin nicht an deinen Spielchen interessiert, Jaqueline. Such dir dein ›Vergnügen‹ woanders.«

Zorn glimmte in den Augen der Vampirin auf, erlosch jedoch sogleich wieder.

»Früher hast du nicht so schnell Nein gesagt. Hast du etwa einen Auftrag, *Friedenshüter*?«

»Adam?«

Victoria klang so besorgt, dass Adam sich abrupt aufrichtete. »Was ist?«

»Ich weiß nicht.« Sie hielt verwirrt ihr Handy hoch. »Ein höchst seltsamer Anruf. Es war Madame Foulard. Sie … sie klang sehr besorgt. Sie möchte sich mit mir treffen.«

Lea hatte Victoria angerufen?

»Wer ist Madame Foulard?« Jaqueline war nicht gerade erfreut darüber, dass sie nicht mehr im Mittelpunkt stand.

Adam beachtete sie nicht. »Was hast du geantwortet?«

»Ich habe gesagt, sie kann hierherkommen. War das dumm von mir?«, fragte Victoria unsicher. »Es ist nur … es schien wirklich dringend zu sein.«

»Nein, das war nicht dumm. Wir werden ja bald erfahren, was sie will«, beruhigte Adam sie.

Was zum Teufel konnte Lea von Victoria wollen? Ob sie ihn, Adam, wiedersehen wollte? Bei dem Gedanken breitete sich ein warmes Gefühl in seiner Brust aus, und das gefiel ihm nicht.

»Sie will mit Cem reden. Sie hat gesagt, sie muss unbedingt mit Cem reden«, sagte Victoria, mehr zu sich selbst.

»*Mais zut alors!* Sagt mir jetzt endlich jemand, wer diese Madame Foulard ist?«, beschwerte sich Jaqueline.

Adam wusste weder, wieso Jaqueline plötzlich aufgetaucht war, noch was sie hier zu suchen hatte, aber er wollte, dass sie verschwunden war, wenn Lea kam.

»Wenn du uns jetzt bitte allein lassen würdest, Jaqueline.«

Die Vampirin verschränkte störrisch die Arme und funkelte ihn zornig an. Adam merkte, wie ihm der Geduldsfaden zu reißen drohte.

»Hör zu, Jaqueline ...«

»Miss Donavan?«, stieß Victoria überrascht hervor.

Adam fuhr herum und sah Lea an den Stufen stehen, die zum Alkoven hinabführten. Sie hatte das rote Kleid an, das er ihr heute früh gekauft hatte. Für einen kurzen Moment erstarrte sie, als sie ihn sah, sagte aber nichts.

»Ja, Mrs. Bilen. Verzeihen Sie, dass ich Sie so verwirre, aber ich muss unbedingt sofort mit Ihrem Mann sprechen.«

Victorias Augen wurden groß wie Untertassen. »*Sie* sind Madame Foulard?«

»Ich – ja, das bin ich.« Sie warf einen raschen Blick auf Adam und Jaqueline, dann kam sie die Stufen herunter und blieb neben Victoria stehen. »Ich kann Ihnen alles erklären. Wenn Sie einen Moment Zeit für mich hätten?«

Victoria nickte unsicher. »Bitte, setzen Sie sich doch, Madame Fou ..., ich meine, Miss Donavan. Sie heißen doch Miss Donavan, oder?«

»Ja«, bestätigte Lea dankbar. »Ich weiß, es ist viel verlangt, aber könnten wir vielleicht unter uns ...«

Sie schaute Adam dabei nicht an. Der runzelte finster die Stirn.

»Was immer Sie mir zu sagen haben, können Sie in Adams Anwesenheit sagen. Er ist der beste Freund meines Mannes und gehört sozusagen zur Familie.«

Es wurde Zeit herauszufinden, was sie auf dem Herzen hatte. Adam wandte sich an Jaqueline.

»Würdest du uns jetzt *bitte* allein lassen?«

Sein Ton duldete keinen Widerspruch, und Jaquelines Nasenflügel bebten empört.

»Wenn Sie mich entschuldigen würden.« Sie erhob sich stolz. »Wir sehen uns dann später, *mon cher.*«

Lea wartete, bis die Französin gegangen war, bevor sie zu sprechen begann.

»Ich muss Ihnen …« Sie hielt inne und legte den Kopf schräg, wie Adam es schon zuvor ein paar Mal bei ihr beobachtet hatte.

»Miss Donavan, ich muss mich noch einmal bei Ihnen entschuldigen. Meine Schwester Grace hat sich einfach unmöglich aufgeführt, und falls Sie Geld möchten …«, begann Victoria, aber Lea hob abwehrend die Hand.

»Nein!«, zischte sie niemand Bestimmten an.

Victoria zuckte überrascht zurück.

»Lea?« Adam wurde es leid, ihren Sperenzchen noch länger zuzuschauen.

Lea drückte mit Daumen und Zeigefinger ihren Nasenrücken. Sie wirkte auf einmal sehr müde. Was war bloß los mit ihr?

»Hört auf, alle auf einmal auf mich einzureden!«, sagte sie in die Stille hinein.

Adam und Victoria tauschten verdutzte Blicke. Adam kam ein ziemlich verstörender Gedanke: War die Frau, die ihn ganz verrückt machte, vielleicht *selbst* verrückt?

»Niemand hat was gesagt, Lea«, sagte Adam langsam.

Lea richtete sich gerade auf und schaute ihm direkt in die Augen. »Mary glaubt, dass du ihr helfen kannst.«

»Was redest du da?«, fragte er verwirrt.

»Mary möchte, dass ich dir etwas ausrichte. Sie hatte etwas von Pitlochry zu liefern gehabt, aber das Päckchen hat seinen Bestimmungsort nicht erreicht.«

Bei der Erwähnung des kleinen schottischen Dorfes in den Highlands blieb Adam fast das Herz stehen. Das konnte nicht sein, Lea war ein Mensch. Es musste ein Zufall sein.

»Wovon redest du, zum Teufel?«

»Bist du wirklich sicher, dass er mir nichts tun kann?«, fragte Lea den leeren Stuhl neben ihr.

Na toll! Sie hatte nicht alle Tassen im Schrank! Er hätte erleichtert sein sollen. Dann konnte er ja auch nicht … Nein, daran wollte er gar nicht erst denken.

Was immer ihre imaginäre Freundin zu sagen hatte, es schien Lea zu beruhigen. Sie richtete ihren Blick wieder auf Adam. »Mary sagt, ich soll dir ausrichten, dass sie der Kurier war und dass die Lösung gestohlen worden ist.«

Lea stieß, trotz Marys Versicherungen, ihren Stuhl unwillkürlich ein paar Zentimeter zurück. Adams Gesichtsausdruck war mörderisch. Egal, wie oft Liam ihr versichert hatte, dass Vampire Menschen nichts antun dürfen, dieser

Vampir hier sah so zornig aus, dass er sich im Moment vermutlich nichts mehr aus ihren Gesetzen machte.

»Was soll das? Los, rede!«, herrschte er sie an.

Keine Spur mehr von dem Mann, der ihr sein Bett zum Schlafen überlassen, der Frühstück für sie bestellt hatte. Dieser Mann hier war ein Fremder. Wie konnte er ein Vampir sein? Wieso hatte sie es nicht gewusst? Wieso hatte Liam es nicht gewusst? Dieser verdammte Geist! Er sollte doch wohl die Mitglieder seiner eigenen Art erkennen?!

»Lea, du siehst fürchterlich zornig aus«, bemerkte Liam neben ihr.

»Ach ja?«, zischte sie.

»Was?« Adams Augen hatten sich zu Schlitzen verengt.

Lea verspürte ein schmerzhaftes Kribbeln im Nacken, das sich rasch in ihrem ganzen Kopf ausbreitete. Liam hatte ihr erzählt, dass Vampire Gedanken lesen können, und ihre Angst wich heller Wut. Sie beugte sich vor.

»Versuchst du etwa, meine Gedanken zu lesen?«

Adam zuckte überrascht zurück.

»Adam, bitte! Was geht hier vor?«, rief Victoria beunruhigt aus.

Lea hatte die andere einen Moment lang ganz vergessen. Sie holte tief Luft, um sich wieder zu beruhigen.

»Mrs. Bilen«, begann sie, aber Mary fing an auf sie einzureden, und sie konnte nicht mehr weitersprechen.

»Sie kann mir nicht helfen, sie ist ja noch ein Mensch.«

»Was meinst du mit ›noch‹?«, fragte Lea.

Victoria musterte sie verwirrt.

»Ihr Name stand auf der Lieferliste. Sie war eine derjenigen, die die Lösung bekommen sollten«, erklärte Mary.

»Ich bin einfach nie dazu gekommen, Lea von der Formel zu erzählen«, warf Liam ein.

»Weißt du was? Ich will's gar nicht wissen!«, rief Lea aufgebracht. Sie war todmüde. Das Gerede der Geister und dann dieser erzürnte Vampir, der vor ihr saß – und ein Gefühlschaos in ihr auslöste –, das alles ging über ihre Kräfte.

»Mary, sag mir einfach, was ich sagen soll«, befahl sie.

Mary beugte sich vor und begann in ihr Ohr zu flüstern. Lea schloss die Augen und wiederholte Wort für Wort, was sie sagte.

»Mary sollte das Paket mit den Fläschchen nach Edinburgh bringen, aber man hat sie überfallen. Sie hat nicht gesehen, wer es war. Als sie ein Geräusch hinten im Lieferwagen hörte, hat sie angehalten und ist nach hinten gegangen, um nachzusehen. Und dann …«

Mit bebender Stimme flüsterte ihr Mary auch den Rest ins Ohr. Lea versuchte, sich nicht von ihrem Kummer, ihrer Verzweiflung niederdrücken zu lassen, aber es war schwer. Sie schlug die Augen auf.

»Sie weiß nicht, was mit ihrer Leiche geschehen ist«, sagte sie zu Adam, die Tränen fortblinzelnd. »Wahrscheinlich liegt sie irgendwo am Rand der M90.«

Victoria klappte der Unterkiefer herunter. »Ihr Geist ist jetzt hier bei uns?«

Lea nickte. »Ja.«

»Das reicht!« Adam sprang auf und zeigte auf Lea. »Du kommst sofort mit!«

»Adam, wir sollten auf Cem warten«, protestierte Victoria.

»Victoria, das hier ist nicht deine Angelegenheit. Du bleibst hier, dein Mann wird bald da sein.« Mit diesen Worten packte er Lea beim Arm und zog sie auf die Füße.

Mit hartem Griff zerrte er sie zwischen den Tischen hindurch zum Ausgang. Sie rempelten dabei mehrere Leute an, doch das schien Adam kaum wahrzunehmen. Mary redete derweil ununterbrochen auf Lea ein, und Liam schrie Adam Proteste ins Ohr, für die dieser natürlich taub war. Lea verstand kein Wort. Doch schon waren sie draußen. Lea versuchte sich von Adam, der sein Handy am Ohr hatte, loszureißen, doch der umklammerte ihren Arm nur noch fester. Lea biss die Zähne zusammen, um nicht vor Schmerz aufzuschreien. Adam schien nicht bewusst zu sein, wie hart er sie festhielt, konzentriert sprach er in sein Handy.

»Adam hier. Ja. Ist heute eine Lieferung nach Edinburgh losgegangen? Heute, ja. Ja, ich warte.«

Vor seinem Mund bildeten sich weiße Atemwölkchen in der kalten Luft. Er schritt weiter, Lea hinter sich her ziehend wie einen Sack Kartoffeln. Sie bogen um die Ecke in den Charlotte Square, in dessen Mitte ein hübscher Park mit hohen Bäumen und dichtem grünem Gras lag. Aber am heutigen Abend wirkte er eher unheimlich als friedlich.

»Morgen? Seid ihr sicher?«, sagte er ins Telefon. »Wer ist als Lieferant eingeteilt?« Adam blieb stocksteif stehen. »Verstehe. Okay. Schickt mir alles, was ihr über sie habt, Telefonnummer, Adresse, Chronik, alles. Ja, aufs Handy. Okay, gut.«

Bevor Lea wusste, wie ihr geschah, wurde sie an das gusseiserne Tor des Parks gedrückt. Adams wutentbranntes Gesicht war nur noch wenige Zentimeter von dem ihren entfernt.

»Es gab heute keine Lieferung. Die Lieferung findet erst morgen statt. Wer zum Teufel bist du, und was führst du im Schilde?«

Adams dunkelblaue Augen wurden kohlschwarz. Lea versuchte ihn panisch von sich wegzustoßen. »Mein Gott, mein Gott …«

»Du Bastard! Ich bring dich um!«, brüllte Liam.

»Halt die Klappe, du Dummkopf! Ich kann ihr helfen!«, brüllte Mary. »Er ist ein *Friedenshüter,* Lea. Er darf dir nichts tun. Er will dir nur Angst einjagen, weil er dich für eine Gefahr hält. Hörst du, er will dir nur Angst einjagen!«

Lea hörte es, konnte aber in ihrer Panik nicht mehr klar denken.

»Ich habe gefragt, wer du bist und warum zum Teufel du Mary Robertson bedrohst?«

Adams Eckzähne wurden merklich länger. Lea erschrak so sehr, dass ihr Kopf zurückzuckte und mit aller Gewalt gegen die Gitterstäbe prallte.

Eine willkommene Schwärze schlug über ihr zusammen, und ohnmächtig sank sie zu Boden.

13. Kapitel

Himmel, Arsch!« Adam bückte sich und hob Lea zum zweiten Mal innerhalb von zwei Tagen auf seine Arme. Nur hätten die Umstände diesmal nicht unterschiedlicher sein können.

Der würzige Duft ihres Bluts stieg ihm in die Nase. Adam versuchte sich davor abzuschotten, so wie er sich gegen ihre Tränen vorhin in dem Lokal abgeschottet hatte. Jetzt war nicht die Zeit für Gefühle. Er hatte herausgefunden, dass eine Vampirin namens Mary Robertson tatsächlich als Kurier für die SVA arbeitete, aber die Lieferung war erst für morgen angesetzt, und sie war nicht als vermisst gemeldet.

Tatsache war, diese Menschenfrau wusste zu viel über Vampire. Sie wusste von der Formel, sie wusste von Mary – und Adam musste herausfinden, woher.

Durch Seitenstraßen machte er sich auf den Weg zu Cems Haus am Manor Place, das nicht weit entfernt lag. Nur dort konnte er Lea ungestört verhören.

Sein Blackberry brummte. Er verlagerte Lea auf einen Arm und holte sein Handy hervor. Leas weichen Busen, den er an seiner Brust spürte, versuchte er geflissentlich zu ignorieren.

»Ja?«

»Wo bist du?« Cems Stimme war kalt und sachlich.

»Fast bei dir zu Hause. Aber ich brauche etwas Zeit, bring Victoria also bitte noch nicht zurück.«

Cem schwieg. Im Hintergrund hörte Adam Victorias besorgte Stimme. Dann sagte sein Freund: »Gut, du hast eine Stunde, dann kommen wir heim. Wie ich höre, sollen Lösungen gestohlen worden sein?«

Adam schnitt eine Grimasse; er ging an der Kathedrale vorbei, die den Manor Place säumte. »Genau das will ich herausfinden. Ich rufe wieder an.« Und er legte auf. Für Höflichkeitsfloskeln war jetzt keine Zeit.

Und wenn er einen neuen Fall hatte, konzentrierte er sich auf nichts anderes.

Von wegen mal Urlaub machen, dachte er.

Er schloss mit dem Schlüssel, den er von den Bilens bekommen hatte, auf und trat mit Lea auf den Armen ein. Sie stöhnte, während er sie in den ersten Stock hinauftrug, und barg ihr Gesicht an seiner Schulter. In Adams Unterkiefer zuckte ein Muskel. Damit sie nicht sehen konnte, wo sie sich befanden, trug er sie ins große Gästebad, das kein Fenster hatte, und ließ sie kurzerhand in die Badewanne plumpsen. Dann drehte er die Dusche auf, setzte sich auf den Klodeckel und wartete ab.

Sekunden später kam Lea prustend zu sich.

»Was?!«

Verwirrt blinzelte sie die Tropfen aus den Augen. Aber als ihr Blick auf ihn fiel, fuhr sie erschrocken zurück. Adam sprang fluchend auf und konnte gerade noch verhindern, dass sie sich erneut den Hinterkopf anschlug – diesmal an den Wandkacheln.

Dann stand er über sie gebeugt, und Lea starrte mit schreckensgeweiteten Augen zu ihm auf. Das Wasser aus der Dusche prasselte ihm auf den Hinterkopf und tropfte von seinen Haaren auf ihr Gesicht. Adam richtete sich schroff auf und drehte den Duschhahn ab.

Sie zitterte am ganzen Körper, wie er sah, aber nicht vor Kälte, sondern vor Angst. Sie hatte Angst vor ihm. Hatte er die falsche Taktik bei ihr angewandt? Er beschloss umzuschwenken.

»Ich werde dir nichts tun, Lea«, sagte er langsam, beruhigend und nahm wieder auf dem Toilettensitz Platz.

Ihre Unterlippe zitterte. Sie zog die Beine ans Kinn und schlang die Arme um die Knie.

»Du musst mir nur ein paar Fragen beantworten«, fuhr er fort, als sie nichts erwiderte.

»Was soll das für einen Sinn haben? Du glaubst mir doch sowieso nicht!«, sagte sie, noch immer zitternd.

Adam zog ein rosa Badetuch vom Heizungshalter und reichte es ihr.

»Wir werden sehen. Also, jetzt erzähl mir alles, was du über Mary Robertson weißt. Von Anfang an.«

Lea rubbelte ihre kurzen Haare trocken, dann lehnte sie sich wieder zurück, um ihre Gedanken zu sammeln.

»Marys Geist ist heute Nachmittag zu mir gekommen. Sie hat mir erzählt, dass sie getötet wurde und dass ich ihr helfen soll, ihre Leiche zu finden, damit sie ins Licht gehen kann.«

»Aha.« Adam versuchte, sich seine Skepsis nicht anmerken zu lassen. Wieso beharrte sie auf dieser lächerlichen Lüge? »Und ist ihr Geist jetzt auch hier?«

Lea nickte. Sie wirkte dabei so aufrichtig, so von ihrer Spinnerei überzeugt, dass ihm erneut Zweifel an ihrem Geisteszustand kamen.

»Du glaubst mir noch immer nicht, oder?«, stöhnte sie.

Adam drückte seinen Nasenrücken mit Daumen und Zeigefinger zusammen. Diese Frau war keine Gefahr. Eine Irre, vielleicht, aber keine Bedrohung für seine Spezies. Tatsache jedoch war, dass sie viel zu viel über seine Leute wusste.

Er musste herausfinden, wie und von wem. Irgendwo in ihren Reihen war ein Leck.

»Doch, doch, ich glaube dir«, sagte Adam, um sie zu beschwichtigen. Wenn es ihm gelang, ihr Vertrauen zu gewinnen, konnte er vielleicht an ihren Informanten herankommen. »Also, was willst du von mir? Was soll ich tun?«

Sie war sichtlich erleichtert. Doch dann schaute sie sich stirnrunzelnd um. »Wo sind sie hin?«

»Wer?«

»Na, Mary und Liam.« Als Lea seine Verwirrung bemerkte, erklärte sie: »Liam ist ein guter Freund. Obwohl er mich in letzter Zeit ein paar Mal ganz schön hat hängen lassen. Er hat zum Beispiel vergessen mich davor zu warnen, dass du ein Vampir bist.«

Adam lächelte und stellte seine nächste Frage betont lässig. »Woher hätte er das wissen sollen? Wir laufen schließlich nicht mit Buttons rum, auf denen steht: ›Ich bin ein Vampir, pfähle mich!‹«, sagte er.

Sie ging nicht darauf ein. »Aber untereinander müsst ihr euch doch erkennen, oder nicht?«

»Liam ist ein Vampir?«, fragte Adam verblüfft. Er hatte

nicht erwartet, dass seine Taktik so schnell aufgehen würde. Da war es ja, das Leck! »Ist er auch aus Edinburgh?«

»Ach nein, er ist Ire. Das heißt, er *war* Ire. Aber er ist hier gestorben, also ist er hier geblieben.«

Hier gestorben? »Liam ist also auch ein, hm, ›Geist‹?«

»Ja, das ist er. Hör zu, ich …« Sie hielt abrupt inne und neigte lauschend den Kopf. Ihr Blick war über seine rechte Schulter gerichtet. Plötzlich riss sie erschrocken die Augen auf. »Was?! Was soll das heißen? Du meinst jetzt, in diesem Moment?«

Adam riss allmählich der Geduldsfaden. »Lea, was ist?«

Ihr panischer Gesichtsausdruck alarmierte ihn. »Es ist Liam. Er sagt, dass sich vier Männer mit Pistolen dem Haus nähern!«

Adam hob gebieterisch die Hand. Er lauschte angestrengt, konnte aber nichts hören bis auf die üblichen Geräusche eines Hauses: das leise Knarren sich setzender Balken, das Brummen eines Heizaggregats. Das wollte er auch gerade sagen, als ihn ein besonders langes Knarren stutzig machte. Da machte jemand ganz, ganz leise die Vordertüre auf! Cem und Victoria waren das bestimmt nicht, die würden sicher nicht derart verstohlen in ihr eigenes Heim eindringen. *Verdammt*. Er überlegte blitzschnell. Besser, er glaubte Lea, verrückt oder nicht. Sicher war sicher.

Wenn es tatsächlich vier waren, konnte er es mit ihnen aufnehmen. Aber er durfte nicht riskieren, dass Lea etwas zustieß. Er legte warnend einen Finger auf ihre Lippen, dann hob er sie aus der Wanne und stellte sie auf dem Boden ab. Kurz lauschend nahm er sie bei der Hand und schlich mit ihr auf den Gang im ersten Stock hinaus, den sie rasch entlanghuschten. Er zog sie ins Wohnzimmer und dort zu den Fenstertüren, die zum kleinen französischen Balkon hinausführten. Es war nur ein schmaler Streifen, eigentlich kein richtiger Balkon, sondern eher ein breites Blumensims mit Geländer. Jetzt konnte er die Eindringlinge riechen – es waren tatsächlich vier, wie Lea gesagt hatte. Rasch machte er die Balkontüren auf und zog Lea mit sich hinaus. Ein Blick zurück, und er sah den Kopf des ersten Eindringlings am Treppenabsatz erscheinen.

Sie hatten nur noch Sekunden. Adam schlang den Arm um Leas Taille und schwang ein Bein übers Balkongeländer.

»Was tust du?«, zischte sie erschrocken. Adam schwang auch das andere Bein übers Geländer. Sie befanden sich in einem alten Georgianischen Stadthaus mit hohen Decken, und der Balkon war mindestens vier Meter über dem Boden: Wer da runtersprang, riskierte einen Knöchelbruch. Oder Schlimmeres.

Adam hakte seine Füße in der untersten Geländersprosse ein.

»Nicht schreien«, befahl er, hielt sie fest und ließ sich kopfüber nach vorne fallen.

Lea stieß natürlich doch einen entsetzten Schrei aus, als er sie durch seine Arme rutschen ließ. Unwillkürlich streckte sie die Arme vor. Als sie den Kies der Auffahrt unter ihren Fingerspitzen fühlte, ließ Adam ihre Fußgelenke los. Er landete leichtfüßig neben ihr, während sie sich gerade hochrappelte.

»Bist du wahnsinnig?«, stieß sie keuchend hervor. Er hätte gerne gesagt »Ich?«, aber dafür war keine Zeit. Er packte sie bei der Hand und begann sie zur Straße zu ziehen. Hinter ihnen schlug eine Kugel im Kies ein.

»Sie haben uns entdeckt!«, rief Lea und begann zu rennen.

Adam lief dicht hinter ihr, um sie mit seinem Körper zu decken. Ein weiterer gedämpfter Schuss ertönte, und etwas traf ihn in der Schulter. Er zuckte zusammen, lief aber weiter.

»Links, links!«, rief er und folgte ihr keuchend um die nächste Ecke. Blut rann seinen Arm hinab und tropfte von seinen Fingerspitzen. Adam fluchte. Sie rannten an einem Säuglingsbekleidungsgeschäft vorbei, dann an einem Schnapsladen. Einen Block weiter entdeckte Adam ein gut besuchtes Pub. Dort zog er Lea hinein. Sie gingen zwischen den Tischen hindurch nach hinten und wählten einen Platz, von dem aus sie die Türe im Auge behalten konnten.

»Sind sie noch hinter uns her?«, keuchte Lea ängstlich. Adam antwortete nicht. Er holte sein Handy raus und wählte Cems Nummer.

»Hallo?«

»Vier Profikiller sind vorhin bei euch ins Haus eingedrungen. Keine von uns. Menschen.«

»Wo seid ihr jetzt?«

Das verriet er Cem nicht, weil er eine übereilte Reaktion befürchtete. »Cem, fahrt zu Helena, du, Victoria und Grace. Bleibt erst mal dort, bis ich herausgefunden habe, was los ist. Dort seid ihr in Sicherheit.«

»Okay. Aber was ist mit meinem Labor?«

Gute Frage. In Cems Labor befanden sich natürlich jede

Menge Formelproben, die meisten davon zwar durch Experimente kontaminiert, aber bestimmt auch ein, zwei unverdorbene Lösungen.

»Ich lasse die Bewachung verdoppeln. Und jetzt geh und sag meiner Schwester, sie soll sich keine Sorgen machen.«

14. Kapitel

Adam hängte ein und schob sein Handy wieder in die Brusttasche. Lea, die ihn beobachtet hatte, fühlte sich schon etwas ruhiger, jetzt wo sie wusste, dass Mary und Liam rausgegangen waren, um den Eingang zu bewachen. Irgendwo fiel klirrend ein Glas zu Boden, und Lea schoss einen halben Meter vom Stuhl hoch.

Okay, vielleicht doch nicht so ruhig.

»Keine Angst, jetzt sind wir sicher.«

Lea lachte. Es klang leicht irre, aber sie konnte nicht anders. »Wir müssen zur Polizei gehen«, sagte sie dann. Das war zwar offensichtlich, aber im Moment half es ihr, das Naheliegende einfach laut auszusprechen. Die Worte verankerten sie wieder in der Realität, und es fiel ihr immer schwerer zu glauben, was um sie herum geschah.

Erst hatte sich herausgestellt, dass Adam, für den sie … was auch immer zu empfinden begonnen hatte, ein Vampir war. Und dann wurde auch noch auf sie geschossen. Ihr Verstand konnte damit nicht wirklich umgehen, und so beschränkte sie sich darauf, kleine, offensichtliche Dinge zu bemerken. Dinge, die sie bestätigt haben musste.

»Sie wollten uns umbringen«, sagte sie leise, fassungslos. »Wir müssen zur Polizei, oder?« Wieder sagte er nichts.

Diese Macho-Schweigemasche ging ihr allmählich auf

die Nerven! Lieber wütend werden, als vor Angst zu zittern, war Leas Devise. Also ließ sie ihrem Zorn freien Lauf.

»Ich hab nicht um diesen ganzen Mist gebeten, klar? Ich wollte nie was mit dir und deinen, deinen … mit euch zu tun haben! Seit Liam mir von eurer Existenz erzählt hat, bin ich euch aus dem Weg gegangen. Geister allein reichen mir vollauf! Ich brauche nicht noch mehr Komplikationen in meinem Leben. Und jetzt schau mich an! Ich bin mit einem Blutsauger auf der Flucht vor einer Bande von Profikillern!«

»Genug.«

Adams Gesichtsausdruck war mörderisch, aber das war ihr egal. Also hatte sie da einen Nerv getroffen? Wahrscheinlich der Begriff ›Blutsauger‹ – Liam geriet auch immer außer sich, wenn sie das Wort benutzte.

»Ich verstehe ja, dass du unter Schock stehst, aber du musst dich jetzt wirklich zusammenreißen.«

Zusammenreißen? Lea starrte ihn fassungslos an. Als ob sie sich nicht bereits zusammenriss! Sie fand, dass sie unter den gegebenen Umständen noch ziemlich ruhig war.

Aber er war schon wieder am Telefon. »Sybil, gib mir William, es ist dringend. William? Ja. Ich bin in Schwierigkeiten. Wir sind in einem Pub namens *Berts*. Gut, wir warten hier.«

Leas Blick war derweil auf die schwarze Kreidetafel gefallen, auf der die Gerichte des Tages standen. Oben auf der Tafel stand der Name des Pubs: *Teuchters*.

»Äh, Adam, ich weiß ja nicht, mit wem du gerade geredet hast, aber …« Sie zeigte auf die Tafel.

»Ich könnte jetzt wirklich einen Drink gebrauchen«, unterbrach er sie. »Und du?«

»Nein, aber ich wollte dir sagen, dass …«

Und schon waren seine Lippen auf den ihren.

Lea war derart überrumpelt, dass sie nicht einmal auf den Gedanken kam, sich zu wehren. Und als er sie dann auch noch ganz zu sich herumdrehte und seine Zunge in ihrem Mund die herrlichsten Dinge anzustellen begann, wusste sie auf einmal nicht mehr, warum sie sich überhaupt wehren sollte … Seine Lippen waren so warm, und er schmeckte so gut, irgendwie nach Portwein. Als er kurz darauf kleine Küsse auf ihren Unterkiefer drückte, seufzte sie leise.

»Stell keine Fragen, geh einfach nur zur Bar, und hol uns was zu trinken. Bitte«, flüsterte er ihr ins Ohr.

Lea schüttelte die sinnliche Betäubung ab, die sich wie ein zarter Nebel auf ihr Gehirn gelegt hatte.

»Nick, wenn du verstanden hast«, flüsterte er.

Lea nickte langsam. Sie wusste zwar nicht, was er vorhatte, aber das letzte Mal, als sie seinen Befehlen folgte, hatte ihr das das Leben gerettet. Adam richtete sich auf und zwinkerte ihr auffordernd zu. Los, spiel deine Rolle, schien er ihr sagen zu wollen.

Lea räusperte sich. »Äh, willst du was zu trinken? Ich glaube, ich hol mir was.«

»Ja, einen Whisky, bitte. Einen doppelten.«

Er gab ihr einen Zwanzigpfundschein, den sie in die Tasche schob, während sie sich erhob und zur Theke ging. An der Bar drängten sich die Leute. Lea schob sich zwischen zwei Männern an die Theke und wandte sich dann um, um

Adam zu beobachten, während sie wartete. Er war aufgestanden und ging Richtung Ausgang, blieb dann aber an einem der großen Fenster stehen und spähte unauffällig auf die Straße hinaus.

»Alles in Ordnung, Lea?«, erklang Marys Stimme plötzlich an ihrem linken Ohr. Lea machte schon wieder einen Sprung.

»Ja. Ja, geht schon«, flüsterte sie ein wenig atemlos.»Äh, wo ist Liam?«

Marys Stimme hatte plötzlich einen stählernen Klang. »Immer noch draußen. Hält Ausschau nach den Mistkerlen, die Adam angeschossen haben.«

Lea fuhr zusammen. »Angeschossen?«, zischte sie. »Adam wurde angeschossen? Wo?« Sie schaute zu dem Vampir hinüber, musterte ihn von Kopf bis Fuß, konnte aber keine Verletzung entdecken.

»Lea, das alles tut mir so leid«, sagte Mary nun, als habe sie Leas Frage überhaupt nicht gehört. »Dass ich dich in diesen Schlamassel hineingezogen habe. Das wollte ich nicht.«

Lea schloss einen Moment die Augen, um sich zu sammeln. Ja, wie war sie eigentlich in diesen Schlamassel geraten?

»Sie sehen aus, als könnten Sie einen Drink gebrauchen«, sagte eine neue Stimme.

Lea riss die Augen auf. Der Barmann, ein kräftiger, untersetzter Mann, stand vor ihr und schaute sie fragend an.

»Sie haben ja keine Ahnung!«, sagte Lea. »Zwei doppelte Whisky, ja? Talisker, wenn Sie haben.«

»Kommt sofort.« Er zwinkerte ihr zu und begann, die Drinks einzuschenken.

Ob Adam überhaupt diese Sorte Whisky mochte?, überlegte sie, völlig irrational. Sie selbst war keine große Whisky-Trinkerin, aber wenn sie mal einen bestellte, dann gewöhnlich einen Talisker. Er kam von einer Whisky-Distillerie auf der Isle of Skye, die sie einmal besichtigt hatte. Und seitdem trank sie eben diese Sorte. Das musste reichen.

»Wir werden von einer Bande Killer verfolgt, und ich mache mir Sorgen, dass ich die falschen Drinks bestelle!«, schalt sie sich.

»Wie bitte?«, fragte Mary.

Doch in diesem Moment tauchte der Barmann mit ihren Whiskys auf und enthob sie einer Antwort.

»Hier, bitte sehr, zwei Doppelte. Macht elf Pfund.«

Lea reichte ihm lächelnd den Zwanzigpfundschein und nahm das Wechselgeld entgegen. Mit dem Geld in der Hand wollte sie gerade zu den Gläsern greifen, als sie jäh herumgerissen wurde. Die Münzen fielen klirrend zu Boden und kullerten über die Holzdielen. Adam hatte sie am Arm gepackt.

Er legte warnend den Zeigefinger auf ihre Lippen, dann zog er sie von der Bar weg, nach hinten, zum Hinterausgang. Der kalte Wind schlug ihnen ins Gesicht, und hinter ihnen knallte die Pubtüre zu. Sie tauchten sofort in eine Seitengasse ab.

»Da bist du ja!«, rief Liam, plötzlich wieder dicht bei ihr. »Diese Mistkerle sind drüben, auf der anderen Straßenseite, in Berts Bar, aber das weißt du ja wahrscheinlich schon. Mensch, Lea, ich hab deine Stimme gehört, als ich ihnen gefolgt bin! Sie müssen dir eine Wanze verpasst haben!«

Eine *Wanze*? Jetzt verstand sie, warum Adam sich so seltsam benahm. Die falsche Adresse. Sein Schweigen … er hatte es gewusst.

Adam zog sie die schmale Außentreppe zu einer verlassen wirkenden Basement-Wohnung hinab. Jetzt waren sie von der Straße aus nicht mehr zu sehen. Er war sicher, dass ihre Verfolger noch ein paar Minuten länger brauchen würden, ehe sie entdeckten, dass ihre Opfer nicht im Berts zu finden waren. Trotzdem war es besser, wenn Lea nichts sagte. Mit großen, erschrockenen Augen schaute sie zu ihm auf. Ihr Atem kam stoßweise, bildete weiße Dampfwölkchen vor ihrem Gesicht. Er konnte ihr Herz wummern, ihr Blut rauschen hören. Verdammt. Sie brauchte ein paar beruhigende Worte. Und er brauchte Blut. Für keins von beidem war Zeit.

Die Wanze war schnell gefunden. Ein kleines schwarzes Ding, hinten auf ihrer rechten Schulter. Es sah aus wie etwas, das zufällig an ihrem Mantel hängen geblieben war. Adam fasste es nicht an. Die Wanze musste noch ein wenig länger ihren Dienst tun – aber diesmal für sie.

»Komm schnell, ich seh sie kommen!«, stieß er in gut gespieltem Schrecken hervor. Lea schaute fragend zu ihm auf. Er hoffte, dass sie schnell begriff, was er vorhatte. »Ich weiß, wo wir uns verstecken können.«

Sie legte lauschend den Kopf zur Seite, dann nickte sie. Adam hätte nicht sagen können, ob das Nicken ihm galt oder jemand anderem; sie konnte doch nicht schon wieder mit ihren Geistern reden, oder?

»Wo denn?«, fragte sie, den Blick fest auf ihn gerichtet. Er nickte zustimmend, um ihr zu signalisieren, dass sie das Richtige tat.

»Princess Street Gardens. Da ist um diese Zeit niemand. Wir können uns unter den Bäumen verstecken, bis wir wieder sicher sind.«

Er deutete zur Treppe und nahm Lea bei der Hand. Ihre Finger waren eiskalt. Warum hatte er nicht daran gedacht, ihr auch noch eine Mütze und Handschuhe zu kaufen? Aber das half jetzt nichts. Sie mussten weiter.

Sie rannten weiter, Shandwick Place, vorbei an Geschäften, an Passanten, deren Gesichter nur so an ihnen vorbeiflogen. Keuchend folgte ihm Lea auf die andere Straßenseite, wo der Eingang zu den Princess Street Gardens auftauchte.

Am Eingang blieb Adam stehen. Lea stützte keuchend die Hände auf den Knien ab.

»Unter den Bäumen da hinten können wir uns verstecken«, sagte Adam. Und das stimmte, die Bäume boten wirklich ein ausgezeichnetes Versteck für das, was er vorhatte. Dann zupfte er die Wanze von Leas Schulter und zerdrückte sie.

»War das die Wanze?«, fragte Lea keuchend.

»Ja. Hör zu, wir haben nicht viel Zeit, sie werden gleich hier sein. Hier, du nimmst jetzt meinen Hotelschlüssel und gehst auf mein Zimmer. Und rühr dich nicht von der Stelle, bis ich komme!« Er drückte ihr seine Schlüsselkarte in die Hand.

»Aber …«

»Kein Aber! Los, RENN!«

Er wusste, dass er nicht gerade höflich war, aber sie sollte fort sein, wenn sie auftauchten! Mit grimmigem Gesicht wandte sie sich ab und rannte davon. Adam schaute ihr nach, bis sie verschwunden war, um sicherzugehen, dass sie nicht verfolgt wurde. Dann betrat er den Park.

Hinter dem Eingang ging es einen Abhang hinab zu einer Senke, in der dicht die Bäume wuchsen. Adam huschte über das froststarre Gras. Die Nacht brach herein; bald würden sie da sein. Er tauchte unter einen Baum mit besonders niedrigen Ästen und holte sein Handy hervor.

»William?«

»Teufel noch mal, Adam, was ist los? Du hast aufgehängt, bevor …«

»Keine Zeit.« Adam schaute aufmerksam zum Eingang hinauf. »Vier Profikiller sind in Cems Haus eingedrungen. Sie waren auf der Suche nach einer Frau. Sie ist jetzt in meinem Hotelzimmer. Sind sonst noch irgendwelche Agenten in der Stadt?«

Er hörte das Klappern von Keyboard-Tasten, dann: »Sean McLeod. Hat gerade einen Auftrag hier in der Stadt abgeschlossen. Ich schicke ihn hin.«

Am Eingang tauchte ein großer Schatten auf. Adams Augen wurden schmal, und er grinste erwartungsvoll.

»Gut. Muss Schluss machen.« Er hängte auf.

Adam schob sein Handy in die Tasche und machte sich bereit.

15. Kapitel

Wo bleibt er nur, Liam? Es ist jetzt schon eine halbe Stunde um!«

Lea zog ihre Beine an die Brust. Sie fühlte sich sehr jung. In der vergangenen halben Stunde war sie unruhig im Hotelzimmer auf und ab gegangen, doch dann hatte sie sich schließlich einen der Esszimmerstühle genommen und sich so hingesetzt, dass sie die Türe im Auge behalten konnte.

»Ach, dem ist schon nichts passiert«, ertönte Liams Stimme von der Couch zu ihrer Linken. »Er ist doch ein Vampir.«

Erneut sprang sie auf. Hin- und hergehend raufte sie sich die kurzen, zerzausten Haare. »Wie kannst du da so sicher sein? Sie sind zu viert, und sie sind bewaffnet!«

Lea hörte Liam seufzen und wollte ihm schon über den Mund fahren, als ein Geräusch an der Türe sie innehalten ließ. Das musste Adam sein! Aber wenn nicht?

In ihrer Panik griff Lea nach dem nächstbesten schweren Gegenstand, der ihr in die Finger kam. Dann sprang sie leise zur Türe und bezog daneben Stellung.

»Lea, das ist nicht Adam, da draußen!«, sagte Liam erschrocken neben ihrem Ohr. »Los, versteck dich!«

»Und wo?«, zischte sie. »Unter dem Bett? Da schauen sie doch als Erstes nach!«

Sie konnte es direkt vor sich sehen, wie sie unter dem Bett lag und mit angehaltenem Atem die Füße des Eindringlings näher kommen sah ... Nein! Sie hatte nicht die Absicht, sich wie eine dieser doofen, vollbusigen Blondinen in Horrorfilmen zu verstecken und zu warten, bis man sie fand und in Streifen schnitt! Entschlossen umklammerte sie die Statue der Meerjungfrau.

»Lea!«, winselte Liam.

»Mann, wo denn? Im Schrank?«

Sie wollte mehr sagen, doch in diesem Moment wurde an die Türe geklopft. Geklopft? Welcher Killer klopft denn erstmal an?

»Lea, Menschenskind, jetzt versteck dich doch!«, flehte Liam verzweifelt.

Aber Lea konnte sich nicht rühren. Nein, lieber kämpfend untergehen. Oder? Oder doch verstecken? Wie eine Memme? Aber die Entscheidung wurde ihr abgenommen.

Ein leises Klicken ertönte, und die Türe ging auf.

Mit wild hämmerndem Herzen hob Lea die Statue. Und als der Kopf des Mannes auftauchte, schlug sie zu.

Daneben. Er hatte sich weggeduckt. Von der Gewalt des Schlags getrieben stolperte Lea vorwärts. Die Statue donnerte an den Türrahmen, dass ihre Arme vibrierten. Mist.

»Lea, hinter dir!«

Alarmiert von Liams Schrei, fuhr Lea herum und holte erneut aus, diesmal mit der geballten Faust. Aber eine starke Hand umschloss ihr Handgelenk und hielt ihren Arm mühelos fest.

»Ich bin kein ...«

Aber Lea ließ ihn nicht ausreden. Sie schaute ins Gesicht ihres Angreifers auf und holte mit der anderen Faust aus.

Auch die fing er mühelos ein. »Stop!«

Stop, mein Arsch! Damit er sie in Ruhe umbringen konnte? Keine Chance. Lea trat ihm so fest sie konnte ans Schienbein. Seine Augen verengten sich, ansonsten aber zeigte er keinerlei Reaktion. Er wirbelte sie herum und hielt sie an sich gepresst, die Arme vor ihrer Brust verkreuzt, damit sie ihn nicht mehr schlagen konnte.

Da trat sie ihm so fest sie konnte auf den Zeh. Er riss ihre Arme nach hinten, und Tränen der Wut schossen ihr in die Augen. Sie hatte sich die Zehen angehauen, und ihre Arme taten weh, verdammt noch mal.

»Himmel noch mal, ich will Ihnen nicht wehtun!«, herrschte sie ihr Angreifer an.

Lea erstarrte. Ihre Gedanken rasten. Was wollte er dann? Blöde Frage. Die Menschen taten sich ohne Grund weh. Das hatte sie erlebt. Nein, jetzt bloß nicht an Lochrin Place denken. Das ist nicht dasselbe, das ist nicht dasselbe!

»Aber Sie tun mir weh«, entgegnete sie keuchend. Er lockerte sofort seinen Griff, ließ sie aber nicht los.

»Lea, die Tür ist nur angelehnt. Bring ihn dazu dich loszulassen, und dann lauf! Lauf!«, rief Liam aufgeregt.

Bring ihn dazu dich loszulassen? Ja, klar. Liam war ein verdammtes Genie. Wenn er ihr jetzt noch sagen würde, wie sie das bewerkstelligen sollte, dann wäre der Geist eine tatsächliche Hilfe.

»Meine Arme tun noch immer weh«, versuchte sie es mit ihrer kläglichsten Kleinmädchenstimme, »könnten Sie mich loslassen, bitte?«

Der Angreifer stieß einen entnervten Seufzer aus und ließ sie tatsächlich los! Sie ließ die Arme sinken, machte einen Ausfallschritt, wirbelte herum und rammte ihm das Knie in seine empfindlichsten Teile, dass es ihm die Luft aus den Lungen trieb.

»Lauf!«, schrie Liam, aber das war gar nicht nötig. Lea riss die Türe auf und rannte in den Gang hinaus.

Sie kam etwa fünf Schritte weit, als zwei stählerne Arme sie von hinten packten und festhielten.

»Hi …!«

Er schnitt ihr die Luft ab. Lea strampelte, trat und schlug um sich, aber es half nichts: Sie wurde unweigerlich zum Zimmer zurückgetragen. Kleine schwarze Pünktchen tanzten vor ihren Augen, sie konnte kaum noch atmen. Liam schrie weiter Instruktionen auf sie ein, rechter Haken, linker Kick, aber sie konnte nicht mehr.

Zum zweiten Mal an diesem Tag wurde ihr schwarz vor Augen.

Adam schaute auf die Leiche des Killers zu seinen Füßen und fluchte laut. Das war nicht gut, gar nicht gut. Er schob die Hand in die Tasche und holte sein Handy heraus.

William nahm schon nach dem ersten Läuten ab. »Adam?«

»Wir haben ein Problem. Nur einer von denen ist aufgetaucht. Wollte ausreißen, nachdem ich ihn entwaffnet hatte und hat's geschafft, sich dabei das Genick zu brechen. Von dem erfahren wir nichts mehr, leider.«

Der Kommandeur der Friedenshüter seufzte. »Ich werde einen Bericht vorlegen müssen, Adam. Du weißt ja, wie das läuft.«

Das wusste Adam. Vampire durften an Menschen weder ihren Hunger stillen, noch ihnen etwas zuleide tun. Nur wenn das eigene Leben auf dem Spiel stand, durfte man in Selbstverteidigung töten. Manchmal, wenn auch selten, war ein Friedenshüter gezwungen, Menschen zu töten, und obwohl das nicht gegen Vampirgesetze verstieß, verlangte das House of Order jedes Mal eine Untersuchung.

»Ich hab jetzt keine Zeit, mich von einem Interrogator grillen zu lassen!«, zischte Adam. »William, die sind hinter der Frau her, sie schwebt in Lebensgefahr, und wenn die Formel …«

»Unseres Wissens ist nichts gestohlen worden«, unterbrach ihn William. »Was nicht heißen will, dass das nicht noch geschehen kann. Aber alles, was wir bis jetzt wissen, ist, dass eine Frau, *die behauptet, mit Geistern von Verstorbenen reden zu können*, uns weismachen will, dass die Lösung gestohlen worden ist. Aber die Lieferung soll erst morgen früh um acht hier eintreffen. Und was diese Killer betrifft, die sind hinter ihr her, nicht hinter uns. Das ist ihre Angelegenheit.«

Adam wusste ja selbst, wie verrückt es klang. Die Wahrscheinlichkeit, dass Lea die Wahrheit sagte, war verschwindend gering im Vergleich zu der Wahrscheinlichkeit, dass sie nicht alle Tassen im Schrank hatte. Aber für seinen Geschmack waren das alles zu viele Zufälle. Irgendwas stimmte nicht. Und sein Gefühl sagte ihm, so unwahrscheinlich das auch war, dass sie die Wahrheit sagte.

»Ob sie nun mit Geistern reden kann oder nicht, sie

weiß von uns. Sie weiß von der Formel, sie weiß, dass sie aus Pitlochry geliefert wird, sie kennt den Namen der Frau, die für die Lieferung eingeteilt ist und dass sie morgen früh kommen soll. Wir müssen herausfinden, woher sie das alles weiß.«

»Und genau deshalb will ich ja einen Interrogator hinzuziehen! Sie muss uns verraten, woher sie das weiß.«

Adams Nasenflügel bebten. »Und wenn sie nicht lügt? Was, wenn die Lösungen morgen nicht hier ankommen und sie sitzt in der Zwischenzeit in irgendeinem Verhörzimmer mit einem Interrogator herum? Dann ist es zu spät, William. Nein, diese Frau *weiß* etwas.«

Adam war ganz sicher. Lea oder Madame Foulard oder wer immer sie auch sein mochte: Sie war der Schlüssel. Keine Ahnung, zu was, aber sie war der Schlüssel *und sie brauchten sie*.

»Also gut«, sagte William ungnädig. »Schick mir alles, was du hast. Dann schreibe ich den Bericht und lasse das Verhör aufschieben. Schau, ob du irgendwas bei ihm findest, womit er sich identifizieren lässt, und mach ein paar Fotos. Schick sie an unseren Kontaktmann; du hast bis morgen Zeit. Wenn die Lösungen ordnungsgemäß geliefert werden, steht um zehn nach acht ein Interrogator bei dir vor der Türe, klar?«

Klar. Adam wollte gerade zustimmen, aber sein Boss hatte bereits aufgelegt. Adam machte mit seinem Handy mehrere Fotos von dem Toten, dann bückte er sich und filzte ihn gründlich – ohne Ergebnis. Er schaute sich um, entdeckte eine weggeworfene Bierflasche, rieb sie ab und drückte dann die schlaffen Finger des Toten an das Glas.

Die Flasche vorsichtig am Hals fassend wollte er gerade aufstehen, als sein Blick auf eine seltsame Tätowierung am Handgelenk des Toten fiel: ein Dreieck mit einer Sonne darin.

Er machte auch ein Foto davon, dann schickte er alles als E-Mail an den Kontaktmann. Als das erledigt war, verharrte er noch einen Moment lang in der Hocke und grübelte nach, wo er dieses Symbol schon einmal gesehen haben könnte.

16. Kapitel

Lea schlug benommen die Augen auf und blinzelte im grellen Licht. Ihr Kopf fühlte sich ganz wattig an. Wie war sie hierhergekommen? Und wo war überhaupt ›hier‹? Eins wusste sie: Sie saß aufrecht auf einem Stuhl, denn sie konnte das warme Holz der Stuhllehne unter ihren Fingern fühlen. Ihr Magen knurrte laut. Es war Ewigkeiten her, seit sie zuletzt etwas gegessen hatte.

»Haben Sie Hunger?«

Lea drehte den Kopf nach links. Dort, nicht weit von ihr, saß ihr Angreifer auf dem geblümten Sofa und musterte sie besorgt. Der Gedanke an Flucht keimte in ihr auf, aber sein Gesichtsausdruck verwirrte sie. Er hatte so freundliche Augen … blaue Augen, wie Adam, ein wenig heller, aber genauso freundlich.

»Lea, geht's dir gut?«

Das war Liams Stimme. Schlagartig fiel ihr wieder alles ein. Sie versuchte aufzustehen, und da merkte sie, dass der Mann sie mit einem Bademantelgürtel an den Stuhl gefesselt hatte.

Sie riss den Mund auf …

»Bitte nicht schreien! Ich soll Sie doch beschützen!«

Beschützen? Hielt er sie für so dumm? Sie hatte gute Lust, einfach nur drauflos zu schreien, aber ihre Empörung gewann die Oberhand. »Sie hätten mich fast erwürgt!«

»Tut mir schrecklich leid. Aber Sie wollten sich einfach nicht beruhigen, und ich durfte doch nicht zulassen, dass Sie mir das ganze Hotel zusammenschreien. Es war zu Ihrem eigenen Besten …«

Zu ihrem eigenen Besten? Der Kerl erschreckte sie zu Tode, zu ihrem eigenen Besten?

»Ich glaube ihm«, bemerkte Liam.

»Du schlägst dich auf seine Seite?«, fragte sie. Sie schaute in die Richtung, aus der seine Stimme gekommen war, und fühlte sich seltsamerweise wirklich verletzt. Dieser Tag wurde immer verwirrender, und sie wünschte sehnlichst, dass wenigstens irgendetwas heute noch Sinn ergab. Ein Geist, der zu Besuch kam und sie bat, seine Leiche zu suchen, damit er Frieden finden konnte, Vampire, die sie zu Tode erschreckten mit ihren Fangzähnen, Killer, die versuchten, ihr in den Rücken zu schießen … War heute denn gar niemand auf ihrer Seite?

»Du hast selbst gesehen, dass er versucht hat mich zu erwürgen! Erst brüllst du mir zu, ich soll wegrennen, *und dann glaubst du ihm?*«

»Ich weiß, ich weiß. Aber er hat dich nicht erwürgt, oder? Wenn er dir wirklich etwas hätte tun wollen, dann hätte er es längst gemacht – außerdem hat er dich ganz vorsichtig gefesselt!«, argumentierte Liam.

Bevor Lea eine angemessene Antwort darauf hätte finden können, geschah etwas Seltsames. Ihr Möchtegern-Killer stand plötzlich auf, trat zu ihr und legte beide Hände an ihr Gesicht. Voller Sorge schaute er ihr in die Augen.

»Sie haben sich doch nicht etwa den Kopf angeschlagen, oder? Mann, Murray wird mich umbringen!«

Lea musste ein paar Mal blinzeln. Grober Klotz oder nicht, er sah definitiv attraktiv aus – und aus dieser Nähe war die Wirkung umso stärker. Moment mal, hatte er gerade Murray gesagt?

»Adam hat Sie geschickt?«

Der Mann nickte, ließ aber weder ihr Gesicht los, noch hörte er auf, sie besorgt anzuschauen.

»Er hat um Backup gebeten. Ich weiß nichts, außer dass ich herkommen und Sie beschützen soll. Obwohl, mittlerweile bin ich mir nicht mehr so sicher, dass Sie überhaupt Schutz brauchen.«

Er grinste ein wenig. Sein Lächeln war ein klein bisschen schief, nicht so perfekt, so unwiderstehlich wie Adams. Trotzdem konnte sie nicht umhin, ein wenig zurückzulächeln. Außerdem hatte sie auf einmal das schreckliche Gefühl, sich ausgesprochen albern benommen zu haben.

»Tut mir leid, dass ich … na ja, dass ich Sie in die Weichteile getreten habe«, stammelte sie. »Aber ich dachte, Sie wären einer von diesen Killern, die hinter mir her sind.«

Er wurde sofort ernst, ließ eine Hand sinken, mit der anderen umfasste er ihr Kinn.

»Nein, ich bin hier, um Sie zu beschützen.«

»Ach ja, McLeod? Warum haben Sie sie dann gefesselt?«

»Agent Murray, es ist mir eine Ehre …«

Adam hob nur die Braue, und der andere Vampir verstummte. Er war nicht in Stimmung für Förmlichkeiten. Ganz und gar nicht.

»Ich warte auf eine Antwort, McLeod.«

Der Agent band Lea eilends los. »Es gibt keine Entschuldigung, Agent Murray, ich …«

»Doch, die gibt es!« Lea sprang auf und zog ihr Kleid, das auf dem Stuhl hochgerutscht war, glatt. Adam wünschte, er hätte nicht den blutigen Kratzer an der Außenseite ihres linken Oberschenkels gesehen, aber das hatte er. Wut keimte in ihm auf. Was zum Teufel hatte der Kerl mit ihr angestellt?

»Treten Sie vor die Türe, McLeod, sofort.«

Die Gesichtszüge des Agenten erstarrten, doch er machte einen gehorsamen Schritt Richtung Türe. Gut, wenigstens war er sich seines untergeordneten Rangs bewusst. Dann brauchte er ihn nicht umzubringen, sondern nur ordentlich zu vermöbeln.

Lea sprang vor und stellte sich zwischen die beiden. Sie drückte die Hände an Adams Brust, um ihn von dem andern fernzuhalten. »Adam, das ist einfach lächerlich! Er wollte das nicht! Er hat doch bloß versucht, mich zu beschützen.«

Adam schaute McLeod an, und seine Wut verrauchte ein wenig. Trotzdem, es änderte nichts an der Tatsache, dass der Agent seine Mission nicht erfüllt hatte. Zu *versuchen*, jemanden zu beschützen, war zu wenig. Entweder man tat es oder man kam nicht sehr weit in diesem Job.

Er schaute Lea an. »Hat er dir wehgetan?«

Sie blinzelte. Er konnte förmlich sehen, wie sich die Rädchen in ihrem Gehirn drehten.

»Nein«, sagte sie dann.

»Doch«, widersprach Agent McLeod.

Lea fuhr aufgebracht zu ihm herum. »*Wollen* Sie, dass er Ihnen in den Arsch tritt, *Agent McLeod*?!«

Agent McLeod zuckte mit den Schultern. »Ich hab's vermasselt. So ist das nun mal bei uns.«

»Ach ja? Bei ›uns‹ also? Dann sind Sie auch ein Vampir?« Lea rang die Hände, dann ging sie zum nächstbesten Sofa und warf sich darauf nieder, beide Männer ignorierend.

Ein solches Verhalten hätte Adam sich normalerweise nicht bieten lassen, doch mittlerweile war ihm der Gedanke gekommen, dass Agent McLeod vielleicht doch nicht so viel Schuld traf. Immerhin hatte er es hier mit *Lea* zu tun … Und verletzt schien sie ja nicht zu sein.

»Nun ja, vielleicht habe ich ein wenig übereilt reagiert. Lea scheint ja nichts passiert zu sein.«

McLeod nickte dankbar.

»Das ist *nicht* witzig, Liam!«

Adam schaute zu Lea hin, die mit verengten Augen zum anderen Sofa schaute.

»Ich weiß nicht, Agent Murray, vielleicht ja doch. Ich fürchte, sie muss sich den Kopf gestoßen haben, als ich sie gefesselt habe.« McLeod sah schon wieder höchst besorgt zu Lea hinüber.

»Nennen Sie mich Adam; und Sie können nichts dafür, glauben Sie mir.« Er seufzte. Wie etwas erklären, das man selbst nicht versteht? »Lea bildet sich ein, sie könnte mit Geistern reden.«

Und so viel stimmte schließlich. Das bildete sie sich tatsächlich ein.

McLeod fiel der Kinnladen herunter. »*Geister?* Von Verstorbenen?«

»Von welchen sonst?«, bemerkte Lea. »Zwei davon sind zufälligerweise gerade anwesend, und sie treiben mich in den Wahnsinn. Klappe, Liam! Ich kann ja mein eigenes Wort nicht mehr verstehen!«

Adam machte sich nichts weiter draus. Soweit man sich an solch bizarre Umstände gewöhnen konnte – er gewöhnte sich an sie. Außerdem hatten sie schon zu viel Zeit verloren. Er nahm die Bierflasche vom Sofatisch, wo er sie beim Hereinkommen abgestellt hatte, und reichte sie, vorsichtig am Hals packend, dem Agenten.

»Da sind Fingerabdrücke drauf, die müssen untersucht werden.«

McLeod nickte und nahm die Flasche ebenso vorsichtig entgegen. »Ich kenne unseren Mann bei der schottischen Polizei persönlich. Werde mich gleich drum kümmern.«

Adam trat beiseite, um McLeod ziehen zu lassen, dann ging er zu Lea, die sich noch immer mit ihren Geistern herumstritt. Er musste herausfinden, warum diese Killer hinter ihr her waren, aber zunächst musste er sich um seine Wunde kümmern. Das Einschussloch war bereits wieder zugewachsen, und er spürte die Kugel schmerzhaft in seiner linken Schulter. Drei von denen waren noch nicht gefasst, McLeod im Moment nicht verfügbar. Er durfte kein Risiko eingehen, er musste fit bleiben.

»Adam?«

Adam blieb stehen. Sein Magen krampfte sich bei Leas Anblick hungrig zusammen. Er hatte zwar erst heute früh Blut getrunken und normalerweise hätte das für eine ganze Weile gereicht, aber die Wunde und der Blutverlust … Er bewegte seine verletzte Schulter, spürte den unangenehmen, schmerzhaften Druck der eingeschlossenen Kugel.

»Ja?«

»Erklärst du mir jetzt endlich, was los ist?«

Sie sah besorgt und etwas ängstlich aus, aber das musste warten: zuerst seine Schulter. »Gleich«, sagte er kurz angebunden. Dann nahm er sich das Messer, das neben der Obstschale auf der Anrichte lag, ging ins Schlafzimmer und von dort ins Badezimmer.

Einen Blick in den Spiegel über dem Waschbecken werfend zog er Jacke und Hemd aus. Das Einschussloch in beiden Kleidungsstücken war zwar nicht groß, aber dennoch unübersehbar. Er ließ die Sachen zu Boden fallen und lehnte sich über das marmorne Doppel-Waschbecken. Die Stelle, wo die Kugel steckte, konnte er so nicht sehen, er musste sich also auf seinen Tastsinn verlassen.

Das Messer in der Rechten, hob er den Arm über die linke Schulter und fuhr mit der stumpfen Spitze über seine Haut. Ja, dort war die leichte Erhebung, dort steckte die Kugel. Er holte tief Luft und packte das Messer fester.

Da platzte Lea herein. »Was machst du da?!«

»Verschwinde.«

»Nein! Ich lasse nicht zu, dass du dir was antust!«

Adam ließ seufzend den Arm sinken. Ihre Besorgnis war … rührend, aber fehl am Platz. »Ich habe nicht vor, mir was anzutun, also geh jetzt bitte ins Wohnzimmer zurück. Es dauert nicht lange.«

Lea verschränkte dickköpfig die Arme. »Mary hat gesagt, du willst dich mit dem Messer schneiden. Erst sagst du mir, warum. Sonst gehe ich nicht.«

Schon wieder dieser wie beiläufige Hinweis auf ihre »Geister«.

»Lea«, sagte er warnend. Keine Reaktion. Was war nur los mit dieser Frau? In diesem Moment fiel ihr Blick auf seine abgelegten Sachen auf dem Fußboden. Er verzog das Gesicht. Jetzt würde sie vermutlich gleich schreiend davonlaufen oder in Ohnmacht fallen.

»Dann bist du wirklich angeschossen worden?«

Bevor er etwas sagen konnte, war Lea hinter ihn getreten. Mit flinken Fingerspitzen tastete sie seinen Rücken ab, ein viel zu angenehmes Gefühl, wie Adam widerwillig feststellte. Fast war er froh, dass eine Kugel in seinem Körper steckte. Der Schmerz lenkte wenigstens ab …

»Die Wunde ist ja schon zugeheilt!«, stieß sie ehrfürchtig hervor, als sie die kleine Wölbung ertastet hatte.

Adam drehte sich zu ihr um. »Ja, genau. Und deshalb muss ich die Wunde noch mal aufschneiden und die Kugel rausholen. Jetzt weißt du, warum, also ab mit dir.«

Lea zuckte nicht mit der Wimper. Ihre hellgrünen Augen bohrten sich in die seinen. »Diese Kugel war für mich bestimmt?«

Verdammt. Er wollte nicht, dass sie deswegen Schuldgefühle bekam. Aber vielleicht war es besser, dass sie die Wahrheit erfuhr, damit sie kooperierte.

»Ja.«

Auch dies nahm sie unbewegt auf. »Die haben mir eine Wanze angehängt und dann nur auf mich gezielt?«

So war es. »Ja.«

Adam betrachtete ihr Gesicht im Spiegel. Weder Angst noch Wut waren darauf zu erkennen, ihre Miene war undurchdringlich. Ganz gewiss nicht die Reaktion von jemandem, der erfährt, dass man es auf sein Leben abgesehen hat. Ob sie noch unter Schock stand?

Lea seufzte. »In diesem Fall bleibt mir nichts anderes übrig, als dir zu helfen, die Kugel rauszuholen.«

»Nein«, sagte er sofort. Was war bloß los mit dieser Frau? Konnte sie nicht mal einen Moment lang normal sein? Jetzt wollte sie auch noch eine Kugel aus seiner Schulter holen! »Kommt gar nicht in Frage!«

»Bitte.«

»Nein!«

»Versuch mal, mich davon abzuhalten!« Sie funkelte ihn wütend an.

Adam runzelte die Stirn. »Lea, zwing mich nicht, dich rauszuschmeißen.«

»Adam, zwing mich nicht, dir in den Hintern zu treten!«

Adam nahm seinen Nasenrücken zwischen Daumen und Zeigefinger, eine Geste, die, seit er sie kannte, offenbar verstärkt nötig zu werden schien.

»Wenigstens das bin ich dir schuldig!«, bat sie.

Also gut. Die Zeit war knapp, und er musste bei vollen Kräften sein. Er reichte ihr das Messer.

»Aber nur damit du's weißt: Du schuldest mir gar nichts!«

Er kehrte ihr, nicht ohne ein leises Unbehagen, den Rücken zu. Er hatte gerade einer Irren ein Messer in die Hand gedrückt und ihr den Rücken zugekehrt. Selbst wenn sie nicht verrückt war – vielleicht war sie ja doch gefährlich? Was wusste er schon über sie. Vielleicht hatte sie etwas mit diesem geplanten Diebstahl zu tun? Ein ausgeklügeltes Verwirrungsmanöver? Unwahrscheinlich. Aber ob nun verrückt oder kriminell, jemanden wie sie mit einem Messer hinter sich stehen zu lassen … war nicht gerade sein brillantester Einfall gewesen.

»Da ich dich schon nicht loswerden kann, erzähl mir wenigstens, was genau heute passiert ist, damit wir rausfinden, warum diese Mistkerle hinter dir her sind.« Das lenkte sie wenigstens ab.

Sie tastete vorsichtig die Erhebung ab, um Größe und Lage der Kugel abzuschätzen. »Also, ich bin zum Friedhof gegangen, als ich heute früh von hier weggegangen bin«, begann Lea. »Ich habe Liam abgeholt, und wir sind zusammen in die Cameo Bar gegangen. Da treffe ich mich immer mit Mr. Thomson zum Kaffeetrinken.«

»Wer ist Mr. Thomson?«, fragte Adam und schaute sie im Spiegel an. Die Zunge im Mundwinkel, tastete sie die Wunde ab.

»Ein guter Freund von mir; ich blättere immer die Zeitung für ihn um, dann kann er sie in Ruhe lesen. Und dann machen wir zusammen das Kreuzworträtsel. Ich sage ›wir‹, aber eigentlich löst er immer alles alleine. Er ist unheimlich clever. Ich schreibe nur die Lösungen rein. Ist manchmal ziemlich ärgerlich.«

Adam hätte gerne mehr über Mr. Thomson erfahren. So, wie sie über ihre Geister redete – es war so echt. Ob es Schizophrenie sein konnte?

»Wie heute, zum Beispiel«, fuhr sie fort und hob das Messer. »Ich wusste, die Antwort war ›Wien‹, aber er hat's gesagt, bevor ich es konnte. Hat mich ganz schön geärgert.«

Den Blick auf einen Punkt über seiner Schulter gerichtet machte sie sich bereit. Sie wirkte etwas ängstlich, aber kein Zittern lag in ihrer Stimme, als sie nun weitersprach.

»Dann bin ich heimgegangen; meine Wohnung liegt gleich um die Ecke. Dort hat Mary schon auf mich gewartet. Ich habe Mrs. Bilen angerufen und bin ins Whighams gekommen. Das war's.«

Die Messerspitze bohrte sich in seine Haut, und Adam umklammerte den Beckenrand.

»Das war alles?«

Er konnte hören, wie ihr Herz hämmerte, während sie den Druck der Messerspitze erhöhte. Die Kugel wurde dabei ein wenig zur Seite geschoben. Ein brennender Schmerz durchzuckte ihn.

»Das weiß ich, Liam!«, schimpfte sie. »Mensch, du gehst mir auf die Nerven!«

Adam tat sein Bestes, um sich seine Schmerzen nicht anmerken zu lassen. Die Messerspitze war stumpf und wollte nicht in seine Haut eindringen.

»Adam, Liam hat recht. Wir brauchen ein schärferes Messer.«

Aber sie hatten schon viel zu viel Zeit verloren. Adam legte die Hand auf Leas Hand und drückte zu. Das Messer fuhr in seine Haut hinein, und Blut rann über seinen Rücken.

»Schnell!«, stieß er zwischen zusammengebissenen Zähnen hervor. Er konnte im Spiegel sehen, dass Lea kreidebleich geworden war, und hoffte nur, sie würde nun nicht einfach umkippen.

Aber Lea war aus härterem Holz geschnitzt. Sie begann,

mit der Messerspitze in der Wunde herumzustochern. Es brannte wie Feuer. Adam biss die Zähne zusammen.

»Ich krieg sie nicht raus.« Lea schaute ihn im Spiegel an.

»Dann versuch's mit den Fingern«, befahl er. »Komm schon, Lea, bevor die Wunde wieder zugeht.«

So schnell ging das natürlich nicht, aber er wollte nicht, dass sie zu viel Zeit zum Nachdenken hatte. Und es funktionierte.

Aus Angst, die Wunde noch einmal aufschneiden zu müssen, schob sie einen Finger unter die Kugel und stieß sie heraus. Auf Adams Stirn standen dicke Schweißtropfen.

Aber die Schmerzen vergingen rasch wieder, und auch die Blutung hörte nach drei Atemzügen auf. Adam drehte sich um und schaute Lea an. Ihre Hände und die Ärmel ihres Kleids waren blutig. Mit blassem Gesicht hielt sie ihm die Kugel hin.

»Was soll ich damit machen?«

Adam nahm sie, wickelte sie in Toilettenpapier und warf sie in den Abfalleimer.

»Was du jetzt brauchst, ist eine heiße Dusche«, sagte er und drehte das Wasser auf. Sofort begannen sich Dampfschwaden im Bad auszubreiten.

Lea sagte nichts.

»Also, ich geh dann mal.« Adam betrachtete sie, hoffte auf irgendeine Reaktion, aber sie starrte nur seine Brust an.

»Danke für deine Hilfe«, ergänzte er. Immer noch nichts. Er hasste es, nicht zu wissen, was in ihr vorging. Endlich schaute sie zu ihm auf.

»Keine Ursache. Ohne dich wäre ich jetzt tot.«

Sie hob die rechte Hand in etwa die Höhe, wo sich auf dem Rücken seine Wunde befand. Dann maß sie, auf welcher Höhe das bei ihr war. »Siehst du?«

Die Kugel wäre in ihren Hinterkopf eingeschlagen.

Ohne zu überlegen, ohne zu fragen, woher dieser Impuls kam, nahm Adam sie in seine Arme. Sie schlang ihre Arme um seinen Oberkörper und barg ihr Gesicht an seiner Brust.

»Keine Angst, Lea. Ich werde dich beschützen. Ich werde nicht zulassen, dass dir was passiert.«

Und in diesem Moment wusste er, dass das die Wahrheit war. Er wusste nicht, ob diese Frau Wahnvorstellungen hatte oder warum Killer hinter ihr her waren, aber das Leben warf sie immer wieder zusammen, und er wusste, nein er *fühlte*, dass es seine Aufgabe war, sie zu beschützen. Egal, ob die Lösung morgen in Edinburgh eintraf oder nicht, er würde sie nicht im Stich lassen.

Ihre Feinde waren soeben seine Feinde geworden.

17. Kapitel

Also, Adam hat einen besseren Geschmack.«

Lea versuchte, Liams abfällige Bemerkungen über ihre Kleidung zu ignorieren und sich stattdessen auf das Telefongespräch zu konzentrieren, das Adam soeben auf seinem Handy führte.

»Hat er wirklich. Diese Farbe steht dir gar nicht.«

»Himmel noch mal, Liam, halt endlich die Klappe!«

Trotzdem konnte Lea nicht anders, als an sich herabzusehen. Er hatte recht: Der graue Mantel, das limonengrüne Sweatshirt und die viel zu weite Jeans, die Agent McLeod ihr heute früh vorbeigebracht hatte, waren einfach scheußlich. Sie wusste nicht, wo er die Sachen herhatte, aber dennoch: Der Mantel war warm, die eingelatschten Sneaker bequem, und scheußlich oder nicht, der Pulli und die Jeans waren weit praktischer als das rote Kaschmirkleid von gestern, das leider blutverschmiert und nicht mehr zu gebrauchen gewesen war.

Apropos Blut. Lea gab die Inspektion ihrer Second-Hand-Klamotten auf und schaute zu Adam hinüber, der ihr gegenüber in dem geräumigen alten Taxi saß und konzentriert telefonierte. Er war gestern bald nach der unerwarteten Umarmung verschwunden und erst heute früh wieder aufgetaucht, als er um fünf nach acht an ihre Schlafzimmertüre klopfte und sie bat, rasch aufzustehen.

Sie hatte sich nur kurz das Gesicht waschen können, als McLeod sie auch schon aus der Suite gezerrt hatte. Und da saßen sie nun alle drei in diesem Taxi und waren wer weiß wohin unterwegs.

Ihr erzählte ja keiner was.

Da Adam beschäftigt war, versuchte Lea bei McLeod ihr Glück. Sie räusperte sich und fragte leise: »Wissen Sie, wo's hingeht?«

McLeod machte eine zerknirschte Miene.

»Agent Murray wir Ihnen alles erzählen, was Sie wissen müssen.«

»Mit anderen Worten«, fuhr Liam dazwischen, »ohne Erlaubnis vom Boss darf er nichts sagen. Apropos Boss – weiß er schon, dass du die Kugel, die du aus seiner Schulter gepult hast, wieder aus dem Mülleimer geholt hast?«

Lea warf einen bösen Blick auf den leeren Platz neben ihr. Sie hatte gestern Abend tatsächlich noch eine lange, ausgiebige heiße Dusche genommen, und danach – sie wusste selbst nicht, was sie geritten hatte – hatte sie die Kugel wieder aus dem Abfalleimer rausgeholt. Sie wollte sie behalten. Als Andenken. An was eigentlich? Nicht unbedingt an die schrecklichen Minuten in diesem Haus, ihre halsbrecherische Flucht und dass er die Kugel ... Nun, jedenfalls steckte sie jetzt blitzblank gewienert in der Gesäßtasche ihrer Jeans.

»Du hast heute Morgen Oberwasser, was? Mach dich lieber mal nützlich, und versuch rauszukriegen, wo Mary steckt.«

»Komm schon, Lea, woher soll ich das wissen? Außerdem, so schlimm war das alles doch gar nicht. Stimmt, man hat auf dich geschossen – aber nicht getroffen! Und jetzt hast du zwei Vampire als Bodyguards. Manche Mädels würden sich glücklich schätzen.«

Glücklich? Lea schnaubte, während sie versuchte, sich zu beherrschen. Glücklicherweise stoppte das Taxi in diesem Moment; sie waren angekommen.

Wo auch immer.

Lea schaute sich um. Die Gegend kannte sie, hier war sie schon ein paar Mal zum Fotografieren gewesen. Während McLeod bezahlte, Adam sein Telefonat beendete und die Tür öffnete, kletterte Lea in den Sonnenschein hinaus. Kleine Cafés, Feinkostläden und exotische Restaurants säumten die hübsche Straße. Bruntsfield war eine eher schicke Gegend von Edinburgh, wo die In-People in modisch schlichten Tavernen aus langstieligen Gläsern Wein schlürften. Aber ihre Fotos verrieten nicht, wo sie gemacht worden waren. Lea vermied es geflissentlich, Landmarken oder Wahrzeichen abzulichten – oder auch nur Straßenschilder –, sie bevorzugte ortsungebundene Aufnahmen.

Eine ganz gewöhnliche Parkbank, wie man sie überall auf der Welt findet. Ein Luftballon in einer Baumkrone. Eine vergessene Angelrute am Flussufer. Eine Weitwinkelaufnahme von einer kopfsteingepflasterten Straße mit Restaurants, vor denen Tische und Stühle stehen. Sie hatte sich bei dieser Komposition an van Goghs berühmtem Bild *Caféterrasse auf der Place du Forum in Arles bei Nacht* orientiert, nur dass ihre Stühle nicht wirklich leer gewesen waren und ihr Titel *Ghost Al-fresco* lautete.

Aber was hatten sie in Bruntsfield zu suchen? Das wollte Lea gerade fragen, doch Adam bedeutete ihnen mit einer gebieterischen Handbewegung zu bleiben, wo sie waren, und verschwand um eine Ecke.

»Er ist immer so redselig«, bemerkte Lea. »Liam, geh doch und schau, was er … he, Liam?« Aber ihr Gespenst antwortete nicht. Offenbar war es auf denselben Gedanken gekommen wie Lea und Adam gefolgt.

»Reden Sie gerade wieder mit Ihren Geisterfreunden?«, fragte McLeod ein wenig unsicher. Er schien sie nicht zu verspotten, aber er glaubte ihr natürlich auch nicht.

Lea zuckte die Achseln. »Das wollte ich, aber er ist grade weg.«

McLeod trat einen Schritt näher und musterte sie, als wollte er in ihrer Miene lesen.

»Sie glauben tatsächlich, dass Sie mit Geistern reden können?«

Lea seufzte. »Das stimmt so nicht. Ich spreche mit Geistern, und das hat wenig damit zu tun, ob ich daran glaube oder nicht.«

Genau in diesem Augenblick kam Liam zurückgeschwebt, wie Lea an seiner näherkommenden, aufgeregten Stimme hören konnte.

»Lea, Mann, es ist was los!«, rief er erregt.

»So wie jetzt«, sprach Lea, an McLeod gewandt, lächelnd weiter. »Da kommt er gerade, mein pathetischer irischer Geisterfreund, um mir weitere Neuigkeiten ins Ohr zu flüstern. Wahrscheinlich geht es wieder um meine Aufmachung, oder …«

»Lea!«, brüllte Liam, »es ist ernst!«

Lea erschrak. »Was ist? Ist Adam was passiert?«

»Nein, es ist Mary. Adam ist in ihrer Wohnung im ersten Stock, in dem Gebäude da drüben, und er ist stinkwütend. Die Wohnung ist leergeräumt, alles, bis auf die Möbel, ist weg. In der Diele steht ein gepackter Koffer, und auf ihrem Computer hat er einen Online-Boarding-Pass für einen Flug nach Buenos Aires gefunden! Sieht ganz danach aus, als ob sie die Fliege machen wollte.«

Warum hätte Mary so plötzlich abreisen sollen? Konnte sie gewusst haben, dass man ihr nach dem Leben trachtete? Aber warum hatte sie dann nicht schon früher um Hilfe gebeten? Und warum hatte sie ihr, Lea, nichts davon erzählt?

Aber bevor Lea Liam weitere Fragen stellen konnte, tauchte Adam wieder auf, mit einer Miene wie ein dräuendes Gewitter.

»William hat angerufen«, sagte er ohne Umschweife zu McLeod, »er möchte, dass du die Bewachung von Cem Bilens Labor übernimmst. Es gilt jetzt Alarmstufe Eins, McLeod.«

»Verstanden!«, antwortete McLeod, wandte sich ab und trabte zum nächsten Taxistand.

»Und was dich betrifft«, sagte Adam, als würde er ihre Gegenwart erst jetzt bemerken; Lea wünschte sich beinahe, er hätte es nicht getan. Da war nichts mehr zu sehen von dem sensiblen, freundlichen Mann, der gestern Abend in dem Badezimmer zum Vorschein gekommen war. Dieser Adam hier sah sehr, sehr wütend aus. »Ich weiß nicht, was für ein Spiel du hier treibst, aber jetzt ist Schluss mit den Lügen! Du wirst mir helfen, Mary zu finden.«

»Aber das wollte ich doch von Anfang an!«

In Adams Unterkiefer zuckte ein Muskel.

»Du hast behauptet, dass Mary tot ist, und jetzt scheint es, als ob sie ihre Sachen gepackt hat und mit der Lösung abgehauen ist. Und ich will jetzt sofort wissen, was du mit der ganzen Sache zu tun hast!« Er hob die Hand, um ihre Proteste abzuschneiden. »Keine Lügen mehr. Ich will dich nicht vor einen Interrogator schleppen müssen, das würde sehr unangenehm für dich werden!«

»Ein Interrogator?«

»Ein Verhörspezialist.«

Sie war tief verletzt, wie er an ihrem Gesichtsausdruck erkannte. Sie hätte Angst haben sollen! Nie reagierte sie so, wie sie sollte. Sie musste doch wissen, dass der Clan an erster Stelle stand. Er hatte versprochen, sie zu beschützen, und das würde er auch tun. Sobald sie die Wahrheit gesagt hatte, würde er sich für sie einsetzen, würde versuchen, eine so milde Strafe wie möglich für sie zu erwirken. Aber zunächst musste er die gestohlenen Lösungen wiederfinden.

Lea neigte ihren Kopf zur Seite, wie sie es immer tat, wenn sie behauptete, mit ihren Geistern zu reden. Vielleicht konnte er ja einen Freispruch wegen Unzurechnungsfähigkeit erwirken …

»Was muss ich tun, damit du mir glaubst?«, fragte sie endlich.

Adam seufzte. Aber diesmal hob sie die Hand, damit er schwieg.

»Soll ich dir erzählen, was du in Marys Apartment gemacht hast? Wie es aussieht? Die Möbel? Oder die Nummer auf der Boardingkarte? Aber du würdest dann wahrscheinlich nur denken, dass ich schon mal dort gewesen bin.«

Ja, genau das würde er.

»Oder ich könnte dich bitten, hinter dem Rücken ein paar Finger hochzuhalten – aber nein, das wäre wohl zu einfach. Moment, Liam hat eine Idee …«

»Lea, jetzt hör sofort auf damit!« Adam trat einen Schritt auf sie zu, wollte sie packen und schütteln, damit sie endlich mit dem Unsinn aufhörte.

Lea wich zurück. »Oh nein, das lässt du schön bleiben! Dass du mich irgendeinem Inquisitionsgericht vorwerfen willst, wo man in meinem Hirn rumwühlt, kann ich dir nur verzeihen, weil du mir das Leben gerettet hast. Aber ich hab's satt, von dir andauernd als Lügnerin beschimpft zu werden!«

Wieso regte *sie* sich jetzt auf einmal so auf? Adam wusste selbst nicht, warum er sich das Ganze überhaupt noch anhörte.

»Wir haben keine Zeit für diesen Quatsch!«

»Dann hör auf, an mir zu zweifeln, und wir machen uns auf die Suche nach Marys Leiche.«

»Frau, wie soll ich dir denn glauben? Du behauptest, mit Geistern reden zu können!«

»Verfluchter Dickschädel«, murmelte Lea. Dann holte sie tief Luft.

»Also! Da drüben ist ein nettes kleines Fischrestaurant. Ich kenne es, das *Halibut and Herring*. Liam sagt, er kann dort hingehen und schauen, wie viele Leute gerade drin sind. Ich beschreibe sie dir, und dann kannst du selbst reingehen und nachschauen, ob ich recht habe. Würde dich das überzeugen?«

Er wollte nichts mit irgendwelchen blöden Experimenten zu tun haben. Aber wenn dieses Geistergerede dadurch ein Ende hätte, war es den Versuch wert.

»Also gut. Aber wenn's nicht stimmt, hörst du auf mit dem Theater, ja?«

»Es wird stimmen, aber okay, wenn nicht, höre ich auf mit dem *Theater*«, sagte sie grimmig.

»Okay, dann los«, antwortete er ebenso grimmig.

Lea nickte, dann schaute sie nach links. »Bitte beschreibe mir die Leute möglichst detailliert, Liam. Wir wollen unserem *Vampir* hier schließlich klarmachen, dass es so etwas wie übersinnliche Wesen auf dieser Welt gibt.«

Adam widerstand der Versuchung die Augen zu verdrehen. Leas Sarkasmus wurde ihm allmählich vertraut. Er schaute sich kurz um, um sicherzugehen, dass sie ungestört waren, dann schob er die linke Hand in die Jackentasche und nahm die Knete, die er dort aufbewahrte, in die Faust.

Lea nickte der Straßenlaterne zu. »Okay. Liam ist jetzt losgezogen. Er sagt, ich soll dich daran erinnern, dass du einer Helena versprochen hast, wieder anzurufen.«

Adams Finger, die die Knete umschlossen, zuckten.

»Woher weißt du das?«

Lea zuckte die Achseln. »Liam hat mir erzählt, dass du in Marys Wohnung mit einer Helena telefoniert hast. Wer ist Helena?«

Adam atmete langsam aus, den Blick unverwandt auf Leas Gesicht geheftet. Es konnte nicht sein. Unmöglich.

Und wenn sie *doch* die Wahrheit sagte? Wie sonst hätte sie von diesem Telefonat wissen können? Und dann diese Profikiller … Woher hatte sie gewusst, dass sie kamen? Und dass sie zu viert waren?

Adam fluchte leise.

»Wie erklärt Marys Geist das mit dem Flugticket? Und dass all ihre Sachen verschwunden sind?«

Lea versuchte, nicht allzu verblüfft dreinzusehen.

»Du *glaubst* mir doch nicht etwa?«

»Ich weiß es nicht«, antwortete er ehrlich. »Aber ich will dir fürs Erste vertrauen. Also, was sagt Mary?«

Lea biss sich auf die Lippe und zupfte verlegen an ihrem scheußlichen Mantel herum. »Ich weiß es nicht, Adam. Mary ist seit letzter Nacht verschwunden. Liam glaubt, dass sie vielleicht nach ihrer Leiche sucht, oder nach ihrer Katze.«

»Ihre Katze?«, fragte Adam überrascht. Das war das erste Mal, dass er hörte, dass sie eine Katze besaß.

»Ja, Mary hat einen Kater. Roger heißt er, glaube ich. Sie hängt sehr an ihm. Das Erste, was sie gestern von mir wollte, war, eine Freundin anzurufen, damit Roger was zu fressen kriegt.«

Adam überlegte. War in der Wohnung eine Katze gewesen? Oder ein Fressnapf? »In der Wohnung war keine Katze. Und auch sonst nichts, wie Fressnapf oder Katzenklo.«

»Dann vielleicht in ihrer Wohnung in Pitlochry? Ich glaube, sie hat dort ebenfalls eine Wohnung, denn die Freundin, die ich anrufen sollte, wohnt auch da.«

Aber selbst wenn, hätte Mary doch vorher dafür gesorgt,

dass sich jemand um ihre kostbare Katze kümmerte. Sie hatte doch gewusst, dass sie in Edinburgh würde übernachten müssen. Es dauerte immer eine Weile, bis alle Papiere unterzeichnet und versiegelt worden waren. Hm. Da stimmte was nicht.

Adam holte sein Handy hervor und wählte Helenas Nummer.

»Wie heißt diese Freundin?«, fragte er Lea, während er darauf wartete, dass am anderen Ende jemand ranging.

»Sara, glaube ich. Ihren Nachnamen weiß ich nicht, aber sie arbeitet in der *Pitlochry Dental Clinic*. Zumindest glaube ich, dass sie so heißt. Aber ich habe nicht mit ihr sprechen können. Die haben gesagt, sie ist nicht da. Mehr weiß ich auch nicht über sie.«

Adam biss die Zähne zusammen. Die zahnärztliche Klinik war ein Deckname für das *Department of Formula Registration*. Marys Katzensitterin musste also auch ein Vampir sein.

»Hallo?«, sagte die Stimme seiner Schwester. Sie klang gestresst.

»Helena, wir kommen rauf nach Pitlochry. Ich brauche die Adressen von allen Saras, die im Formel-Registrierungsbüro arbeiten. Könntest du mir die besorgen? Und schick uns bitte einen Wagen, der uns in zwei Stunden vom Bahnhof abholt.«

Helena schien sich alles aufzuschreiben. »Gut. Mit ›wir‹ meinst du wohl diese Menschenfrau, Lea, oder?«

»Ja.«

»Gut, dann werde ich selbst kommen. Ich muss mit

ihr über was reden, bevor ihr weiter an diesem Fall arbeitet.«

»Wie du willst«, sagte Adam. »Wir nehmen den Zug um halb. Bis dann.«

18. Kapitel

Der ScotRail-Zug verließ den Bahnhof Waverley zwei Minuten vor Fahrplan mit einem schrillen Quietschen und einem enormen Dampfausstoß. Lea beobachtete, wie die Wartenden am Bahnsteig zuerst langsam, dann immer schneller an ihr vorbeizogen.

»Du bist ja so still.«

Lea wandte das Gesicht vom Fenster ab und schaute Adam an. Natürlich war dessen Blick nicht auf sie gerichtet, sondern klebte an seinem Blackberry.

Sie wünschte, sie wären nicht die Einzigen gewesen, die dieses kleine Erster-Klasse-Abteil besetzten. Etwas Publikum wäre schön gewesen. Dann hätte sie vielleicht ein passendes Shakespearezitat loswerden können, aus *Viel Lärm um Nichts*, zum Beispiel. Wie hatte es Beatrice so schön ausgedrückt: ›Spricht da jemand? Mir dünkt, ich hört' 'nen Esel schrei'n!‹

Selbst Liam hätte ihr schon genügt, aber der war in Edinburgh geblieben. Er wolle sich um die anderen in der Galerie kümmern und ihnen versichern, dass Lea sie nicht etwa verlassen habe, was natürlich nett von ihm war. Aber Lea vermutete, der wahre Grund war eher der, dass er sich nicht zu weit von seinem Grab entfernen wollte. Die meisten Geister, die sie kannte, hingen sehr an ihren Gräbern, oder an dem Ort, an dem sie den Tod fanden. Ob sie an ihren früheren Körpern hingen oder an den Erinnerungen, oder am Grabstein mit ihrem Namen, wusste sie nicht.

Und ohne Publikum machte es keinen Spaß, etwas Cleveres von sich zu geben. Also gab sie sich mit mürrischem Schweigen zufrieden.

Einige Momente vergingen.

»Du bist doch nicht etwa noch sauer, weil wir nicht bei deiner Wohnung vorbeischauen konnten? Falls es dir noch nicht aufgefallen ist, Lea, wir haben's eilig.«

»Ich hab doch gesagt, meine Wohnung liegt auf dem Weg! Ich wollte mir nur andere Klamotten anziehen.«

Was nicht ganz stimmte, wenn Lea ehrlich war. Es machte ihr nichts aus, in diesen Kleidern herumzulaufen, und auch deren zweifelhafte Herkunft störte sie nicht; es war ihre Kamera, die ihr fehlte. Sie hatte schon oft tage-, ja wochenlang nicht fotografiert, aber diese Situation, der Stress, die Aufregung – Lea hätte alles darum gegeben, sich ein wenig in ihre Fotografie versenken zu können.

»Ich habe dich eigentlich nicht für eitel gehalten«, bemerkte Adam und blickte endlich von seinem Apparat auf.

Eitel? Ein Vorwurf, der nicht stimmte und sie daher eigentlich auch nicht hätte treffen sollen. Es machte ihr nichts aus, wenn Leute, die ihr nichts bedeuteten, etwas Hässliches über sie sagten. Aber diesmal seltsamerweise schon. Sie zuckte gespielt gleichgültig mit den Schultern.

»Da sieht man mal wieder, wie wenig du über mich weißt.«

Er ließ sein Handy sinken und schaute sie mit der für ihn typischen Intensität an, bei der es sie immer in den

Fingern juckte, ihn zu fotografieren. Sie hatte noch nie Porträtaufnahmen gemacht, sich nie für Menschen, das menschliche Gesicht interessiert. Bis jetzt.

Was sie am liebsten mit ihren Fotos einfing, waren Dinge, die sich nicht so leicht in Worte fassen ließen. Stimmungen wie Einsamkeit. Innerer Aufruhr. Angst. Anfangs waren manchmal noch Menschen auf ihren Fotos zu sehen gewesen, aber nie mit dem Gesicht zur Kamera. Sie zeigte nicht gerne Gesichter, denn Gesichter waren trügerisch, konnten lügen. Ein Blick konnte aufgesetzt, einstudiert sein. Im übrigen waren Gesichter oft zu wenig subtil, verrieten zu viel.

Kindern wird von klein auf beigebracht zu lachen, wenn sie glücklich sein sollten, und das Gesicht zu verziehen, wenn sie traurig sind. Ein Lächeln wird da schnell als Mittel zum Zweck missbraucht. Ein Mann, der mit einem Strahlen im Gesicht herumläuft, wird misstrauisch beäugt: »Warum strahlt er so?«, denken die Leute. »Was steckt dahinter?« Und der Mann weiß, dass die Leute das denken würden, also strahlt er nicht … selbst wenn ihn der sonnige Tag so froh macht, dass er am liebsten jauchzen würde.

Aber Adams Gesicht fand Lea interessant. Der Ausdruck seiner Augen stimmte gewöhnlich mit seiner Miene und mit seiner Stimmung überein. Er verbarg weder seinen Unmut, noch seine Leidenschaft, wie Lea wusste.

Seine Nase war aristokratisch, schmal und gerade. Dunkle Brauen, ein kräftiges Kinn, volle Lippen und hohe Wangenknochen: ein starkes Gesicht. Von ihm würde sie eine Porträtaufnahme machen, ganz aus der Nähe, die Ränder aber im Dunkeln lassen. Sie würde die Beleuchtung auf den Bereich zwischen Oberlippe und Unterkante der Brauen konzentrieren. Und es müsste ein Schwarzweißfoto sein, weil dann die Schatten, die seine langen Wimpern warfen, besser zu sehen wären – ein guter Kontrast zu seinen kräftigen Gesichtsknochen. Und blau. Das Blau seiner Augen sollte die einzige Farbe in dem Bild sein.

»Nein, du bist nicht eitel, das weiß ich genau«, sagte Adam jetzt. Neugierig musterte er sie. Das sanfte Schaukeln des Zugs löste allmählich die Anspannung ihrer Muskeln. »Wie sind sie so? Deine Geister?«

Lea rutschte auf ihrem graublauen Sitz herum. Wieso wollte er das auf einmal wissen? War das immer noch ein Test? Spielte es überhaupt eine Rolle?

»Was willst du denn wissen?«

Er zuckte die Schultern, lehnte den Kopf zurück. Etwas an seiner Haltung störte sie fast – so locker, so entspannt, das passte nicht zu ihm. Adam war immer irgendwie in Alarmbereitschaft, selbst wenn er sich mal ein wenig entspannte.

»Wie kommt es, dass sie zu Geistern werden?«

Lea stieß den Atem aus. Das hatte sie sich auch als Erstes gefragt, sobald sie sich einmal mit dem Gedanken abgefunden hatte, dass sie Geister hören konnte.

»Soweit ich weiß, bleibt eine Seele dann zurück, wenn sie hier noch etwas zu erledigen hat. Das ist dann das, was man ›Geist‹ oder ›Gespenst‹ nennt.«

»Hmm.« Adam hatte die Augen geschlossen, aber die Arme vor der Brust verschränkt. Das passte schon besser zu ihm. Jetzt schien er wieder auf alles vorbereitet zu sein. »Und dein Liam? Was hat der noch hier zu suchen?«

Ihr Liam? Hatte sie sich verhört, oder hatte er den Namen ein wenig missgünstig ausgesprochen?

»Ich weiß nicht, was Liam noch hier zu suchen hat. Er sagt's mir nicht.«

»Wieso nicht?«

»Na, weil er noch hierbleiben will. Wenn das, was er hier noch zu erledigen hat, getan ist, hat er doch keinen Grund mehr zu bleiben.«

Sie schwiegen einen Moment. Dann riss Adam plötzlich die Augen auf.

»Ach, das ist es, was du tust, Madame Foulard! Du findest Geister und schickst sie eine Ebene höher.«

Lea schüttelte heftig den Kopf. »Ich würde keine Seele zwingen, diese Welt endgültig zu verlassen! Ich will nur helfen. Manche verstehen nicht, was mit ihnen passiert ist, weißt du. Sie wollen nicht bleiben, wissen aber auch nicht, wie sie von hier weg können. Andere dagegen wissen es, können ihr Problem aber nicht selbst lösen, weil ihnen vielleicht die Kraft dazu fehlt, oder …«

»Die Kraft? Was meinst du? Stimmt das mit den Türen, die von selbst aufgehen, dem Tische-Rattern? Können sie wirklich Dinge bewegen?«

Adam wirkte wie ein aufgeregter kleiner Junge, und Leas Irritation verflog. Unter der beherrschten Fassade des Lord Adam Murray steckte ein sensibler Mann, mit einer großen Lust am Leben. Und Lea mochte Menschen, die Lust am Leben hatten. Es gab überraschend wenige davon.

»Manche schon, ja. Aber das kostet eine Menge Energie. Ich selbst kenne nur Mrs. McDonald, die so was kann.« Lea lächelte über Adams verwirrten Gesichtsausdruck.

»Sie fasst die Leute gerne an, wenn sie ihr auf die Nerven gehen; sie will ihnen einen Schrecken einjagen, weil sie sich mal wieder auf ihre Lieblingsbank gesetzt haben oder schlecht über die Toten auf dem Greyfriars Friedhof reden.«

»Scheint ja eine interessante Person zu sein«, bemerkte Adam lächelnd. Er lehnte sich vor und schaute sie an … ja, wie? Sie konnte es nicht genau beschreiben. »Wie machst du das? Wie kannst du ihre Stimmen von denen der Lebenden unterscheiden? Wird man dabei nicht verrückt?«

Ja, das konnte man leicht werden. Vor allem anfangs war es nicht leicht für sie gewesen. Sie war allein und unter starken Schmerzen in einem Krankenhaus aufgewacht, ein weißer, kahler Raum mit grellen Leuchtstoffröhren an der Decke. Ein Arzt war hereingekommen, ein netter älterer Herr, ebenfalls in einem weißen Kittel. Das einzig Farbige an ihm war eine rot-rosa-gestreifte Krawatte gewesen, an der er immer herumgezupft hatte, wie um die Aufmerksamkeit auf diese kleine Auffälligkeit zu richten. »Sie haben großes Glück gehabt!«, hatte er gesagt. »Ein Riesenglück, junge Frau, dass Sie überhaupt noch am Leben sind!«

Im Rückblick musste sie ihm recht geben, damals jedoch hatte sie nicht das Gefühl gehabt, Glück gehabt zu haben, ganz im Gegenteil. Sie hörte auf einmal Stimmen, auch wenn niemand mit ihr im Zimmer war. Und dann war der Arzt ein zweites Mal gekommen, diesmal in Begleitung einer mürrischen Psychotherapeutin, und hatte ihr mitgeteilt, dass die Schäden am Uterus zu groß seien und sie keine Kinder mehr bekommen könne. Drei Tage später war dann ihr Verlobter reingeplatzt und hatte sie angeschrien. Warum er das alles erst jetzt erfahre? Hätte sie ihm nicht eher Bescheid sagen können? Eine Heirat käme jetzt, wo sie keine Kinder mehr haben könne, natürlich nicht mehr in Frage.

Ja, es war schwer gewesen, da nicht verrückt zu werden. Gut möglich, dass sie den Verstand verloren hätte, wenn Mr. Thomson und Liam nicht für sie da gewesen wären. Sie hatten ihr beigestanden, hatten ihr Gesellschaft geleistet, wenn ihre Einsamkeit und die Stille sie zu erdrücken drohten. Sie hatten bei der Gerichtsverhandlung neben ihr gesessen und ihr Mut zugesprochen, als sie gegen ihren Angreifer aussagen musste. Sie hatten ihrem Leben wieder einen Sinn gegeben.

»Ich hatte Hilfe«, sagte Lea und zuckte mit den Schultern, »und wieder eine Aufgabe im Leben.«

»Den Geistern zu helfen, diese Welt zu verlassen?«, fragte Adam. Als Lea nickte, lehnte er sich zurück. »Ja, es ist wichtig, eine Aufgabe zu haben. Einen Sinn im Leben. Viele von uns nehmen sich nach dreihundert Jahren das Leben, weil sie keinen Sinn mehr sehen.«

Davon hatte Liam ihr schon erzählt: von der tiefen Melancholie, die viele Vampire ab einem gewissen Alter ergriff. Lea hatte selbst mit dem Gedanken an Selbstmord gespielt, hatte sich nicht vorstellen können, dass das Leben je wieder besser werden würde – ein ebenso häufiges Problem unter Menschen wie unter Vampiren, wie es schien: die Unfähigkeit, über den momentanen Gefühlszustand hinauszublicken. Aber das Leben änderte sich ständig. Tage, die einem in dem einen Moment fürchterlich erschienen, sahen im nächsten Augenblick schon ganz anders aus. Es gab keine »schlechten« und »guten« Tage, das spielte sich alles nur im Kopf ab. Als David sie verließ, hatte sie geglaubt, dass alles zu Ende wäre. Und jetzt, wenn sie zurückdachte, war sie froh und dankbar, den Mistkerl losgeworden zu sein.

Lea wollte Adam so vieles fragen. Wie alt war er? Was bedeutete es, ein Friedenshüter zu sein? Was tat er sonst? Wenn er nicht gerade damit beschäftigt war, Kugeln für sie einzufangen, sie anzubrüllen oder hinter irgendwelchen Formeln herzujagen?

Sie überlegte gerade, was sie zuerst fragen sollte, als plötzlich die Abteiltüre aufging und eine Frau mit einem Getränkewagen den Kopf hereinsteckte.

»Wie wär's mit einem Kaffee?«

Lea wollte Nein sagen, damit die Frau schnell wieder verschwand, doch da klingelte Adams Handy und machte jede Hoffnung auf eine Fortsetzung ihres Gesprächs zunichte.

»Hallo? Ja, McLeod ist dran.«

Lea lächelte die junge Frau an, die hoffnungsvoll einen Plastikbecher hochhielt.

»Ja, ein Kaffee wäre schön, danke.«

19. Kapitel

Der Zug kam kreischend an dem kleinen, altertümlichen Bahnhof zum Halten, und die Türen gingen auf, damit die Passagiere aussteigen konnten.

Adam bot Lea seine Hand und half ihr beim Aussteigen.

»Ich war schon mal hier«, sagte Lea, rieb sich die kalten Hände und schob sie dann in die geräumigen Taschen ihres grauen Mantels. »Für die Highland Games. Aber das war im Sommer, da war's hier natürlich nicht so kalt.«

Adam sagte nichts dazu, sondern führte sie wortlos den Bahnsteig entlang zu einem Parkplatz, der von Eichen überschattet wurde. In den kahlen Ästen saßen kleine zwitschernde Amseln.

»Ein Vater und sein Sohn sind gegeneinander im Hammerwerfen angetreten«, fuhr sie unbekümmert fort. »Und Pitlochry hat in der Frauenstaffel gegen Dunkeld verloren.«

Wie konnte sie nur so fröhlich sein?, überlegte Adam. Ihre Wangen waren rot von der Kälte, und ihre Augen strahlten. Hatte sie vergessen, warum sie hier waren? War so etwas überhaupt *möglich*?

Und wieso regte er sich überhaupt auf?

»Natürlich gab's auch ein paar Dudelsackgruppen, alle in Kilts und Sporran. Laut und schön.«

»Du scheinst ja blendende Laune zu haben«, bemerkte er. Warum konnte er sie nicht einfach lassen? Vermutlich wollte sie nur für einen Moment vergessen, in welchen Schwierigkeiten sie steckten. Oder *wollte* er, dass sie Angst hatte, damit er den Beschützer spielen konnte? Einfach lächerlich. Trotzdem war ihm allein der Gedanke unangenehm.

Zum Glück ging Lea nicht auf seine Bemerkung ein.

»Du hast mir noch immer nicht gesagt, wer diese Helena ist«, sagte sie.

Adam schaute sich auf dem Parkplatz um. Nichts, außer einem roten Peugeot. Helenas silberner Range Rover war nirgends zu sehen. Seltsam, sie war doch sonst nie unpünktlich.

»Hörst du mir überhaupt zu?«, beschwerte sich Lea. Die gute Laune schien er ihr zumindest schon mal verdorben zu haben. Zufrieden war er zwar nicht deswegen, oder vielleicht nur ein kleines bisschen … nicht, weil sie nun nicht mehr lächelte, sondern weil sie sich jetzt wenigstens den Umständen entsprechend benahm. War es das? Es gefiel ihm nicht, wenn sie sich nicht seinen Erwartungen entsprechend verhielt? Erbärmlich, aber immer noch besser als der Gedanke, er wolle sie klein halten, damit er den Helden spielen konnte.

»Eigentlich nicht«, sagte er zerstreut. Er hatte gerade entdeckt, dass er eine neue Nachricht von Cem bekommen hatte.

»Oh nein, das lässt du schön bleiben!«, murmelte Lea.

Adam zog eine Augenbraue hoch und wollte schon mit ihr zu streiten anfangen – um ehrlich zu sein, er brannte darauf –, als er merkte, dass sie gar nicht mit ihm redete. Sie stürmte auf den roten Peugeot zu, und ihre Haltung erinnerte ihn an einen Racheengel. Gnade Gott demjenigen, der ihr in die Quere kam!

Was stellte sie jetzt wieder an? Hastig folgte er ihr. Als er Lea erreichte, beugte sie sich gerade zum Fahrerfenster herunter. Ein junger Bursche saß hinter dem Steuer.

»Verzeihung, aber du hast das hier fallen lassen!«

Sie hielt dem verdutzten Teenager eine Bierdose hin.

Dieser verzog das Gesicht. »Schwirr ab, und kümmere dich um deinen eigenen Kram.«

Adam hoffte, dass die Sache damit erledigt sei, aber weit gefehlt! Sie besaß tatsächlich den Nerv, dem Jungen ins Gesicht zu lachen.

»Ich finde, den Planeten vor irgendwelchen Ignoranten zu schützen, die ihren Müll in die Gegend kippen, ist ein ganz guter Zeitvertreib. Also bleibe ich hier stehen, bis du die Dose in die nächste Tonne geworfen hast.«

Der Junge wurde rot vor Wut. *Na toll,* dachte Adam. Jetzt musste er den Knaben auch noch vermöbeln. Als er sah, dass der Jüngling Anstalten machte, aus dem Auto auszusteigen, trat er vor und schob Lea beiseite.

»Ich würde schön sitzen bleiben, wenn ich du wäre.«

Der Junge hatte ihn bis dahin noch gar nicht bemerkt. Sein Blick huschte zum Beifahrersitz.

Was für ein Dummkopf.

»Falls du das Messer suchst, es schaut unter dem Sitz hervor. Aber ich kann dir versprechen, dass du mit blutiger Nase in deiner Blechschüssel sitzt, bevor du es schaffst, dich auch nur danach zu bücken.«

Der Bursche ließ den Türgriff wieder los. Er schien klüger zu sein, als er aussah. Adam war beinahe enttäuscht. Beinahe.

»Also, warum tust du uns jetzt nicht allen den Gefallen und nimmst deine Bierdose wieder zurück?«

Lea trat um Adam herum und reichte dem Knaben die Bierdose, die dieser wortlos entgegennahm.

»Danke!«, sagte Lea lächelnd. »Und vergiss nicht: Die kann man recyceln.«

Die kann man recyceln? Diese Frau kannte wirklich keine Grenzen. Zornig packte er sie am Arm und führte sie von dem roten Peugeot weg. Er zählte innerlich bis fünf, um sich ein wenig zu beruhigen, bevor er sprach. Aber sie kam ihm zuvor.

»Ich hatte alles im Griff, du hättest nicht den Helden spielen müssen!«

Adam glaubte sich verhört zu haben. Er blieb abrupt stehen. »Alles im Griff? Der wollte aussteigen!«

»Na und?« Lea stemmte die Hände in die Hüften. »Dem hätte ich in den Arsch getreten!«

In den Arsch getreten? »Wieso läufst du herum und provozierst Männer wegen ein bisschen Abfall? Du riskierst wegen einer lächerlichen Bierdose deinen Hals!«

»Lächerlich? Das ist Umweltverschmutzung! Und wer dabei tatenlos zuschaut, macht sich zum Mittäter.«

Adam fing ihre Hand ein, um sie davon abzuhalten, ihn noch einmal in die Brust zu pieksen.

»Mag sein, aber deswegen musst du dich doch nicht in Gefahr bringen!«

»Hör auf mir ständig vorzuschreiben, was ich tun oder

nicht tun kann!« Lea wurde nun deutlich lauter. »Ich kann sehr gut selbst auf mich aufpassen!«

Adam machte ein skeptisches Gesicht, was sie noch mehr erboste. Diese Frau war völlig unmöglich … einfach unmöglich! Das Beste war, sie einfach zu beschwichtigen, und fertig.

Nein, nein und noch mal nein!

»Ach, du kannst auf dich selbst aufpassen, ja? Warum muss ich dir dann ständig das Leben retten?«

»Ständig?«

»Adam?«, rief eine Frauenstimme.

Adam wandte sich um und sah seine Schwester aus ihrem silbernen Range Rover aussteigen. Lächelnd winkte sie ihm zu. Er ließ Leas Hand los und wollte gerade ebenfalls winken, als sich plötzlich von hinten ein Fuß um sein Standbein schlang. Ehe Adam reagieren konnte, lag er mit dem Gesicht voran im Staub.

Lea hielt sich nicht weiter bei ihm auf, sondern ging rasch auf die Frau zu, die Helena sein musste. Ein kluges Manöver, befand Adam zähneknirschend, denn er hätte ihr nämlich ansonsten den Hals umgedreht.

»Das war ein kluger Schachzug.«

Lea musterte die schöne Frau neugierig. Dichtes, glänzendes braunes Haar, makellose, elfenbeinweiße Haut, hohe Wangenknochen, warme blaue Augen. Eine Frau, die alle Frauen beneideten. Eine Frau, die einem Mann wie Adam gefallen musste. Lea verspürte einen Stich. Wie kam sie ausgerechnet darauf?

»Nicht ganz fair von mir, ich weiß, aber er musste mal

lernen, dass er mir nicht andauernd Vorschriften machen kann! Er behandelt mich, als wäre ich noch ein Kind.«

»Er hat einen starken Beschützerinstinkt«, sagte die Schönheit. »Sie müssen ihn irgendwie in ihm geweckt haben.«

Lea wurde immer eifersüchtiger. »Sie kennen ihn wohl sehr gut?«

Die Frau lachte. Selbst ihr Lachen war perfekt. Konnte man jemanden hassen, bloß weil er perfekt lachte?

»Das will ich hoffen! Er ist schließlich mein Bruder.«

Das musste Lea erst mal verdauen, doch dafür blieb ihr leider keine Zeit, denn in diesem Moment schlang sich ein Arm von hinten um ihre Taille. Adam klemmte sie sich wie eine Bettrolle unter den Arm, sagte zu seiner Schwester: »Du entschuldigst uns bitte einen Moment?«, und trug Lea davon.

Lea war so schockiert, dass sie im ersten Moment überhaupt nicht an Gegenwehr dachte. Als es ihr in den Sinn kam, dass sie sich wehren könnte, setzte er sie bereits wieder ab, so unvermittelt, dass sie auf dem Boden landete. Sie wischte sich das Haar aus dem Gesicht und schaute mit großen Augen zu ihm auf.

»Das reicht jetzt«, knurrte Adam und drohte ihr mit dem Finger, als wäre sie ein ungehorsames Schulmädchen. »Du hörst jetzt auf damit! Du hörst auf, dein Leben leichtsinnig aufs Spiel zu setzen, und du wirst tun, was man dir sagt, verstanden?«

Lea atmete tief ein und versuchte verzweifelt, ihr Lachen zu unterdrücken.

»Hast du verstanden, Lea?«

Gott, er war wirklich zu komisch, wie er da so über ihr stand und ihr die Leviten las, als wäre sie ein kleines Kind. Sie konnte sich nicht mehr beherrschen.

Adams Augen weiteten sich, als er sie lachen hörte.

»Das kann nicht dein Ernst sein!«

Lea hob abwehrend die Hände. »En-entschuldige!«

Ein seltsamer Ausdruck trat auf sein Gesicht, ein Ausdruck, den Lea nicht zu deuten wusste. Und der sie schlagartig ernüchterte.

»Du musst so ziemlich die seltsamste Frau sein, die mir je untergekommen ist«, sagte er leise.

Lea schaute blinzelnd zu ihm auf. Wenn jetzt jemand ein Foto machen würde, was würde man sehen? Ein Mann und eine Frau, mitten auf einem Parkplatz, der Mann über der Frau aufragend. Die Bäume rauschten, die Frau konnte kaum atmen …

Nein, nach Lachen war Lea jetzt nicht mehr zumute. Um ehrlich zu sein, sie verspürte ein klein wenig Angst.

Er durfte ihr nicht so viel bedeuten. Nicht gut. Gar nicht gut.

Er brach den Bann, indem er ihre Hand nahm, um ihr aufzuhelfen. Aber er rührte sich nicht, sondern starrte ihr weiterhin tief in die Augen.

»Wir müssen Sara finden«, platzte Lea heraus, als sie die Spannung nicht mehr aushielt. Es funktionierte. Als hätte sie einen Schalter umgelegt, kam sofort wieder der sachliche Agent zum Vorschein, den sie kannte. Er wandte sich ab und ging zu seiner Schwester zurück. Lea folgte ihm erleichtert.

»Hast du die Adressen für mich rausgefunden?«, fragte er seine Schwester ohne Umschweife. Helena musterte Lea.

»Ja, es ist nicht weit von hier. Wir können zu Fuß hingehen. Aber zuerst muss mir Lea noch was unterschreiben.«

»Was denn?« Lea folgte den Geschwistern zu dem Range Rover, der gleich neben der Einfahrt zum Parkplatz stand.

Helena machte die Fahrertüre auf, beugte sich hinein und tauchte mit einem Dokument und einem Füllfederhalter wieder auf.

Wer benutzt heutzutage noch Füllfederhalter?, fragte sich Lea verdutzt.

Als sie sah, dass Adam die Stirn runzelte, wurde sie ein wenig nervös. Was wollte die Frau von ihr?

»Lea, ich weiß nicht, wie Sie von uns erfahren haben oder wie viel Sie über uns wissen. Sie wissen es vielleicht nicht, aber bei uns ist es striktes Gesetz, dass kein Mensch …«

»… von eurer Existenz erfahren darf«, ergänzte Lea. Sie wusste von diesem Geheimhaltungsstatut, Liam hatte ihr davon erzählt. Als sie erfuhr, dass Liam der Geist eines *Vampirs* war, hatte sie es zunächst nicht glauben wollen. Dann war sie furchtbar neugierig geworden und hatte ihn mit Fragen gelöchert. Und später dann hatte sie Angst bekommen und nichts mehr davon hören wollen. Ihre Geister hielten sie genug auf Trab, sie wollte nicht auch noch mit dem Bewusstsein leben, dass bluttrinkende Wesen die Welt bevölkerten. Obwohl, seit sie Adam kannte, hatte sich ihre Einstellung zu diesen ›bluttrinkenden Wesen‹ ein wenig geändert …

Helena war erfreut. »Gut, denn unter normalen Umständen müssten wir jetzt sofort Ihr Gedächtnis löschen. Aber da mein Bruder Sie, wie er sagt, noch für die Lösung dieses Falls braucht, habe ich mir eine Zwischenlösung einfallen lassen.«

Zwischenlösung? Was sollte das heißen, Zwischenlösung? Lea blinzelte. Eine Schneeflocke war auf ihrer Wimper gelandet. Sie rieb sich die Augen und schob die kalten Hände wieder in die Manteltaschen.

»Was soll das heißen?«

»Vampire dürfen einmal in ihrem Leben einen Menschen wählen, an dem die Transformation vollzogen wird«, erklärte Helena. Sie klemmte sich die Papiere unter den Arm, zog ihre beigen Lederhandschuhe aus und reichte sie Lea. Als sie sah, dass diese protestieren wollte, sagte sie achselzuckend: »Nehmen Sie sie ruhig. Ich spüre die Kälte nicht so wie Sie.«

Lea nahm sie. »Was für eine Transformation? Davon habe ich noch nie was gehört.«

Adam war es, der ihr die Sache erklärte. »Es gibt eine Formel, einen Trank, mit dem man einen Menschen in einen Vampir verwandeln kann. Als wir darauf kamen, beschlossen wir, dass jeder Vampir nur einen Menschen dieser Prozedur unterziehen darf, und das auch nur mit dessen Zustimmung.«

Lea versuchte das zu verdauen.

Das war also die ›Formel‹, von der die Rede war! Ein Trank, der einen Menschen in einen Vampir verwandelte. Lea wurde ganz flau im Magen, als ihr klar wurde, wie ernst die Situation war.

Wenn die Formel gestohlen worden war, konnten Menschen auch gegen ihren Willen zu Vampiren gemacht werden.

»Sie müssen das unterzeichnen, Lea. Da steht, dass Sie bereit sind, sich der Transformation zu unterziehen.« Als sie Leas erschrockenes Gesicht sah, fuhr sie eilends fort: »Das an sich bedeutet noch gar nichts. Sie sind damit nur ein *Kandidat* für die Transformation, Sie dürfen jederzeit noch einen Rückzieher machen. Aber als Kandidat dürfen, ja müssen Sie von unserer Existenz wissen.«

»Und das ist alles? Mehr muss ich nicht tun?«, fragte Lea skeptisch. Das schien ihr alles zu einfach.

»Nein. Sie unterschreiben. Und wenn Sie sich dann gegen die Umwandlung entscheiden, wird Ihr Gedächtnis gelöscht.«

»Alles?«, fragte Lea erschrocken.

»Nein, natürlich nicht!«, sagte Helena lächelnd. »Nur Ihre Erinnerungen an Vampire. Keine Sorge, Lea, wir haben Spezialisten, die so was machen. Alles andere in Ihrem Kopf bleibt unangetastet, mein Wort drauf.«

Sie würde sich nicht mehr an Vampire erinnern? Was bedeutete das konkret? Lea überlegte. Sie würde sich nicht mehr an McLeod erinnern. Nicht mehr an Helena … nicht mehr an Adam.

»Liam! Ihr könnt mir nicht die Erinnerung an Liam wegnehmen, er ist mein bester Freund!«, rief sie.

Helena warf Adam einen verwirrten Blick zu.

»Liam ist ein Vampirgeist«, erklärte er.

»Aha.«

Helena nickte höflich. Dass sie das für Unsinn hielt, war

offensichtlich. »Ihre Erinnerung an Liam lassen wir Ihnen natürlich. Okay?«

Traurig nickte Lea. Warum sie traurig war, darüber wollte sie jetzt nicht nachdenken. »Okay.« Sie nahm das Dokument und den Füller und unterschrieb, bevor sie es sich anders überlegen konnte.

Lea starrte noch ihre Unterschrift an, als Adam ihr plötzlich Papiere und Füller aus der Hand nahm.

»Adam!«, rief Helena, aber er achtete nicht auf sie.

Er unterschrieb unter Leas Namen.

Helena seufzte. »Na dann, ich gratuliere. Jetzt seid ihr offiziell so lange miteinander verbunden, bis Lea aus dem Kontrakt aussteigt.«

»Was soll das heißen, *verbunden*?«, fragte Lea erschrocken.

Helena verstaute die Papiere im Wagen, knallte die Wagentüre zu und ging davon. »Und warum ist sie sauer?«

Adam nahm sie beim Arm und zog sie hinter seiner Schwester her.

»Es bedeutet, dass du jetzt offiziell meine Kandidatin für die Umwandlung bist. Und *das* bedeutet, dass ich für dich verantwortlich bin.«

Das klang gar nicht gut. Was sollte das heißen? »Verantwortlich im Sinne von, ich hab dir zu gehorchen?«

Adam blieb abrupt stehen und schaute sie mit seinem intensiven Blick an. »Nein, es bedeutet, wenn du ein Gesetz brichst, muss ich dafür bezahlen. Also bitte benimm dich!«

20. Kapitel

Adam war gerne draußen in der freien Natur, und wenn die Umstände anders gelegen hätten, wäre er sicher nicht an der malerischen Hängebrücke über den Tay vorbeigegangen. Er liebte es, aufs Wasser zu schauen und seine Gedanken schweifen zu lassen. Als er sah, dass auch Lea einen sehnsüchtigen Blick zur Lachssteige hinabwarf, vermutete er, dass auch sie naturverbunden sein musste. Nun, der kleine Auftritt vorhin mit der Bierdose konnte wohl als Hinweis aufgefasst werden.

»Gleich da oben, Cottage Nummer 35«, rief ihnen Helena zu, die ein Stück voranging.

Stille Cottages mit schneebedeckten Vorgärten, Vogelhäuschen und Spitzenvorhängen säumten den gepflasterten Fußpfad, der am Tay entlangführte. Adam hatte diejenigen seiner Zeitgenossen, die in einem solchen Cottage aufwachsen durften, immer beneidet. Teppichböden, die die Wärme im Haus hielten, Wohnzimmer mit eng zusammengerückten, dick gepolsterten Sesseln und Sofas, bestickte Kissen mit Wild- und Naturszenen. Und in der Küche köchelte immer irgendetwas auf dem Herd vor sich hin und erfüllte das Haus mit köstlichen Düften.

Natürlich hätte er sich nie über den Herrschaftssitz seiner Eltern – der nun der seine war – beschwert. Blair

Castle war ein beeindruckendes Gebäude, mit breiten, zugigen Gängen, hohen Decken und enormen Kaminen. Ein Ort, wo man sich leicht verirren konnte. Ja, ein idealer Platz für Leas Geister.

»Hört ihr das?« Lea war bleich geworden.

Helena blieb abrupt stehen, und Adam lauschte angestrengt. Alles, was er hörte, war Vogelgezwitscher, der Wind in den Bäumen und das Rauschen des Flusses.

Lea begann zu laufen. »Mary! Mary!«, rief sie erregt und riss die Gartentüre auf.

Adam, der immer auf plötzliche Gefahren gefasst war, hatte Lea bereits eingeholt. Er schlang einen Arm um ihre Taille, hob sie an und stellte sie kurzerhand hinter sich ab.

»Wartet hier«, befahl er seiner Schwester.

Als Lea erneut ins Haus laufen wollte – sie müsse zu Mary, sagte sie – hielt Helena sie energisch am Arm fest.

Die Türe war unverschlossen, nichts Ungewöhnliches auf dem Lande. Adam trat vorsichtig ein. In der Diele blieb er einen Moment stehen, alle Sinne konzentriert. Aber abgesehen vom leisen Gluckern der Wasserrohre und dem Brummen einer Heizung hörte er nichts. Vorsichtig ging er weiter ins Haus hinein, sich nach allen Seiten umsehend.

An einem von drei Haken in Form von Vögeln hing ein lila Mantel, ein rosa Schal und ein grauer Hut. Zwei schlammige Gummistiefel standen darunter auf einem alten Handtuch, beides Damengummistiefel, aber der eine ein wenig größer als der andere. An der linken Wand hing ein gerahmtes Poster, auf dem die berühmten Köpfe der Osterinseln zu sehen waren. Daran gepinnt war ein handgeschriebener Zettel: ›Eines Tages‹. Adam warf einen kurzen Blick in die Küche, deren Türe offen stand. Eine Packung Nudeln lag auf der Anrichte, die Türe eines Oberschränkchens stand offen, und auf dem Herd stand ein Topf.

Im nächsten Moment traf es ihn wie ein Keulenschlag: der metallische Geruch von Blut. Wie ein böses Omen hing er in der kalten Luft. Adam folgte dem Geruch bis zu einer Türe. Er öffnete sie und blieb wie angewurzelt stehen.

Ein sonniges, gemütliches Wohnzimmer.

In der Mitte des Teppichs kniete vornüber gebeugt eine blonde Frau. In ihrem Oberkörper steckte eine Schwertspitze. Rotverschmiert ragte die spitze Klinge aus ihrem Rücken und funkelte in der tief stehenden Nachmittagssonne.

Es sah aus wie ein makaberer Selbstmord. Als habe sich die Frau auf das Schwert gestürzt.

Adam musterte den Raum. Ja, dort auf dem Tisch lag ein Zettel. Das musste der Abschiedsbrief sein. Er sah so etwas nicht zum ersten Mal. Für einen Vampir war es gar nicht so leicht, sich selbst das Leben zu nehmen. Viele bevorzugten den Tod durch das Schwert. Schwerter waren leicht zu bekommen, und es hatte etwas Ehrenvolles, auf diese Weise zu gehen. Trotzdem, irgendwas stimmte nicht an diesem Szenario.

»Großer Gott!«

Adam wandte sich um. Beide Frauen standen im Türrahmen. Helena mit grimmigem Gesicht und Lea bleich, als würde ihr jeden Moment schlecht werden. Adam hob abwehrend die Arme, aber sie drängte sich an ihm vorbei und lief zu der Toten.

Sie ging vor der knienden Toten in die Hocke. »Schon gut, ist ja alles gut«, sagte sie beschwichtigend.

Was um Himmels willen machte sie da?

»Was macht sie denn?«, fragte Helena.

Er hatte keine Ahnung. Verblüfft sahen sie, dass Lea den Arm hob und nach oben sah, als würde jemand neben der Toten stehen.

»Es tut mir so leid, Mary. Es tut mir so leid.«

Helena ging zu Lea. »Kommen Sie, meine Liebe, Sie haben einen Schock.«

Aber Lea hörte gar nicht hin. Sie starrte jene Stelle etwas weiter oben an, den Arm ausgestreckt, als wolle sie jemanden berühren. Adam konnte nur hilflos zusehen, wie seine Schwester versuchte Lea zu beruhigen.

»So ist das manchmal bei uns, Lea. Viele Vampire nehmen sich auf diese Weise das Leben. Sie werden des Lebens müde, verlieren ihren Lebenswillen und …«

»Nein!« Lea wischte sich die Tränen vom Gesicht. »Nein! Das war kein Selbstmord.«

Helena widersprach, aber Adam wusste: Lea hatte recht. Sein Instinkt sagte ihm, dass hier etwas faul war. Die ungekochten Nudeln in der Küche, kein Schwarzes Buch neben dem Abschiedsbrief – es war nirgendwo zu sehen – das Poster im Gang, das verriet, dass diese Frau noch unerfüllte Träume gehabt hatte. Nein, dies war nicht die Wohnung einer Lebensmüden.

»Wer hat sie umgebracht?«, fragte Adam, betont ruhig.

»Ich weiß nicht«, flüsterte Lea. »Als Mary herkam, war sie schon tot. Und Sara ist nicht mehr hier. Sie ist ins Licht gegangen.«

Helena, die neben Lea in die Hocke gegangen war und einen Arm um sie gelegt hatte, erhob sich kopfschüttelnd. Sie trat an den Tisch, nahm den Zettel zur Hand und las ihn.

»Hier ist der Abschiedsbrief«, sagte sie und hielt den Zettel hoch.

Lea schaute sie flehend an. »Mary sagt, sie müssen sie gezwungen haben, das zu schreiben.«

»Also wirklich! Tut mir leid, aber das ist doch einfach lächerlich!«, sagte Helena. »Adam, ich muss den Fall melden. Meine Leute werden sich um die Leiche kümmern.«

»Warte.«

Helenas schockiertes Gesicht verriet ihm, wie wenig seine Schwester damit gerechnet hatte, dass er ihr in den Rücken fiel.

»Irgendwas stimmt hier nicht. Ich kann es fühlen.«

»Du glaubst doch nicht etwa an diesen Unsinn mit den Geistern! Als Clanoberhaupt ist es meine Pflicht, diese Vampirfrau in allen Ehren zu bestatten!«

»Und es ist meine Pflicht als Friedenshüter alle Fakten zu prüfen, um sicherzugehen, dass es wirklich ein Selbstmord war«, versetzte Adam grimmig. Er konnte Helenas Frustration ja verstehen, aber er wusste, es ging nicht anders. Er trat an den reglosen Körper heran. Leas Blick huschte zwischen ihm und der unsichtbaren Mary hin und her.

»Eyeliner, Rouge, Ohrringe, Halskette.« Er beugte sich vor und hob die schlaffen Locken, deren Spitzen sich in der Blutlache rostrot verfärbt hatten. »Sie hat ihre Haare gelockt. Und ein Parfüm aufgetragen, etwas Blumiges …«

»*Amore Amore* von Cacharel«, sagte Lea traurig. »Mary hat ihr letztes Weihnachten ein Fläschchen geschenkt.«

Adam schaute zu seiner Schwester hinüber. »Du weißt ebenso gut wie ich, dass diese Kleinigkeiten nicht zum Profil eines lebensmüden Vampirs passen.«

Helena schwieg, das Kinn störrisch vorgestreckt. Sie widersprach nicht, aber es war offensichtlich, dass sie Lea noch immer nicht glaubte.

»Warum könnte Sara getötet worden sein? Frag Mary, ob sie sich vorstellen kann, von wem.«

»Also wirklich!«, murmelte Helena gereizt. Aber auch sie wartete auf Leas Antwort.

Lea legte den Kopf zur Seite, dann richtete sie sich alarmiert auf. »Was soll das heißen?« Stille. Adam wartete ungeduldig. Leas Miene wurde immer zorniger. »Warum hast du mich angelogen? Ach Mary, was hast du nur getan!«

»Lea?« Erschrocken über ihre Reaktion streckte Adam die Hand nach ihr aus. Was hatte Mary gesagt? Und konnte er wirklich glauben, dass ein Geist neben der Leiche saß und mit Lea sprach?!

»Warum hast du nicht schon früher was gesagt?«, fragte Lea die leere Stelle über der Schulter der Toten. Adam war so ungeduldig, er hätte sie am liebsten geschüttelt, aber eine eisige Kälte, die von jener Stelle kam, zu der Lea hinstarrte, hielt ihn zurück. Was hatte sie noch über zornige Geister und kalte Luft gesagt?

»Was ist los, Lea? Was geht hier vor?«

Lea seufzte. Dann erst schaute sie ihn grimmig an.

»Mary war nicht ganz ehrlich zu mir«, sagte sie zögernd. »Offenbar war sie nicht ganz ehrlich zu vielen. Aber sie hat für ihre Fehler büßen müssen, und das sollte man doch berücksichtigen, oder?«

Adam hatte auf einmal ein ganz ungutes Gefühl. »Lea. Was – ist – los?«

Wie sollte sie das erklären, ohne Mary in Schwierigkeiten zu bringen? Lea sammelte ihre Gedanken. Sie hätte nie gedacht, dass es möglich wäre, einen *Geist* in Schwierigkeiten zu bringen, aber Mary fürchtete sich schrecklich davor, dass Helena sich weigern würde, ihr ein standesgemäßes Begräbnis zu geben, wenn sie erfuhr, was sie getan hatte. Es hatte mit einem kleinen schwarzen Buch zu tun, das bei einer Vampirbeerdigung offenbar immer verlesen wurde und in dem alle Namen standen, die ein Vampir in seinem langen Leben getragen hatte, ebenso wie all seine Verdienste. Dieses Buch nicht zu verlesen war offenbar die größte Strafe, die einem Vampir widerfahren konnte. Nun gut, sie konnte ja verstehen, dass dieses Buch wichtig war – aber dass Mary einen solchen Horror davor hatte, dass es nicht verlesen werden könnte, das begriff Lea nicht so ganz.

»Bitte sei mir nicht böse, Lea, bitte. Ich wollte doch bloß meine Sara beschützen, meine arme, arme Sara!«

Mary begann erneut zu schluchzen, und Lea biss entnervt die Zähne zusammen. Sie hatte zwar Mitleid mit der Verstorbenen, aber das, was die beiden getan hatten, machte sie wütend. Und sie war jetzt diejenige, die all das zwei *lebenden* Vampiren erklären musste – die alles andere als begeistert sein würden.

Lea holte tief Luft, um sich ihrer Aufgabe zu stellen.

Aber sie bereute es sofort, denn der Geruch des Bluts und des Todes drang ihr unangenehm in die Nase, und ihr wurde speiübel. Tapfer biss sie die Zähne zusammen.

»Ich weiß, das ist viel verlangt und vielleicht auch unverschämt, Helena, aber Sie müssen mir versprechen, dass sowohl Mary als auch Sara ein standesgemäßes Begräbnis bekommen. Vorher kann ich nichts sagen.«

Helena war, laut Mary, sehr einflussreich in der Vampirwelt.

»Wie bitte?«, fragte Helena empört.

Lea seufzte. »Tut mir leid, Helena. Ich weiß, wir haben uns gerade erst kennen gelernt. Ich weiß, Sie glauben mir nicht. Wahrscheinlich denken Sie, dass ich mehr Mühe mache, als ich wert bin, und da haben Sie wahrscheinlich recht. Aber bitte, tun Sie mir diesen Gefallen, glauben Sie mir. Ich weiß, wir können einander helfen, aber bevor ich mehr sagen kann, müssen Sie mir versichern, dass Mary und Sara nicht noch mehr leiden müssen.«

Helena verschränkte die Arme. Es war offensichtlich, dass hier eine Frau vor ihr stand, die es gar nicht mochte, wenn man ihr vorschrieb, was sie tun sollte.

»Sie wissen, dass wir andere Methoden haben, die gewünschten Informationen aus Ihnen herauszubekommen.«

Lea nickte. Ja, sie wusste es. Sie hatten keinen Grund zu tun, was sie verlangte. Sie konnten sie zwingen. Ein Interrogator konnte die Informationen einfach aus ihrem Hirn pflücken. Bei dem Gedanken lief ihr ein Schauder über den Rücken.

»Also gut, ich gebe Ihnen mein Wort«, sagte Helena

seufzend und warf ihrem Bruder, der noch kein Wort gesagt hatte, einen Blick zu.

Lea wappnete sich und begann: »Mary und Sara waren ein Paar. Sie waren beide unzufrieden mit ihren Jobs. Und als ein Mann an Sara herantrat und ihr fünf Millionen Pfund anbot, wenn sie ihm dreißig Phiolen mit der Lösung verschaffte, willigte sie ein. Laut Plan sollte Sara die dreißig Phiolen zwei Tage vor einer geplanten Lieferung im Lieferwagen verstauen. Mary sollte damit an einen vorher genannten Ort fahren, wo die Übergabe stattfinden würde. Auf diese Weise hätten sie sich längst aus dem Staub gemacht, wenn entdeckt würde, dass die Phiolen fehlen. Sie hatten vor, sich nach Südamerika abzusetzen.«

Grimmige Stille. Selbst Mary hatte zu wimmern aufgehört. Lea, der mittlerweile so schlecht geworden war, dass sie fürchtete, sich jeden Moment übergeben zu müssen, konzentrierte sich verzweifelt auf Adam.

»Aber sie sind reingelegt worden«, sagte Adam rau. »Beide Frauen wurden getötet und die Lösung gestohlen. Von wem? Wer waren die Auftraggeber?«

»Mary weiß es nicht. Nicht mal Sara kennt den Namen des Mannes. Sie haben sich nur einmal getroffen …«

»Zweimal«, unterbrach Mary. »Sie haben sich noch einmal vor drei Tagen am Bahnhof Waverly getroffen. Sara war sehr nervös. Sie hatte Angst, dass der Mann einen Rückzieher machen würde. Aber er wollte lediglich den Übergabeort ändern.«

»Aha.« Lea gab weiter, was Mary ihr gerade erzählt hatte. »Also zweimal. Sie haben sich zwei Mal getroffen. Das zweite Mal am Samstag, am Waverly Bahnhof in Edinburgh.«

»Weiß sie, wie der Mann aussieht? Wie alt er ist? Wie groß? Irgendwas?«, wollte Adam wissen.

»Nein, ich hab nie mit ihm gesprochen«, sagte Mary.

Lea wollte das gerade ausrichten, als ihr Blick zufällig auf die steifen, gekrümmten Finger von Sara fiel. Blut war in ihren Pulli gesickert, an ihrem Arm heruntergelaufen und von ihren schlanken Fingern auf den Teppich getropft. Geronnen klebte es an ihrer weißen Haut. Bei diesem Anblick wurde sie unwillkürlich an die schrecklichste Nacht ihres Lebens erinnert. Als sie sich an den Bauch gefasst, das Blut gesehen und … eine Welle der Übelkeit schwappte über Lea zusammen. Sie schlug die Hand vor den Mund, sprang auf, drängte sich an der erschrockenen Helena vorbei und rannte nach draußen in den Vorgarten. Dort blieb sie vornüber gebeugt stehen und versuchte mit aller Kraft ihre Übelkeit zurückzukämpfen. Das wäre ihr auch beinahe gelungen, doch in diesem Moment ging die Türe auf, und der Geruch waberte zu ihr hinaus.

Sanfte Hände hielten ihr die Stirn, während sie sich in die kahlen Rosenbüsche erbrach.

»Sch, schon gut«, sagte Helena gütig. »Tief Luft holen. Es ist gleich vorbei.«

Lea, die sich miserabel fühlte und der das Ganze schrecklich peinlich war, richtete sich auf. Dankbar nahm sie die weiße Serviette, die Helena ihr hinhielt.

»Tut mir leid, wenn ich vorhin ein wenig unfreundlich war«, sagte die Vampirfrau. »Über Geister weiß ich nicht viel, über Menschen aber schon. Ich kann sehen, dass Sie uns nur helfen wollen.«

Wenn Lea sich nur ein wenig besser gefühlt hätte, sie hätte gelächelt. Aber ihre Speiseröhre fühlte sich verätzt an, und kalter Schweiß klebte an ihrem Körper. Ihr zitterten die Knie.

Ausgerechnet in diesem Moment musste Adam auftauchen.

»Du solltest das besser melden«, sagte er zu seiner Schwester. Helena suchte ihr Handy heraus und verließ den Vorgarten, um ihr Gespräch draußen auf dem Fußpfad zu führen.

Lea, die Helena nachgeschaut hatte, zuckte erschrocken zusammen, als Adam nun die Hand auf ihren Arm legte.

»Besser?«

Lea versuchte, nicht an die Tote drinnen zu denken und an die Assoziationen, die sie auslöste.

»G-geht schon«, stammelte sie. Was war bloß los mit ihr? Warum benahm sie sich so pathetisch? Heulen und Kotzen, anstatt ruhig und gefasst zu bleiben. »Ich hab doch gesagt, ich mache mehr Mühe, als ich wert bin. Aber du wolltest mir ja nicht glauben.«

»Wer sagt, dass ich dir nicht glaube?«, sagte Adam mit gespieltem Ernst.

Da musste auch sie ein wenig lächeln.

»So gefällst du mir schon besser. Ich mag es, wenn du lächelst«, sagte Adam. Er schaute über ihre Schulter zum Haus hin, dann wieder zu ihr. »Ich weiß, du hast einen schweren Tag hinter dir, aber wir müssen jetzt gleich wieder zurück nach Edinburgh. McLeod wird uns vom Bahnhof abholen und dich in mein Hotelzimmer zurückbringen. Und ich werde mir die Aufnahmen der Überwachungskameras am Bahnhof, von jenem Tag, anschauen.«

Aber sie durften noch nicht wieder zurückfahren!

»Wir müssen doch noch Marys Leiche finden!«, protestierte sie. Sie konnte den Geist von Mary noch immer drinnen weinen hören. »Deshalb sind wir doch hergekommen, oder?«

»Nicht mehr. Die Umstände haben sich geändert. Wir wissen jetzt, dass die Lösung gestohlen wurde und dass der Mann, den wir suchen, zuletzt in Edinburgh gesehen wurde. Helena wird nach Marys Leiche suchen lassen.«

»Und woher soll sie wissen, wo?«, fragte Lea aufgebracht. »Wir haben eine viel bessere Chance, sie mit Marys Hilfe zu finden, das weißt du ganz genau! Soll McLeod dir doch die Aufnahmen vom Bahnhof besorgen. Bitte, Adam, sie leidet so!«

Helena kam wieder in den Garten. »Sie sind unterwegs«, verkündete sie. »Wir werden die Bekanntgabe von Saras Tod zurückhalten, bis dieser Fall gelöst ist. Aber wir müssen die Clanoberhäupter informieren, Adam.«

»Gut.« Adam nickte, den Blick auf Lea gerichtet. »Könnten wir uns deinen Wagen borgen?«

»Natürlich«, antwortete Helena. »Wozu braucht ihr ihn?«

»Wir werden Marys Leiche suchen.«

Lea stieß einen Seufzer der Erleichterung aus. Sie würden Mary erlösen, dessen war sie jetzt sicher.

21. Kapitel

Adam überzeugte sich mit einem Blick in den Rückspiegel, dass ihnen das andere Auto noch immer folgte. Helena hatte darauf bestanden, dass ein weiterer Wagen mit vier ihrer Männer sie begleitete – falls sie die Leiche tatsächlich finden sollten.

Dies bewies, dass sie anfing, an Leas Fähigkeiten zu glauben. Er selbst dagegen hatte nichts unversucht lassen wollen und William gebeten, Agenten in alle größeren Flughäfen Großbritanniens zu entsenden und dort eine Kopie von Marys Ausweisfoto herumzuzeigen. Falls die Frau sich nach Südamerika abgesetzt hatte, würden sie es bald wissen.

»Hier links abbiegen«, sagte Lea, die auf dem Beifahrersitz saß. Er bog gehorsam ab. Sie fuhren über die Steinbrücke, die ins Städtchen Dunkeld führte.

»Da lang? Bist du sicher?«, fragte Adam skeptisch.

Dunkeld war eine kleine Ortschaft etwa dreizehn Meilen südlich von Pitlochry. Mit einer Bevölkerung von nur Tausend, konnte man hier schwerlich unbemerkt kommen und gehen. Sie fuhren am Dunkeld Arms Hotel vorbei, an zwei kleinen Bäckereien, einem Café mit großen Fenstern, hinter denen ein großer, gemütlicher Kamin und bequeme Polstersessel zu erkennen waren, einem Whiskyladen, einer Metzgerei und mehreren Frühstückspensionen. Wer würde sich ausgerechnet einen solchen Ort aussuchen, um einen Mord zu begehen?

»Mary sagt, sie ist hier mit dem Lieferwagen durchgefahren, die Highstreet entlang und dann nach links in die schmale Landstraße abgebogen, die an der Kirche vorbei- und dann am Fluss entlangführt. Da ist sie, siehst du!« Lea deutete auf die besagte Straße.

Adam bog ab, und sie fanden sich plötzlich auf einer Lichtung wieder. Links das Städtchen mit der Kirche, rechts offene Felder, auf denen Rotwild äste, dahinter majestätisch aufragend die schneebedeckten Spitzen der schottischen Highlands.

»Jetzt rechts«, befahl Lea zehn Minuten später grimmig. Adam warf ihr einen Blick zu. Sie näherten sich offenbar ihrem Ziel.

Er bog wie gewünscht auf die ungepflasterte Straße ein, die zwischen zwei Steinpfeilern hindurchführte, die früher wohl einmal die zwei Flügel eines Tors gehalten haben mussten. Ein Fasan rannte mit aufgeregt nickendem grünem Hals aus dem Weg. Adam warf einen Blick in den Rückspiegel. Ja, das andere Auto war noch dran.

Nun kamen sie durch einen dichten Mischwald. Auf beiden Seiten ragten die unterschiedlichsten Bäume auf: mächtige Eichen, Birken, Fichten, Lärchen, Tannen … Aus diesem Grund nannte man diese Gegend auch *Big Tree Country*. Die Straße schlängelte sich aufwärts, immer höher und immer tiefer hinein in die Wälder. Auf einmal ergab die Ortswahl des Mörders einen Sinn.

Lea umklammerte ihre Armlehne. Adam fiel auf, dass ihre Knöchel weiß hervortraten.

»Ich bin als Kind ein paar Mal hierhergekommen«, sagte er, um sie abzulenken. »Hierher nach Perthshire, meine ich. Meine Mutter und ihre besten Freundinnen, Violet, Angelica und Storm sind hier oft mit Helena und mir wandern gegangen. Violet hatte eine ungeheuer feine Nase. Sie hat uns zum Beispiel gezeigt, dass die Nadeln einer Douglastanne, wenn man sie verreibt, einen frischen, zitronigen Duft abgeben.«

Lea schaute ihn zwar nicht an, aber ihre Fingerknöchel waren schon nicht mehr ganz so weiß.

»Wann war das?«, fragte sie, den Blick starr geradeaus gerichtet.

Adam bremste ein wenig, da eine scharfe Kurve kam, und fuhr vorsichtig weiter. Es konnte ja immerhin sein, dass Gegenverkehr auftauchte. Unwahrscheinlich, aber möglich.

»Das war in den 1880ern«, antwortete er, »aber die Gegend hier hat sich kaum verändert.«

Sie schaute ihn mit großen Augen an. »Du bist hundertzwanzig Jahre alt?«

Adam schmunzelte. Jetzt hatte er ihre Aufmerksamkeit! »Hundertdreißig, um genau zu sein. Aber wer zählt schon?«

»Einhundertdreißig«, wiederholte sie ehrfürchtig. Sie sah aus, als könne sie ein solches Alter kaum fassen. Sie wollte mehr sagen, doch dann hielt sie inne. »Da. Da ist es«, sagte sie.

Adam folgte ihrem Blick. Vor ihnen tauchte eine Ausweichstelle auf, an der zwei Autos aneinander vorbeikommen konnten. Links ein steiler Abgrund, rechts zog sich der Wald einen Abhang hinauf. Adam fuhr auf die linke Ausbuchtung und blieb neben dem abfallenden Stück stehen. Helenas Männer stellten ihren Wagen hinter ihm ab.

Jetzt galt es, eine Leiche zu finden.

»War das der Treffpunkt?«

Lea schwieg, den Kopf lauschend zur Seite geneigt, eine Haltung, die ihm nun ganz vertraut war.

»Ja, sie hat hier gehalten. Sie hörte ein Geräusch auf dem Dach. Dann erinnert sie sich an nichts mehr.«

Lea stieg aus, und Adam tat es ihr gleich. Ein kalter Wind strich durch die Bäume und brachte den Duft von Tannennadeln und Schnee.

Auch die Männer aus dem anderen Auto waren mittlerweile ausgestiegen. Adam hob die Hand, damit sie blieben, wo sie waren.

»Kann Mary uns noch mehr sagen?«

Lea schüttelte den Kopf. Sie sah aus, als ob sie litt. Adam wünschte unwillkürlich, ihr helfen zu können. Ob ihr Mary wieder die Ohren vollheulte?

Da er nichts tun konnte, konzentrierte er sich darauf, Spuren zu suchen. Er musterte den Boden. Sie hatten Glück; entweder die Bäume hatten den Regen abgehalten oder es hatte in den letzten Tagen hier nicht geregnet. Kleine Steinchen, Zweige und zerdrückte Tannenzapfen lagen um den Range Rover verstreut.

»Weiß Mary noch, wo genau sie den Wagen abgestellt hat? In der Mitte der Ausbuchtung oder eher am Ende?«

Lea legte den Kopf zur Seite, dann deutete sie auf die Stelle hinter dem Auto. »Hier in der Mitte.«

Adam ging neben dem Hinterreifen in die Hocke und musterte den Boden. Alles andere ausblendend konzentrierte er sich ausschließlich darauf, den Boden nach Spuren abzusuchen; ein Fußabdruck, ein Reifenabdruck, irgendetwas, das helfen konnte. Da fiel ihm ein seltsam rötlicher Schimmer auf einem der Kiesel auf.

Blut.

Aufmerksam musterte er die nähere Umgebung des Kiesels. Ja, da waren noch mehr Blutspuren.

Wenn der Mörder Marys Leiche aus dem Wagen gezerrt hatte, musste er mehr Blutspuren hinterlassen haben. Der Kerl hatte also entweder hinter sich sauber gemacht, oder er war vorbereitet gewesen: ein Müllsack, Plastikfolie, um die Leiche einzuwickeln. Aber keine Methode ist wirklich sicher. Alles hinterlässt eine Spur, zumindest eine kleine.

Er folgte den beinahe unsichtbaren Blutströpfchen bis zum Rand, wo der Boden etwa fünf Meter tief steil abfiel und dann in einem Fünfundvierziggradwinkel zwischen den Bäumen verschwand. Wenn hier eine Leiche runtergeworfen worden wäre, hätte man sie trotz der Bäume sehen können.

Adam begann zu vermuten, dass dies nicht das Werk eines Einzeltäters gewesen war. Prüfend musterte er die Kante des Abgrunds. Und fand, was er suchte.

»Hier«, rief er Helenas Männern zu. Die vier hochgewachsenen Highlander eilten zu ihm hin. »Ihr zwei«, Adam deutete auf die beiden weiter hinten, »ihr bleibt bei der Lady. Und ihr beiden folgt mir.«

»Wo wollt ihr hin?«, rief Lea besorgt. »Hast du was gefunden?«

»Möglicherweise. Aber du wartest besser hier. Ich …«

»Nein, ich komme mit«, unterbrach sie ihn, bevor er ihr die Lüge auftischen konnte, er würde sie rufen, wenn er die Leiche gefunden habe. Er wollte nicht, dass sie Marys Leiche auch noch sehen musste. Eine Tote pro Tag war schon für einen gestandenen Soldaten schwer zu verdauen, geschweige denn für ein Stadtmädchen aus … ja, woher stammte Lea überhaupt?

»Du willst nicht, dass ich mitkomme. Aber ich könnte dir helfen!«, bat Lea. Sie warf einen verstohlenen Blick auf die zwei Männer, die hinter Adam standen, und senkte die Stimme. »Viele Geister fühlen sich noch mit ihrem toten Körper verbunden. Mary könnte uns vielleicht helfen.«

Wenn das stimmte, dann konnte sie ihnen vielleicht wirklich helfen. Und dann durfte er natürlich keine Rücksicht auf Leas Zartgefühl nehmen. Nicht während einer Mission.

»Wie heißen Sie?«, fragte er einen der beiden Männer, einen großen rothaarigen Highlander.

»McDougal, Sir. Und das ist Hinley.«

Adam nickte den beiden zu. »McDougal, ich möchte, dass Sie die Lady nachher zu mir runterlassen.«

»Verstanden, Sir.«

Zufrieden wandte sich Adam dem Abgrund zu – und sprang. Kalte Luft rauschte an seinen Wangen vorbei, und dann landete er mit einem Knie auf der Lippe des Absatzes. Er stand auf und drehte sich um. Leas entsetztes Gesicht starrte zu ihm hinunter.

»Hast du jetzt vollkommen den Verstand verloren?«, brüllte sie. »Du hättest dir wer weiß was brechen können!«

Ein Schwarm Vögel flatterte ängstlich aus den Bäumen auf. Er würde Lea eine Standpauke über den Wert der Stille zur passenden Zeit halten müssen.

Er rief nach McDougal.

Leas Gesicht verschwand. Ein Schrei, gefolgt von ärgerlichem Gebrumm, das er nicht verstehen konnte. Er wollte schon ungeduldig hinaufrufen, als Leas Gesicht wieder auftauchte.

»Bin gleich da!«, rief sie und verschwand wieder.

Adam schüttelte den Kopf. Doch dann blieb ihm fast das Herz stehen: Lea kam über den Abgrund geflogen und fiel auf ihn zu! Er machte einen Satz und fing sie gerade noch auf. Diese Verrückte hatte einfach Anlauf genommen und war ins Leere gesprungen!

»Verflucht und zugenäht!«, schimpfte er. »Was zur Hölle hast du dir dabei gedacht?«

Die anderen beiden Männer landeten lautlos rechts und links neben ihm.

Lea zuckte die Schultern. »Willst du die lange oder die kurze Version?«

Diese Frau machte ihn über kurz oder lang zum Mörder.

»Vergiss es.«

Er wandte sich McDougal zu und beschloss, seine Wut an ihm auszulassen; der reichte ihm wenigstens nicht bloß bis zum Kinn.

»Bevor du jetzt sauer auf ihn wirst: Ich hab ihn reingelegt«, sagte Lea hastig.

Adam schloss die Augen. »Könntest du nicht mal still sein, nur für *einen Moment*?«

Sie hielt die Klappe. Einen Moment lang.

Lea sah zu, wie Adam und die zwei anderen sich hierhin und dorthin beugten und die Bäume und den Boden absuchten. Was suchten sie?

Sie hätte gerne gefragt, hatte aber das Gefühl, Adam mit ihrem kleinen Stunt vorhin schon an die Grenzen getrieben zu haben. Dabei hatte sie ihn gar nicht ärgern wollen; sie hatte einfach Höhenangst. Und da hatte sie sich gedacht: *Bring's mit einem Sprung hinter dich, Lea, dann ist es vorbei*.

»Da lang«, sagte Adam. Er schien eine Spur gefunden zu haben. Lea folgte den dreien vorsichtig den Abhang zwischen den dicht stehenden Bäumen hindurch nach unten. Von einem Ast hoch oben starrte ein rotes Eichhörnchen verwirrt zu ihnen herunter. Lea konnte es ihm nachfühlen, sie war genauso verwirrt.

»Mary, bist du da?«, flüsterte sie und verlor den Halt an einem Zweig, an dem sie sich festgehalten hatte. Verdammt, warum waren Vampire bloß so schnell? Keuchend sprang sie über einen umgestürzten Baumstamm. Aber sie hatte ja unbedingt mitkommen wollen!

»Ja, ich bin da«, antwortete eine mürrische Stimme.

»Keine Sorge, Mary, wir finden deinen Körper schon«, versuchte Lea sie zu beruhigen und duckte sich unter einem Ast durch.

Mary schnüffelte. Sie wollte jetzt einfach nur noch die Fesseln, die sie an diese Welt banden, abstreifen und ihrer geliebten Sara ins Licht folgen. Das spürte Lea, versuchte aber, sich davon nicht zu sehr unter Druck setzen zu lassen.

Die Sonne begann allmählich unterzugehen, und immer noch schritten sie durch den Wald, Adam voran, der, sie nahm es zumindest an, irgendwelchen Spuren folgte. Sie selbst konnte nichts Ungewöhnliches sehen. Ein leiser Zweifel keimte in ihr auf. Waren sie überhaupt noch auf dem richtigen Weg?

In diesem Moment meldete sich Mary wieder zu Wort.

»Ich spüre etwas!«, sagte sie aufgeregt.

Lea blieb abrupt stehen. »Was? Was denn?«

»Ein Gefühl. Eine Art Ziehen. Ich kann's nicht erklären. Als ob ich das, wo es mich hinzieht, kenne. Es kommt von dort.«

McDougal machte Adam auf Leas merkwürdiges Verhalten aufmerksam. »Lea?«

»Moment!« Sie lauschte. »Wohin, Mary? Wohin, hast du gesagt? Du musst es mir beschreiben, ich kann dich ja nicht sehen.«

»Da, ihr müsst am *Monkey Puzzle Tree* vorbei!«

»Was? Was für ein Baum? *Monkey Puzzle*?«

»Ein *Monkey Puzzle Tree*? Die Chiletanne, meint sie?« Adam deutete mit einer Kopfbewegung auf einen großen Nadelbaum mit zickzackförmig hervorwachsenden Ästen.

So sah der also aus! Jetzt war ihr auch klar, warum der englische Name so lautete. »Ja, da müssen wir vorbei«, sagte sie zu den drei Männern und ging voran.

Adam nickte den Männern zu und folgte ihr. Lea konzentrierte sich auf Marys Anweisungen. *Links. Rechts. Unter dem Ast durch. Rechts.* Sie wollte gerade über einen besonders dicken umgefallenen Baumstamm steigen, als sie von Adam zurückgehalten wurde.

»Stop, Lea. Bitte bleib hier stehen.«

Seine Nasenflügel bebten, und sein Gesicht war wie versteinert.

Lea spürte, wie Furcht in ihr aufstieg. »Hast du sie gesehen?« Sie schaute sich nach allen Seiten um, konnte Marys Leiche aber nirgends entdecken.

»Dieses eine Mal will ich, dass du einfach nur tust, was ich dir sage, und hier stehen bleibst.«

Als Lea sah, dass auch McDougal und Hinley ganz grimmige Gesichter machten, nickte sie, von einer bösen Vorahnung geplagt. Warum sagte Mary nichts?

»Okay.«

»Versprich es mir«, beharrte Adam.

»Ich versprech's.«

Die Männer traten über den Baumstamm. Adam sagte leise etwas zu ihnen, und sie verteilten sich. Was hatten sie vor?

Lea reckte den Hals und beobachtete, was McDougal, der ihr am nächsten war, tat. Er grub in der Erde! Es war mittlerweile so dunkel geworden, dass sie kaum noch etwas erkennen konnte. Was grub er da aus?

Großer Gott!

Lea schlug die behandschuhte Hand auf den Mund und wandte sich ab. Aber es war schon zu spät, sie hatte gesehen, was McDougal ausgegraben hatte: einen abgetrennten Arm.

Eine Ewigkeit später, wie ihr schien, drang Marys Stimme wieder an ihr Ohr.

»Sie haben jetzt alles von mir gefunden, Lea. Es ist vorüber.«

Lea öffnete blinzelnd die Augen. Um sie herum war der stille, dunkle Wald. Dass sie an dem Baumstamm lehnte, hatte sie gar nicht gemerkt.

»Es tut mir leid, Mary.«

»Nein, nein, das muss es nicht. Ich bin dankbar, dass ich einen Menschen wie dich getroffen habe. Jemanden, der sich so viel Mühe gemacht hat, um mir zu helfen. Danke, Lea. Ich danke dir.«

Ihre Stimme war leiser, immer ferner geworden, wie immer, wenn eine Seele sich von dieser Welt löste.

»Gern geschehen«, flüsterte Lea in die stille, kalte Nachtluft.

Mary war jetzt endlich frei.

22. Kapitel

Victoria sieht gut aus«, bemerkte Adam.

Er stand mit Cem im prächtigen Rittersaal seines Heimatsitzes. Lea saß in eine Schottendecke gemummelt vor dem riesigen Kamin, in dem ein Feuer prasselte. Victoria saß mit untergeschlagenen Beinen vor ihr auf einem dicken Schaffell. Wild gestikulierend redete sie auf sie ein, und Lea hörte mit einem leisen Lächeln zu. Cems Frau verstand es, die Arme von den Schrecknissen des Tages abzulenken.

»Geht ihr nie der Gesprächsstoff aus?«, fragte Adam bewundernd.

Cem griff zu einer funkelnden Karaffe mit Blut und schenkte Adam ein Glas ein. Sie standen am anderen Ende des großen Raums, außer Hörweite der beiden Frauen.

»Sie ist eine Frau, mein Freund. Und Frauen sind unergründliche, rätselhafte Wesen.«

Adam nahm dankbar das Glas entgegen. Das Blut rann ihm in den Magen und regenerierte seine Kräfte.

»Wie kann Helena hier Blut rumstehen lassen, wo doch Grace im Haus ist?«, fiel Adam ein. »Wo ist sie überhaupt? Grace, meine ich.«

Cem seufzte und füllte Adams leeres Glas wieder auf. »Ich fürchte, der Aufenthalt hier hat dem Benehmen meiner Schwägerin auch nicht auf die Sprünge geholfen. Sie hat sich im Westflügel verschanzt und lässt dort die Dienstboten für sich tanzen. Wir kriegen sie kaum noch zu sehen. Sie kommt und geht durch den Westausgang. Wir sind anscheinend nicht mehr gut genug für sie.«

»Spielt wohl mal wieder die Prinzessin, wie?« Adams Blick hing schon wieder an Lea. Ihm fielen die tiefen Schatten unter ihren Augen auf und wie schwach ihr Lachen klang. Die Schale mit heißer Suppe, die sie zuvor getrunken hatte, hatte ihr zwar gutgetan, aber was sie wirklich brauchte, war Schlaf. »Es überrascht mich, dass Helena ein solches Benehmen in ihrem Hause duldet.«

Cem zuckte die Achseln. »Ich glaube, ihr war's ganz recht. Dann muss sie sich nicht dauernd um Grace kümmern. Um die Wahrheit zu sagen, ich bin selbst nicht ganz unglücklich.«

Was wohl noch untertrieben war, wie Adam vermutete. Und dass seine Schwester, ein eher zurückgezogener Mensch, keine Lust hatte, für eine verwöhnte Göre die Gastgeberin zu spielen, konnte er ebenfalls verstehen.

»Victoria?« Cem trat einen Schritt vor. Die Frauen waren aufgestanden und gingen zu der großen Marmortreppe, die zu den oberen Stockwerken hinauf führte.

»Ach, Cem, jetzt entspann dich mal! Wir sind gleich wieder da.« Stirnrunzelnd zog sie die erschöpfte Lea mit sich.

Adam blickte den beiden Frauen nach, dann setzte er sich zu Cem, der inzwischen am Kamin Platz genommen hatte.

»Hört die Sorge denn eigentlich nie auf?«, fragte er seinen Freund.

»Gott, ich hoffe doch.« Cem rollte seine Schultern.

»Sie redet mit Geistern, und ich …«, begann Adam und hielt dann inne, unsicher, wie er fortfahren sollte.

»Sie redet mit Geistern, und du weißt nicht, was du davon halten sollst«, beendete Cem den Satz für ihn. Er hatte ihn schon immer viel zu gut verstanden.

»Sie führt Gespräche mit Wesen, die ich nicht mal sehen kann, Cem. Und dann ihr Verhalten! Ich kann nie sagen, was sie als Nächstes tun wird, das ist so, so …«

»Sie verwirrt dich?«

»Ja!«

»Verunsichert dich? Raubt dir die Kontrolle?«, erriet Cem.

»Ja!«

»Kannst nicht aufhören, an sie zu denken?«

»Ja, verdammt noch mal! Sie macht mich total verrückt.«

Adam massierte schon wieder mit Daumen und Zeigefinger seinen Nasenrücken. Als er die Augen aufschlug, sah er das breite Grinsen seines Freundes.

»He, was gibt's da zu grinsen, du alter Osmane?«

Cem zuckte, immer noch grinsend, die Schultern. »Ich sag's dir nur ungern, also lass ich es lieber bleiben. Du musst schon selbst draufkommen.«

»Worauf kommen?« Helena war im Türrahmen aufgetaucht und schüttelte ihren nassen Schirm aus. Sie stellte ihn in den Schirmständer und ging zu ihnen an den Kamin.

Adam sprang auf und bot ihr seinen Platz an. »Unwichtig. Hast du alles in die Wege geleitet?«

Helena streckte ihre Beine aus und seufzte. »Wir haben die Teile zusammengesetzt, soweit das möglich war. Zwei Mitarbeiter aus dem Formelversand haben die Leiche als Mary Robertson identifiziert. Es ist alles bereit für die Beerdigung, ich warte nur noch auf das Okay von William. Aber das wird noch eine Weile dauern, so lange, bis ihr den Fall gelöst habt.«

Sie nahm die lila Knetmasse, die Adam ihr mitgebracht hatte, aus der Tasche und rollte sie auf der Handfläche hin und her. »Ich habe McDougal und Hinley befragt. Sie sagen, Leas Geisterfreundin habe euch zu der Leiche geführt.« Sie hörte auf, mit der Knetmasse herumzuspielen, und schaute mit verblüfftem Ausdruck zu Adam auf. »Sie kann wirklich mit Geistern reden?«

Adam hatte keine Zweifel mehr. »Ja, das kann sie.«

Helena nickte und warf einen sarkastischen Blick in Cems Richtung. »Dich überrascht das wohl nicht, Osmane?«

Cem lächelte freundlich. »Überraschen schon, aber es beunruhigt mich nicht, so wie euch. Wenn man glaubt, dass alles auf der Welt möglich ist, dass alles, was man sich nur vorstellen kann, irgendwo im Universum existiert und dass der Tod nur eine Zwischenstation ist, der Übertritt von einem Gemach in ein anderes, dann wundert es einen nicht, dass es Menschen gibt, die mit Geistern reden können. Das Überraschende ist nur, die Bekanntschaft mit so einer Person zu machen.«

Helena nickte. Dann schaute sie Adam an. »Wie hältst du ihn bloß aus?«

Adam zuckte mit den Schultern, als wolle er sagen, weiß ich auch nicht. Cem lachte.

»Dann haben wir jetzt also zwei tote Vampire und dreißig Ampullen Lösung, die uns gestohlen wurden. Was jetzt?«, fragte Helena, wieder ernst werdend.

»Tja, bis jetzt dachten wir, es müssen Vampire getan haben, denn die Lösung nützt ja nichts ohne Vampirblut. Aber jetzt, wo wir Marys Leiche gefunden und festgestellt haben, dass man sie vollkommen ausgeblutet hat, müssen wir annehmen, dass die Täter genau zu diesem Zweck ihr Blut geraubt haben.«

»Dann haben also Menschen die Lösung gestohlen? Aber wozu?« Helena beugte sich vor. »Ein Vampir könnte Interesse daran haben, einen Menschen gegen seinen Willen umzudrehen, um die Welt mit unserer Spezies zu bevölkern. Es wäre nicht der erste derartige Versuch. Das ist bis jetzt allerdings immer schnell rausgekommen und wieder vereitelt worden. Aber was sollten Menschen mit der Lösung anfangen wollen?«

»Sie benutzen«, antwortete Cem schlicht. »Oder verkaufen. Du vergisst, dass die Menschen sich nicht vorstellen können, was für eine Last so ein langes Leben ist. Die meisten würden alles dafür geben, noch ein wenig länger zu leben. Wenn die Diebe Käufer gefunden haben, die bereit sind, ein Vermögen für sechshundert weitere Lebensjahre auszugeben – selbst wenn sie dafür in Kauf nehmen müssten, dass sie sich von Blut ernähren müssen – dann hätte sich der Diebstahl schon mehr als gelohnt.«

»Ja, das wäre möglich«, räumte Adam ein. »Aber wir sollten die Möglichkeit, dass auch Vampire darin verwickelt sind, nicht vollständig ad acta legen. Ich glaube, der Mann, der Sara kontaktiert hat, war wahrscheinlich ein Mensch.

Deshalb hat Sara auch keine Angst vor ihm gehabt. Aber wie ist dieser Mensch überhaupt auf Sara gekommen? Wie hat er von uns erfahren? Verräter hat es schon immer gegeben; aber, wie Helena sagte, sie wurden meist schnell gefasst. Jemand muss diesen Menschen von der Existenz der Formel erzählt haben.«

Im Kamin brach knackend ein verkohltes Stück von einem brennenden Holzscheit ab. Helena beugte sich vor, nahm noch eins von dem Stapel neben dem Kamin und warf es ins Feuer.

»Was ist mit dem Bahnhof?«, fragte sie, nachdem das Holzscheit Feuer gefangen hatte. Ein heißer Luftzug strich vom Kamin durch den zugigen Saal. »Sara hat sich doch am Samstag angeblich mit diesem Mann dort getroffen, oder?«

»Ja, aber ich fürchte, das war auch eine Sackgasse.«

Adam seufzte. Er hatte so gehofft, dass die Bänder ihnen weiterhelfen würden, aber wieder nichts.

»McLeod hat sich die Aufnahmen von dem Tag angeschaut. Sara ist zwar ein paar Mal kurz drauf zu sehen, aber niemand, mit dem sie redet. Entweder, der Mann hat sie an einer blinden Stelle angesprochen oder er ist überhaupt nicht aufgetaucht. Die einzige Spur, der wir jetzt noch nachgehen können, ist diese Tätowierung. William sagt, einer seiner Informanten habe einen Hinweis. Er wird mir Bescheid sagen, sobald er mehr weiß.«

»Und dieser Mann, der am Manor Place ausgeraubt wurde? Der dieselbe Tätowierung hatte?« Cem starrte sinnend ins Feuer.

»Der hat im Krankenhaus einen falschen Namen und

eine falsche Adresse angegeben.« Wieder eine vielversprechende Spur, die sich in Luft aufgelöst hatte. Im Moment konnten sie nichts weiter tun als warten. »Wenn sich William nicht bald meldet, dann fahre ich nach Edinburgh zurück und schaue die Verbrecherakten durch. Vielleicht erkenne ich ja einen der Killer, die hinter Lea her waren.«

Das konnte ewig dauern, und er war nicht mal sicher, ob er die Männer wiedererkennen würde, wenn er sie sah. Aber es war das Einzige, was ihm einfiel, und um Längen besser, als nichts zu tun.

»Ah, da bist du ja!«

Victoria strahlte Helena an, die aufstand, um sie zu begrüßen. »Ich habe Lea überredet, ein paar Sachen von mir anzunehmen, wenn sie dafür ein Glas Port kriegt. Du hast doch sicher irgendwo einen rumstehen, oder?«

»Natürlich. Im Kabinett.« Helena lächelte Lea zu und erhob sich, um das Gewünschte zu holen.

Lea folgte Victoria zögernd zu der Sesselgruppe vor dem Kamin. Sie war verlegen, weil sie unter der Schottendecke nur ein seidenes Nachthemd mit Spitze anhatte.

»Ich glaube, ich sehe rasch mal nach meiner Schwester, wenn ihr nichts dagegen habt«, sagte Victoria zu den dreien.

Cem erhob sich sofort und trat neben seine Frau. »Ich begleite dich.«

Lea drückte sich noch immer hinter einem der Sessel herum, als die zwei gegangen waren. Sie konnte Adam nicht in die Augen sehen.

»Willst du dich nicht setzen?«, fragte Adam, der neben

dem Kamin stand. Ohne ihn anzusehen, ließ Lea sich in den nächstbesten Sessel sinken.

»Ist was?«, fragte Adam besorgt. Seine Besorgnis war das Letzte, was sie jetzt gebrauchen konnte. Ihr war nämlich bei der Ankunft in dieser Burg, die Helena ihr Zuhause nannte, klar geworden, wie es jetzt um sie stand.

Ihre Aufgabe war zu Ende.

Marys Leiche war gefunden und Lea damit überflüssig. Jetzt musste sie aus dem Kontrakt aussteigen, und dann würde man ihr jemanden schicken, der ihr das Gedächtnis löschte.

»Lea?« Adam ging vor ihr in die Hocke und hob ihr Kinn. Jetzt musste sie ihn anschauen. Ihre Augen wanderten über seine Gesichtszüge, sie versuchte sich alles ganz genau einzuprägen. Mein Gott, warum tat es nur so weh, ihn verlieren zu müssen?

Lea holte zitternd Luft.

»Gib ihr das da.« Helena hatte ein großes Glas Port in der Hand, das Adam nahm und in Leas leblose Finger drückte. Dabei rutschte die Decke von ihren Schultern, aber der Port wärmte sie so, dass sie es kaum merkte.

»Entschuldigt, ich weiß gar nicht, was mit mir los ist. Achtet einfach nicht auf mich.« Es war ihr schrecklich peinlich, dass die beiden diesen Moment der Schwäche mitbekamen.

Zwei schöne Menschen, vor einem Kaminfeuer, die sich besorgt über eine zerzauste Frau mit einem jetzt leeren Weinglas beugen, dachte sie unwillkürlich. Sie würde das Bild *Weichling* nennen.

»Sie haben einen anstrengenden Tag hinter sich«, sagte Helena mitfühlend. »Sie sollten schlafen gehen. Adam, zeig doch bitte Lea das Gästezimmer im Ostflügel. Gordon hat dort bereits ein Feuer im Kamin gemacht.«

Lea war dankbar für diesen Vorwand, verschwinden zu können. Das leere Glas umklammernd erhob sie sich. Helena nahm es ihr sanft weg.

»Verzeihen Sie, dass ich Ihnen nicht schon früher geglaubt habe, Lea.«

»Ach, das ist schon in Ordnung«, entgegnete Lea, »das tut keiner.«

Adam trat über die Schottendecke, die zu Boden gefallen war, und führte Lea zur Treppe. Der Portwein hatte ihr geholfen, ihre Stimme wiederzufinden. Sie hielt sich am Geländer der Marmortreppe fest, während sie hinaufstiegen und sagte: »Und was passiert jetzt?«

»Jetzt schläfst du erst mal«, sagte Adam und führte sie in den Gang, der nach rechts abzweigte.

Leas Blick fiel im Vorübergehen auf die Ölgemälde, die im Gang hingen. Der Herzog von Atholl, die Herzogin von Atholl. Wie seltsam, Bilder von irgendwelchen Herzögen und Herzoginnen in seinem Haus aufzuhängen!

Adam hielt eine Tür für sie auf, also trat sie ein. Doch kaum war sie drinnen, schreckte sie fast zurück. Das sollte ein Gästezimmer sein? Der Kamin war ja kaum kleiner als der unten im *Rittersaal*. Davor standen zwei blaue Polstersessel und dahinter das größte Himmelbett, das Lea je gesehen hatte. Vor den Fenstern hingen Seidenvorhänge, die von der hohen Decke bis zum Boden reichten. Alles war in satten Grün- und Blautönen gehalten. Es juckte sie in den Fingern, ein Foto zu machen.

»Das ist das Jadezimmer«, erklärte Adam, als wäre es nichts. Er schloss die Türe. Dann trat er an die Mahagonikommode in der rechten Ecke und griff nach der Karaffe, die dort auf einem Silbertablett stand. »Whisky gefällig?«

Lea war zwar kein Riesenfan des schottischen Nationalgetränks, aber unter den Umständen wollte sie nicht Nein sagen. »Aye«, sagte sie in breitem Schottisch. »Immer her damit.«

Adam schenkte ihr lächelnd ein Glas ein, dann auch sich selbst. Lea nahm derweil vor dem Kamin Platz.

»Du hast mir nie erzählt, wo du herkommst. Ursprünglich, meine ich«, sagte Adam und setzte sich in den Sessel ihr gegenüber.

»Boston«, sagte Lea und nahm einen großen Schluck Whisky.

»He, immer langsam!«

Aber für langsam war keine Zeit. Ihre Zeit lief ab! Leas Verzweiflung war wie scharfe Klauen, die an ihrem Innern rissen.

»Wenn sie mir das Gedächtnis löschen, werde ich mich nicht mehr an dich erinnern«, sagte sie.

»Nein«, bestätigte er.

Lea kippte den Rest ihres Whiskys herunter. Dann stand sie auf und stellte sich vor ihn hin.

»Es wird sein, als ob es dich nie gegeben hätte!«

Adam saß ganz still, das Gesicht wie versteinert, während er zu ihr aufsah. »Ja.«

»Als ob all das hier nie geschehen wäre.«

Auch er erhob sich. Beide standen nun dicht voreinander. Er schaute ihr tief in die Augen, als suche er etwas.

»Ich habe Angst«, sagte sie leise.

»Ich werde dir nicht wehtun, Lea.«

Das wusste sie ja; davor fürchtete sie sich auch gar nicht. Sie hatte Angst ihn zu verlieren. Lea blinzelte. Sie konnte nicht ändern, was kommen würde. Aber sie konnte das Beste aus der Zeit machen, die ihr noch blieb.

Langsam stellte sie sich auf die Zehenspitzen und küsste ihn. Er regte sich nicht, überließ ihr die Führung.

Ermutigt küsste sie ihn noch einmal, genoss das Gefühl seiner festen Lippen auf den ihren. Ihre Arme hoben sich wie von selbst und schlangen sich um seinen Hals. Sie spürte, wie sie hochgehoben wurde.

Adam trug sie zum Bett und legte sie sanft auf den seidenen Laken ab. Dann trat er zurück und zog Pulli und T-Shirt aus. Als Lea seine nackte Brust sah und den gerippten Bauch, machte irgendetwas in ihr Klick. Sie ließ alles hinter sich, auch die Angst vor dem Vergessen, richtete sich auf, und mit einer schnellen Bewegung zog sie Adam auf sich.

Dieser stieß ein leises Knurren aus und schob ihr Nachthemd bis zur Taille hoch. Als seine Finger über ihren Bauch glitten, fielen Lea ihre Narben ein. Sie fing seine Hand ein und versuchte, ihn davon abzulenken.

Dann schloss sie die Augen. Nein, sie wollte sich diesen Moment nicht von Erinnerungen an jene schreckliche Nacht verderben lassen, an das Aufblitzen des Messers. Adam beugte sich über ihren Bauch und drückte sanfte Küsse auf die feinen roten Linien, die ihren Bauch wie ein Spinnennetz überzogen.

Lea stöhnte auf, während sie spürte, wie ihre Erregung

wuchs. Adam richtete sich auf, streifte ungeduldig seine Hose ab.

»Adam«, schrie sie auf, als er tief in ihre Wärme eintauchte, und bäumte sich auf. Sie biss die Zähne zusammen, um nicht sofort zu kommen.

»Lea«, stieß Adam heiser hervor und berührte ihre Wange. »Schau mich an.«

Lea schlug die Augen auf und sah Adams Gesicht dicht über dem ihren. Er schaute sie mit einem Ausdruck an, den sie nicht zu deuten wusste. Und dann küsste er sie voller Leidenschaft, begann sich in ihr zu bewegen, schneller und schneller.

Mit einem letzten Stoß brachte er sie zum Höhepunkt und erstickte ihren Schrei mit einem Kuss. Lea schwebte auf einem Meer der Seligkeit, dann kam auch Adam, leise stöhnend, und sie lagen schwer atmend auf den Laken. Die Wirklichkeit schien weit, weit weg zu sein.

Eine Ewigkeit später, wie ihr schien, rollte Adam von ihr herunter und zog sie an sich. Zögernd legte sie ihre Hand auf seine Brust. Was jetzt? Sie hatte nicht über diesen Moment hinaus gedacht.

»Du bist so unruhig«, murmelte Adam und zog die Bettdecke über ihre Schulter.

Lea zerbrach sich den Kopf, was sie sagen könnte. Irgendwas. »Warum hängen bei euch Bilder von einem Herzog und einer Herzogin?«

»Das sind Porträts unserer Eltern«, sagte Adam ruhig. »Früher hingen sie unten über dem Kamin, aber Helena hatte Angst, sie könnten in der Sonne ausbleichen. Deshalb hat sie sie rauf in den Gang gehängt.«

»Deine Eltern«, wiederholte Lea fassungslos.

»Ja, sie sind vor einigen Jahren gestorben.« Adam strich mit seinem Kinn über ihren Kopf.

Lea spürte, dass er nicht gerne darüber sprach, aber sie konnte es einfach nicht fassen. Wenn seine Eltern der Herzog und die Herzogin von Atholl gewesen waren, dann war er ja … »Ich habe euer *Haus* kaum gesehen, als wir hier ankamen. Wie heißt es noch mal, sagst du?«

Adam schwieg einen Moment. »Blair Castle. Was ist, Lea?«

»Und wie heißt du, Adam?«

Er hob den Kopf, schaute auf sie herab. »Du weißt doch, wie ich heiße. Adam Murray!«

Lea schaute ihn stirnrunzelnd an. »*Lord* Adam Murray.«

»Aha, verstehe.« Er seufzte. »Aber ich habe nicht gelogen. Ich bin unter anderem auch Lord Murray.«

Unter anderem? Lea hob auffordernd die Braue. »Ich warte.«

Er verzog das Gesicht. Dann leierte er gehorsam seine Titel herunter: »Adam James William, Herzog von Atholl, Earl of Strathtay und Strathhardle, Marquess of Tullibardine, Lord Murray.«

Lea klappte der Kinnladen herunter.

»Aber was spielt das schon für eine Rolle?«, sagte er, während ein kleines Lächeln seine Mundwinkel umspielte. »Ich bin immer noch Adam und du …«

Ein gefährliches Funkeln lag in seinem Blick, und Leas Augen wurden schmal. »Und ich?«

»Du hast immer noch eine lange Nacht vor dir.«

Lea ließ sich seufzend zurücksinken, als er sie erneut zu küssen begann. Er hatte ja recht. Was spielte es für eine Rolle, dass er sich mit seinen Titeln eine Halskette machen konnte? Was spielte überhaupt eine Rolle, während sie von ihm geküsst wurde?

23. Kapitel

Zitronentörtchen, Schokoladentrüffel, Erdbeer-Käsekuchen, Rosinen-Scones, Blaubeermuffins, glasierter Karottenkuchen, Flapjacks, frisch gebackenes Shortbread und ja, kleine Schnapsgläser voll heißer, flüssiger, richtiger Schokolade. Kein Kakao. Schokolade. Wie in Tafel Schokolade.

Victoria hatte ihr den süßen Himmel versprochen, als sie heute früh in ihr Zimmer geplatzt war, um sie zum Besuch in diesem Café in Pitlochrys Highstreet abzuholen. Zehn altmodische Tische standen darin herum und drei gemütliche Sofas. Und an allen saßen fröhliche, schwatzende, schmausende Leute, jung und alt, Einheimische und Touristen, alle ergötzten sich an den Köstlichkeiten dieses Cafés. Lea wünschte, sie hätte ihre Kamera dabei. Zoom auf ein besonders schönes Paar voller, lachsrosa geschminkter Lippen, perfekt manikürte Fingernägel, die eine dunkelbraune Trüffelkugel an besagte, sich öffnende Lippen hoben …

»Lea?«

Victoria wedelte mit der Hand vor ihrem Gesicht herum, und Lea erwachte blinzelnd aus ihrer Versunkenheit. Das perfekte Paar Lippen waren Helenas gewesen, wie sie jetzt erst bemerkte.

»Entschuldigt, ich bin heute ein bisschen zerstreut.«

Helena schob den Trüffel in ihren Mund und kaute. »Hm, das ist interessant. Adam war heute Morgen auch ziemlich zerstreut. Muss an der Luft liegen …«

Adam. Schon bei der Erwähnung seines Namens stieg ihr die Röte in die Wangen. Sie konnte ihn noch riechen, wie sie überrascht feststellte, ein würziger, männlicher Geruch, nicht stark, aber stark genug, dass sie ihn immer noch in der Nase hatte. Dabei hatte sie heute früh geduscht. Und die Sachen, die sie anhatte, waren von Victoria geborgt. War sein Geruch in ihre Haut eingedrungen? Genug Hautkontakt hatten sie letzte Nacht ja gehabt …

Ein lautes Zeitungsrascheln riss sie aus ihrer Erstarrung. Wieder blinzelte sie. Dann merkte sie, dass sowohl Helena als auch Victoria sie überrascht anstarrten.

»Was?«, fragte sie, ein wenig defensiver als beabsichtigt.

»Ach, nichts«, sagte Victoria. Ihr Grinsen reichte beinahe bis zu ihren Ohrläppchen.

»Hm«, sagte Helena, schon weit weniger erfreut. »Also, Lea, dann erzählen Sie doch mal was von sich.«

Täuschte sie sich, oder begann sich hier ein Verhör zu entwickeln? »Was denn?«, fragte sie abwehrend.

»Ja. Was Sie so machen. Wenn Sie nicht gerade die Rolle der *Madame Foulard* spielen.« Helena brach ein Stück von einem Shortbread ab und schob es in den Mund. Vor ihnen in der Mitte des Tisches stand eine überquellende Platte mit süßen Köstlichkeiten.

Das hatte Helena also schon gehört? »Ach, nichts weiter«, wehrte Lea ab.

»Aber Sie müssen doch irgendeine Arbeit haben, Lea«, warf Victoria ein, die soeben Marmelade auf ihr warmes

Scone strich. »Für Ihre Geisteraustreibungen nehmen Sie ja kein Geld, sagten Sie.«

»Ach, unwichtige Jobs«, sagte sie ausweichend.

»Ah, da fällt mir was ein!«, rief Victoria mit glänzenden Augen, »*Sie* waren das ja im Rhubarb! Mit Marco Venetto. Er ist ein Star, Lea! Und er soll mächtig Erfolg bei den Frauen haben, wie man hört. Seine letzte Freundin war eine Prinzessin! Und er war mit Ihnen ... sind Sie zusammen?«

Lea wusste zwar, dass Victoria keinen bösen Knochen im Leib hatte, wünschte aber dennoch, die Frau hätte zur Abwechslung mal die Klappe gehalten. Auf Helenas Gesicht hatten sich dunkle Gewitterwolken zusammengebraut, womit sie noch mehr Ähnlichkeit mit ihrem Bruder hatte. Jetzt steckte sie wirklich in der Klemme. Wie kam sie da wieder raus?

»Marco und ich sind nur Freunde ...«

»Nur Freunde?«, unterbrach Helena. »Haben Sie denn viele reiche männliche Freunde?«

Es war klar, was damit angedeutet werden sollte, und wäre Lea ein wenig gelassener gewesen, sie hätte zugeben müssen, dass dieser Verdacht unter den gegebenen Umständen nicht ganz aus der Luft gegriffen war ... aber sie war nicht gelassen. Sie war stinksauer. Und sie fühlte sich in die Enge getrieben.

»Die habe ich tatsächlich, und zwar haufenweise. Marco ist bloß ein kleiner Fisch.«

Helenas Augen wurden kohlschwarz. Mit bebenden Nasenflügeln beugte sie sich über den Tisch. »Ich weiß nicht, welche Macht Sie da über meinen Bruder ausüben, aber eins lassen Sie sich gesagt sein: Wenn Sie ihn an der Nase rumführen, wenn es hier nur um *Geld* geht, dann kriegen Sie's mit mir zu tun! Verstanden?«

Das letzte Mal, als ein Vampir sie mit so kohlschwarzen Augen angesehen hatte, hatte sie sich selbst an einem gusseisernen Parktor ausgeknockt. Jetzt jedoch war sie überhaupt nicht eingeschüchtert. Sie war viel zu müde, um sich noch etwas draus zu machen. Helena wollte also die große Schwester spielen, die den kleinen Bruder vor einer Mitgiftjägerin beschützt? Na gut, sollte sie doch.

Lea ignorierte Victorias entsetzten Blick und griff sich stattdessen seelenruhig einen Trüffel. Sie schloss kurz die Augen und ließ sich die Schokolade auf der Zunge zergehen. Dann sah sie Helena wieder an.

»Ich verstehe sogar sehr gut. Sie kennen mich überhaupt nicht. Und trotzdem haben Sie beschlossen, dass ich eine kleine Goldschürferin bin und es auf Ihren Bruder abgesehen habe. Kristallklar.«

Helenas Augen nahmen wieder ihre normale Färbung an. Verwirrt lehnte sie sich zurück. »Adam hat recht. Sie reagieren wirklich nicht so, wie Sie sollten.«

Lea zuckte mit den Schultern. »Ich enttäusche Sie ja nur ungern, Helena, aber man hat auf mich geschossen, ich habe eine Frauenleiche gesehen, die auf ein Schwert aufgespießt worden war, und eine andere, die drei Männer stückchenweise ausgraben mussten. Und das alles innerhalb von nur drei Tagen. Gar nicht zu reden davon, dass immer noch eine Bande Killer hinter mir her ist und ich keine Ahnung habe, warum. Also, so furchterregend diese Schwarze-Augen-Nummer auch sein mag, die ihr Vampire abzieht, wenn ihr wütend werdet, im Moment hat sie einfach nicht die Wirkung, die sie an einem normalen Tag auf mich hätte. Sorry.«

Helena begann zu lachen und schüttelte den Kopf, während ihr Gelächter langsam zu einem leisen Gekicher verebbte. »Sie haben vermutlich recht; ich glaube, ich versuche es noch mal, wenn all das hier vorüber ist.«

»Oder auch nicht«, warf Victoria ein. Ihre Erleichterung über das Abwenden der Krise war unübersehbar. »Ich sehe nicht ein, wieso überhaupt mit Drohungen rumgeworfen werden muss. Wir sind doch alle erwachsene Menschen hier … äh … erwachsen, meine ich. Adam ist hundertdreißig, der fällt nicht so schnell auf eine … ja, wie alt sind Sie eigentlich, Lea?«

»Neunundzwanzig«, antwortete Lea. »Aber ihr überseht zwei entscheidende Punkte.«

»Und die wären?«, Helena winkte auffordernd mit der Teekanne.

Lea legte die Hand über ihre Tasse, nein, sie wollte keinen Tee mehr. Ihr Blick fiel auf den Mann, der am Nebentisch saß. Warum starrte er sie so an? Komisch.

Wo war sie noch? Ach ja. »Also, zunächst einmal: Eure Gedächtnislöscher sind schon hierher unterwegs, und bald werde ich mich nicht mehr an Adam erinnern, geschweige denn ihm sein Geld abknöpfen können. Und zweitens: Adam weiß das ganz genau. Das mit der Gehirnwäsche, meine ich. Also vermute ich, ich bin für ihn nichts weiter als ein Flirt.«

»Ach komm, das weißt du doch gar nicht!«, sagte Victoria, der in ihrem Mitgefühl sogar das Du herausrutschte.

Sie wedelte mit ihrem gebutterten Scone herum. »Manche Männer tun nur so, als würde ihnen nichts an dir liegen, weil sie Angst haben, es zu zeigen.«

Lea griff nach ihrem Glas Wasser. Dabei fing sie den neugierigen Blick einer jungen Frau auf, die am anderen Ende des Raums auf einem der Sofas saß. Auch die starrte sie an. Was war heute bloß los?

»Und manche Männer tun so, als würde ihnen was an dir liegen, dabei bist du ihnen völlig egal«, murmelte Lea, die dabei an David denken musste.

»Und manche Männer haben Angst zu lieben«, seufzte Helena.

Wen sie damit meinte, wusste Lea nicht. Sie wollte gerade fragen, als plötzlich eine Zeitung laut klatschend auf ihrem Tisch landete, dass die Krümel nur so flogen. Lea zuckte zusammen.

»Grace, was soll das?« Victoria blickte stirnrunzelnd zu der jungen Frau auf, die sich wütend vor ihrem Tisch aufgepflanzt hatte.

Lea bürstete sich die Krümel vom Schoß. Was war jetzt schon wieder los mit dieser verwöhnten Zicke? Sie war ihr heute früh kurz beim Runterkommen begegnet. Victoria hatte sie freundlich gefragt, ob sie mit ihnen ins Café kommen wolle, aber Grace hatte abgelehnt. Sie habe Besseres zu tun, als in einem langweiligen Café rumzusitzen, hatte sie gesagt. Lea wünschte, sie hätte es sich nicht anders überlegt.

Grace deutete mit einem langen, lackierten Fingernagel auf die Zeitung. »Warum hast du mir nichts gesagt? Wieso hast du mir das verschwiegen, Victoria? Kannst du dir nicht denken, dass mich das interessiert, wo ich doch *Storms in the East* im Zimmer hängen habe?«

Storms in the East? Lea beugte sich mit einem mulmigen Gefühl über die Zeitung. Es stand auf der dritten Seite, mit einem riesigen Bild von ihr, das die halbe Seite einnahm.

»Grace, wovon redest du?« Helena griff nach der Zeitung, und Lea war zu geschockt, um sie daran zu hindern.

Das Geheimnis, das sie sieben Jahre lang wie einen Schatz gehütet hatte, jetzt war es heraus.

24. Kapitel

Die Abendsonne tauchte die Bibliothek und die vier anwesenden Vampire in einen orangeroten Schimmer. Helena zog mit dem Zeigefinger am Buchrücken von Bram Stokers *Dracula*. Er klappte auf, und eine rechteckige Vertiefung kam zum Vorschein, in der eine Karaffe mit Blut und einige Gläser standen.

»Also, wer sind diese tätowierten Mistkerle?«

Sie goss jeweils einen Schuss Blut in mehrere Gläser und reichte sie herum. Cem und William, die beide in Sesseln vor Helenas Schreibtisch saßen, nahmen ihre Drinks dankbar entgegen. Adam dagegen lehnte mit verschränkten Armen an der Schreibtischkante. Helena stellte ihm sein Glas auf den Schreibtisch und lehnte sich mit dem ihren neben ihn.

»Sie nennen sich *Protectors of Light*, die *Beschützer des Lichts*. Angeblich verfügen sie über ein sagenhaftes Vermögen, das sie hauptsächlich in antike Schätze investieren.«

Adam beugte sich vor. Die Beschützer des Lichts. Ein typischer Name für einen dieser elitären menschlichen Klüngel. Adam hatte es schon mit mehreren davon zu tun gehabt: den Tempelrittern, dem Opus Dei und anderen freimaurerähnlichen Organisationen. Alle hatten sie eines gemeinsam: Sie waren überzeugt von ihrer absoluten

Überlegenheit über den Rest der Welt, und sie hielten sich für ›Hüter des Wissens‹.

Narren, die nicht wussten, was sie mit ihrer Zeit und ihrem Geld anfangen sollten.

»Mit denen haben wir's wohl noch nicht zu tun gehabt, sonst hätte es bestimmt nicht so lange gedauert herauszufinden, wer sie sind«, meinte Adam. »Sind uns irgendwelche Mitglieder bekannt? Wissen wir, wo sie sich treffen?«

William fuhr sich mit der Hand durch sein kurz geschnittenes Haar. »Leider nein. Aber ich hätte da schon eine Idee, wie wir sie aus ihrer Deckung locken können.« Er zögerte kurz fortzufahren. »Die Organisation hat es – aus uns bisher noch unbekannten Gründen – auf Miss Donavan abgesehen. Dieser Zeitungsartikel heute war kein Zufall. Die Zeitung hat einen anonymen Tipp über die Identität des Fotografen X erhalten.«

»Man versucht *sie* aus der Deckung zu locken«, bemerkte Cem.

»Ganz genau.« William griff in eine Aktentasche, die neben seinem Sessel stand, und holte eine unbeschriftete Aktenmappe heraus. »Meine Leute haben Informationen über Miss Donavan gesammelt, seit sie auf so mysteriöse Weise in diesem Fall aufgetaucht ist. Schulzeugnisse, Bankauszüge, Vermögensunterlagen, die ganzen letzten zehn Jahre ihres Lebens sind hier drin.«

Adam streckte den Arm aus und nahm William die Akte weg. Er war hin- und hergerissen zwischen dem Bedürfnis, sie zu lesen, und dem, sie zu verbrennen. Er wollte natürlich alles über sie wissen. Aber nicht so.

»Was soll ich damit machen?«

»Nun, meiner Ansicht nach haben wir zwei Möglichkeiten«, sagte William, den Blick auf Adam gerichtet. »Entweder, wir finden heraus, was Miss Donavan mit den Beschützern des Lichts zu tun hat – oder warum sie es auf sie abgesehen haben –, und glaubt mir, ich habe mir auf dem ganzen Flug hierher den Kopf darüber zerbrochen, oder …«

»Oder?«, fragte Helena.

»Oder wir benutzen Miss Donavan als Köder, um an sie ranzukommen«, erklärte William ruhig.

Jetzt wusste Adam auf einmal, warum William höchstpersönlich gekommen war. Heißer Zorn brodelte in ihm auf.

»Nein«, stieß er heftig hervor.

William zuckte nicht mit der Wimper. »Wir haben keine andere Wahl. Die Lösung wurde gestohlen, und das Geheimhaltungsstatut ist gefährdet. Die Existenz unserer Spezies *darf* nicht an die Öffentlichkeit dringen! Und das Einzige, was wir haben, ist diese Frau.«

»Ihr Name ist Lea. Und ich lasse nicht zu, dass ihr sie als Köder benutzt!«

»Ich muss Adam zustimmen«, warf nun auch Helena ein. »Es wäre zu gefährlich. Lea hat schon genug für uns getan. Sie jetzt auch noch absichtlich in Gefahr zu bringen, widerspricht unseren Statuten zum Schutz der Menschen.«

»Ich verstehe ja deine Sorge, *Chief* Murray, aber muss ich dich erst daran erinnern, dass die *Protectors of Light* jetzt dreißig Fläschchen Lösung in ihrem Besitz haben? Und, wenn wir richtig vermuten, auch Mary Robertsons Blut.

Menschen könnten gegen ihren Willen zu Vampiren gemacht werden. Was ist das Leben einer einzigen Frau gegen das von dreißig Menschen? Ganz zu schweigen von der Sicherheit unserer ganzen Spezies!« William schaute Adam beschwörend an. »Du weißt, wie ungern ich das tue, aber mir bleibt keine andere Wahl, ob du nun dabei bist oder nicht. Dein Urteilsvermögen ist ohnehin schon getrübt, durch deine Sympathien für diese Frau.«

Adam schaute hilfesuchend seine Schwester an, aber ihre Miene war nicht ermutigend. Sie schien Williams Meinung zu sein.

»Nun gut, dann müssen wir eben rausfinden, was für eine Verbindung zwischen Lea und den Beschützern des Lichts besteht«, sagte Adam, der sich nun verzweifelt an die ›andere Möglichkeit‹ klammerte. Zornig fegte er den Schreibtisch leer und schlug die Akte auf. Die anderen traten hinter ihn und lasen mit, während er Seite für Seite Leas Leben durchging.

Bankauszüge. Schulzeugnisse. Universitätsabschluss, Rechnungen ... Und dann diese zwei Fotos. Adam war wie zu Eis erstarrt. Er konnte sich nicht rühren, konnte kaum mehr denken. William musste ihm die Fotos aus den steifen Fingern nehmen.

»Es ist nachts passiert, als sie in Edinburgh unterwegs war. Ein Drogenabhängiger fiel sie an. Er wollte eigentlich nur Geld, aber als er ihr Parfüm roch, verlor er die Kontrolle. Später, vor Gericht, hat er ausgesagt, es hätte ihn an seine Ex-Frau erinnert.« William legte die Fotos seufzend auf den Schreibtisch zurück. »Sie wurde siebenmal in den Unterleib gestochen und dann für tot liegen gelassen.«

»Mein Gott«, hauchte Helena und wandte sich ab. William zeigte ihnen nun auch das letzte Foto, auf dem ihre Verletzungen zu sehen waren: rote, wulstige Narben und eine offene Stelle, aus der schief etwas Bleiches hervorragte. Darunter stand: *Beweisstück F, Teil des Hüftknochens*.

»Und was geschah dann?«, fragte Cem tonlos.

»Das spielt keine Rolle. Dieser Überfall hat nichts mit …«

»Sag schon«, unterbrach Adam ihn grimmig.

»Adam, das hat nichts mit unserem Fall zu tun!«, wehrte William ab.

Cem nahm das nächste Blatt zur Hand und las aus dem Polizeibericht vor. »Lea Donavan lag zwei Wochen lang im Koma. Als sie erwachte, haben sich die Behörden mit ihrem nächsten Angehörigen, ihrem Verlobten Professor David Sands, in Verbindung gesetzt. Professor Sands hat sie einmal besucht und dann verlangt, von der Notfall-Kontaktliste gestrichen zu werden. Miss Donavan war nach ihrer Genesung gezwungen, Sozialhilfe zu beantragen …« Cem verstummte, las rasch durch, was noch dort stand. »Die Sozialwohnung, die man ihr zuteilte, lag in einem Problemviertel. Drei Wochen später lag sie schon wieder im Krankenhaus. Ein Jugendlicher hatte sie eine Treppe hinuntergestoßen. Danach fand sie Hilfe und Unterschlupf bei der *Helping Hand* Stiftung.«

William seufzte. »Schaut nicht so entsetzt. Danach ging es ihr ganz gut. Tatsächlich hat sie mit Marco Venettos Hilfe eine fabelhafte Karriere gemacht. Sie hat Millionen verdient.«

Ein Gefühlssturm tobte in Adam: Wut, Eifersucht, Stolz und Sorge.

»So seltsam Miss Donavans Leben auch gewesen sein mag, ich kann keine Verbindung zwischen ihr und den Beschützern des Lichts sehen. Keinen Grund, warum sie zur Zielscheibe dieser Organisation wurde.«

»Und was schlägst du vor?«, fragte Cem.

»Morgen Abend findet der jährliche Halloween-Ball der University of Edinburgh statt. In der Burg. Es gibt keinen besseren Ort als das Edinburgh Castle für das, was wir vorhaben. Ich werde ein paar diskrete Hinweise ausstreuen lassen, dass Fotografin X auf dem Ball erscheinen wird, und dann lasse ich meine Leute am Burgtor Posten beziehen. Das ist ein Nadelöhr, da kommt keiner unbemerkt rein oder raus, ihr werdet sehen.«

Perfekter Ort oder nicht, Adam hatte nicht die Absicht, Lea als Köder benutzen zu lassen. »Das kann doch nicht die einzige Möglichkeit sein, um …«

In diesem Moment ertönten draußen im Gang laute Schritte, die sich der Bibliothek näherten. Alle vier Vampire blickten zur Tür.

Lea trat ein.

»Lea!« Helena trat einen Schritt auf sie zu.

Lea hob die Hand. »Genug diskutiert. Ich mache es.«

William, der Lea zum ersten Mal begegnete, riss verblüfft den Mund auf. »Woher wissen Sie, was wir hier besprochen haben?«

Sie zog eine Braue hoch. »In einer alten Burg wie dieser gibt es natürlich ein paar Geister. Und Geister sind notorisch neugierig. Sie haben mir von Ihrem *Plan* erzählt,

Lord Bruce, und ich kann Ihnen nur zustimmen: Mein Leben ist nicht das von dreißig anderen Menschen wert. Oder die Sicherheit Ihrer Leute.«

Leas Blick streifte Adam wie ein Laserstrahl. »Gibt es sonst noch etwas, das Sie wissen wollen?«

»Lea, ich ...«

Was sollte er sagen? Dass er wütend war? Dass ihm ganz übel war bei dem Gedanken, was sie durchgemacht hatte? Dass er den Kerl, der ihr das angetan hatte, umbringen wollte?

»Miss Donavan, wir danken Ihnen von Herzen für Ihre Hilfe.« Williams Blick war voller Hochachtung. »Und Sie müssen sich keine Sorgen machen. Wir werden nicht zulassen, dass Ihnen etwas zustößt.«

Lea nickte. »Ich werde Marco anrufen müssen. Er wollte morgen ein Dementi zu den Enthüllungen herausgeben. Damit muss er jetzt noch ein paar Tage warten.«

»Warum?«, fragte Adam ratlos. »Bist du denn nicht stolz darauf, Fotograf X zu sein?«

Lea zuckte mit den Achseln. »Doch, natürlich. Aber ich brauche den ganzen Rummel nicht, um stolz sein zu können. Außerdem sind da noch meine Geister. Ihnen zu helfen ist mir wichtiger als alles andere. Und das könnte ich nicht mehr, wenn jeder wüsste, wer hinter Madame Foulard steckt.«

Er hatte sein Leben dem Schutz seiner Leute geweiht, sie ihren Geistern. Vielleicht waren sie ja gar nicht so unterschiedlich. Vielleicht war sie genau die Frau, auf die er gewartet hatte. Kompliziert. Intelligent. Wunderschön.

Die Tür schloss sich mit einem leisen Klicken hinter Lea.

»So, das wäre geregelt«, sagte William ein wenig verdattert. »Dann machen wir uns jetzt besser an die Arbeit.«

25. Kapitel

Er lässt mich nicht mal in meine Wohnung zurück!«

Lea kam aufgebracht aus dem Bad von Adams Hotelsuite im Balmoral.

»Ach, er will dich doch nur beschützen«, entgegnete Liam. Er klang gar nicht mitfühlend. »Aber jetzt erzähl mal, was in Pitlochry alles los war! Wie habt ihr Marys Leiche gefunden?«

Lea nahm die Harvey-Nichols-Tüte, die Adam ihr mitgebracht hatte, zur Hand und schüttete den Inhalt aufs Bett. Sie wollte nicht an die letzten Tage denken. Weder an die Leichen, noch an Mary und am allerwenigsten an das, was sie heute Abend erwartete.

Wenn Liam erfuhr, dass sie vorhatte, als Köder für eine dubiose Sekte zu fungieren, dann würde er darauf bestehen mitzukommen. Und ihn und seine panischen Anweisungen konnte sie am allerwenigsten gebrauchen. Sie war schon nervös genug.

»Lea, erzählst du mir jetzt, was passiert ist, oder nicht?«, beschwerte er sich.

Gute Frage. Was *war* eigentlich passiert? Sie hatte, dumm wie sie war, eine Nacht mit einem Vampir verbracht. Der sie seitdem links liegen ließ. Ja, so könnte man die Geschehnisse zusammenfassen.

»Nur so viel, Liam: Ich bin heilfroh, wenn das alles vorbei ist und sie mir die Gehirnwäsche verpassen. Dann brauche ich mich wenigstens nicht mehr an all das zu erinnern«, sagte Lea bitter.

Sie hob den Deckel der Schachtel ab, schlug das Seidenpapier auseinander und schnappte nach Luft: Ein bodenlanges schwarzes Kleid mit handbestickten Strasssteinen funkelte ihr entgegen. Die Träger bestanden aus durchsichtiger Spitze. Bewundernd hob sie das Kleid hoch. Tiefer V-Ausschnitt vorne und am Rücken – es hatte gar keinen Rücken!

Liam stieß einen anerkennenden Pfiff aus. »Mann, der Typ hat echt Geschmack, das kann ich nur wiederholen!«

»Ach, halt die Klappe, und dreh dich um!«, sagte Lea böse. Rasch zog sie sich aus und schlüpfte in das Kleid, das sich, auch wenn sie's nur ungern zugab, herrlich an ihrer nackten Haut anfühlte. Musste dieser verdammte Vampir denn alles können? Sogar Kleider aussuchen?!

Es klopfte an der Schlafzimmertüre, und Lea zuckte zusammen. Aber es war ein sanftes Klopfen, gar nicht Adams Stil. Es musste ihr Babysitter sein.

»Ja, was gibt's, McLeod?«

McLeod begann prompt zu stammeln, als er sie in dem Kleid erblickte. Mit hervorquellenden Augen musterte er sie von Kopf bis Fuß.

Liam brach in Gelächter aus, und Lea ballte die Fäuste. Wie oft hatte sie sich schon gewünscht, ihrem Freund eine pfeffern zu können?

»McLeod?«

Der Friedenshüter räusperte sich und lächelte entschuldigend. Dann reichte er ihr eine Schuhschachtel.

»Adam sagt, die brauchen Sie noch.«

Sie nahm die Schachtel und machte sie auf. Die schwarzen Christian LeBoutin-Schuhe waren ebenfalls mit Strasssteinen besetzt und hatten zehn Zentimeter hohe Absätze.

Sie passten perfekt zum Kleid.

»Arschloch«, murmelte Lea und schlüpfte in die Schuhe. Die natürlich perfekt passten, wie hätte es anders sein können.

»Danke, McLeod. Sie können *Seiner Gnaden, dem Herzog,* sagen, ich wäre dann so weit.«

McLeods kantige Gesichtszüge wurden weich. »Sie sind eine mutige Frau, Lea Donavan.«

Mensch, sie wusste ja, dass McLeod nur freundlich sein wollte, aber Liam durfte jetzt keinen Verdacht schöpfen, oder sie wurde ihn nie mehr los. »Ich muss nicht mutig sein, es gibt ja keinen Grund Angst zu haben, nicht wahr, McLeod?«

Der Vampir lächelte anerkennend. »Überhaupt nicht. Kommen Sie, Agent Murray erwartet Sie bereits in der Lobby.«

»Danke.«

Lea schob sich an ihm vorbei, und gemeinsam gingen sie zum Aufzug. Lea versuchte dabei, nicht auf Liams Geschnatter zu hören. Der Geist erzählte ihr den neuesten Gespensterklatsch, aber sie hatte jetzt wirklich keine Lust sich das anzuhören.

»Sogar *Old Grumpy* hat dich vermisst, Lea. Mrs. Mc-

Donald schwört, sie hat gesehen, wie er gestern mehrmals zum Friedhofseingang rübergeschielt hat.«

»Ach ja?«

Sie waren unten in der Lobby angekommen. McLeod ließ Lea den Vortritt, und diese schritt mit klappernden Absätzen durch die weiträumige Lobby zur Rezeption, von woher sie bereits Adams Stimme hörte. Ihr Herz begann wie wild zu klopfen.

»Guck nicht so nervös«, flüsterte Liam ihr ins Ohr. »Keine Sorge, du wirst ihn umhauen.«

Sie schloss kurz die Augen. Was war bloß los mit ihr? Sie fürchtete sich nicht davor, zum ersten Mal als Fotografin X in Erscheinung zu treten und auch nicht davor, dass bewaffnete Killer hinter ihr her waren. Aber dass sie Adam gleich wiedersehen würde, brachte ihr Herz zum Rasen? »Merkt man's denn so deutlich?«, fragte sie besorgt.

»I wo«, versicherte Liam, »ich kenne dich nur einfach sehr gut, Lea-Schätzchen.«

Zum ersten Mal seit einer langen Zeit musste Lea lächeln, richtig lächeln. So schlimm es auch sein mochte, einen Mann zu lieben, der sich nicht das Geringste aus einem machte, sie hatte immer noch ihren besten Freund Liam.

»Liam, du bist der Beste«, flüsterte sie, denn sie hatte die Rezeption beinahe erreicht. Adam stand mit dem Rücken zu ihr, und so war es Cem, der sie als Erstes erblickte. Beide Männer trugen Smokings und schauten geradezu verboten gut aus.

»Sie sind atemberaubend«, sagte Cem lächelnd und gab ihr einen dezenten Handkuss.

Adam wandte sich um und musterte sie wortlos. Er verzog keine Miene.

»Lass dich davon nicht beirren. Glaub mir, dem würde die Kinnlade runterbaumeln, wenn er nicht eine übermenschliche Selbstbeherrschung hätte«, tröstete Liam sie.

»Ja, klar«, murmelte Lea.

»Wie bitte?«, fragte Cem höflich.

»Ach, nichts«, sagte Lea rasch und ignorierte Adam, der sich noch immer in Schweigen hüllte. »Sollen wir?«

Cem warf Adam einen fragenden Blick zu, dann deutete er zur Eingangstüre. »Unser Wagen wartet schon.«

Lea folgte McLeod und Cem, aber sie hatte erst wenige Schritte gemacht, als sich plötzlich Adams Hand auf ihren nackten Rücken legte.

»Oh nein, kommt gar nicht in Frage!«, zischte er. »Lea, Teufel noch mal, was soll das?«

Lea ging weiter, war allerdings froh, dass sich die anderen beiden noch nicht nach ihnen umgedreht hatten.

»Was meinst du?«, zischte sie. Zornig versuchte sie seine Hand loszuwerden, aber die klebte förmlich an ihrem unteren Rücken.

»Dein ganzer Rücken ist nackt!«, zischte Adam zurück. »Man kann praktisch deine Pospalte sehen!«

Beide erwiderten etwas verkniffen das freundliche Lächeln des Portiers im Kilt, der ihnen die Türe aufhielt.

Lea begriff nicht gleich, was Adam wollte – kein Wunder, denn Liam wieherte vor Lachen. Zwei Zentimeter neben ihrem Ohr.

»*Du* hast doch das Kleid gekauft!«, sagte sie empört.

Ein silberner Mercedes blieb genau vor ihnen am Bordsteinrand stehen. Cem ging um den Wagen herum und setzte sich auf den Beifahrersitz. McLeod sprang in den schwarzen Wagen, der ihnen folgen sollte.

Adam wollte gerade die Türe für Lea öffnen, als ihm klar wurde, dass er dann die Hand von ihrer Blöße würde nehmen müssen. »Himmel, Arsch!« Er fügte sich ins Unvermeidliche und hielt ihr ein wenig widerwillig die Wagentüre auf. »Ich hätte das verdammte Kleid bestimmt nicht gekauft, wenn ich gesehen hätte, dass der ganze Rücken fehlt!«

In Lea machte sich auf einmal ein warmes Gefühl breit. Um es zu überdecken, setzte sie einen gelangweilten Blick auf.

»Hätte nie gedacht, dass du so prüde bist, aber bei einem hundertdreißig Jahre alten Herzog braucht einen das wohl nicht zu wundern …«

Sie verabschiedete sich kurz von Liam, der immer noch lachte, und ließ sich zufrieden in den schwarzen Ledersitz sinken.

Vielleicht war das Leben ja doch nicht so schlecht.

26. Kapitel

Hör auf, die beiden so anzustarren«, ermahnte Cem Adam und nahm ein Glas Whisky vom Tablett eines vorbeisegelnden Kellners.

Adam hob finster sein eigenes Glas an die Lippen und überflog den Raum. Der riesige Ballsaal, an dessen hoher Decke vier funkelnde Kristalllüster hingen, war voller Männer in Smokings und Frauen in herrlichen Ballkleidern. Weiße Handschuhe und alle Arten von Masken waren zu sehen. Der Anblick erinnerte Adam an eine längst vergangene Zeit, als Männer noch Hüte und Frauen noch Korsetts trugen. An eine Zeit, in der man sich regelmäßig so fein herausgeputzt hatte.

Er hatte die Viktorianische Ära nie vermisst – bis jetzt. In diesem Moment nämlich wünschte er sie sich inbrünstig zurück. Dann hätte er nämlich diesem Schurken, der lüstern über Leas Handrücken gebeugt stand, eins auf die Nase geben können.

Teufel, seine Ehre hätte es von ihm verlangt!

»Vor hundert Jahren hättest du mir geholfen, den Mistkerl vor die Türe zu setzen.«

Cem zog eine Augenbraue hoch. »Vor hundert Jahren hättest du noch nicht den liebeskranken Trottel gespielt.« Sein Blick glitt zu Lea, um die sich eine wachsende Schar von Bewunderern drängte. »Genau das wollten wir doch, oder?«

Adam schnaubte. »Was wir *wollen*, ist, dass die Beschützer des Lichts die Ampullen wieder rausrücken und sich ergeben, aber das ist unwahrscheinlich.«

Das Streichquartett, das eine kleine Pause eingelegt hatte, begann wieder zu spielen. Wirklich gute Musiker, dachte Adam zerstreut und versuchte weiter, die Gedanken von Leas Bewunderern zu lesen.

Fotograf X eine Frau? Unmöglich!

Dieses Kleid ist ja praktisch durchsichtig!

Gott, wenn die doch endlich Platz machen würden. Ich möchte wissen, wo sie Liams Toys *aufgenommen hat. Robert wird Augen machen, wenn er erfährt, dass ich Fotograf X kennen gelernt habe!*

Diese festen kleinen Brüste, was würde ich nicht ...

Aus diesem Hirn sprang Adam sofort wieder raus. Sein Wangenmuskel zuckte wie verrückt, während er versuchte, die Beherrschung wiederzuerlangen.

»Ich dreh diesem Rotbärtigen noch den Hals um!«

Cem hob seine Maske, um besser sehen zu können, wen Adam meinte. Es fiel ihm nicht schwer, den rotbärtigen Hünen unter Leas Belagerern ausfindig zu machen. »Du kannst doch die Leute nicht für das umbringen, was sie denken, Adam«, sagte er sachlich.

»Klar kann ich«, brummte Adam. Ihm fiel auf, dass Lea auf einmal sehr angespannt wirkte. »Schau sie an! Vielleicht hat sie Angst. Cem, das war eine dumme Idee, wir ...«

»Vielleicht braucht sie bloß mal eine Atempause. Sie hat

ja seit ihrer Ankunft keine ruhige Minute gehabt. Vielleicht solltest du hingehen und sie ein bisschen aufmuntern.«

Das ließ sich Adam nicht zweimal sagen. Tatsächlich hatte Cem seinen Vorschlag in die leere Luft hinein gemacht. Schmunzelnd schaute er seinem Freund nach.

Adam ging zu Lea hinüber. Es fiel ihm schon unter normalen Umständen schwer, sich von ihr fernzuhalten, und jetzt natürlich noch ungleich schwerer. Aber das mussten sie, um Leas Feinde aus der Reserve zu locken. Doch wie Cem gesagt hatte, eine kleine Pause braucht jeder mal.

Vorsichtig näherte er sich der Gruppe. Er trug zwar eine schwarze Maske, die Augen und Nase verbarg, trotzdem war es nicht unmöglich, dass einer der Killer, die in Cems Haus eingedrungen waren, ihn erkannte. Er würde einfach nur rasch schauen, wie es ihr ging, und sich dann wieder ans Gedankenlesen machen. Er verzog das Gesicht.

»Kommen Sie, kommen Sie, meine Herren, darum geht es doch wohl nicht! Beauvoirs sexuelle Neigungen hatten doch nichts mit ihrem Verstand zu tun. Selbst ihr bester Freund, Jean Paul Sartre, hat behauptet, sie sei unfähig, an einer ernsthaften intellektuellen Debatte teilzunehmen, weil sie eine Frau sei und Frauen nun mal langsamer denken als Männer. Aber die Wahrheit ist: Er hat sich bedroht gefühlt von ihrem Intellekt! Von der Vorstellung, eine Frau könnte klüger sein als er.«

Adams Besorgnis verflog. Sie hatte keine Angst – im Gegenteil. Mit wachsender Belustigung hörte er zu, wie Lea es einer Gruppe steifer Universitätsprofessoren so richtig zeigte. Er hatte keine Ahnung, mit welchen Äußerungen sie sich Leas Zorn zugezogen hatten, aber sie war ganz offensichtlich noch lange nicht fertig mit ihnen.

»Also, meine Herren, dann möchte ich Sie doch mal Folgendes fragen: Wenn die Schwäche der Frauen für Männer tatsächlich einen Einfluss auf ihre intellektuellen Fähigkeiten haben sollte, wieso folgen dann so viele von den intelligentesten Männern unserer Zeit dem Beispiel der Frauen und lieben Männer?«

Zwei Frauen, die mitgehört hatten, lachten anerkennend. Die Uniprofessoren öffneten und schlossen die Münder wie Karpfen im Teich.

Lea stemmte eine Hand in die Hüfte, was Adams Aufmerksamkeit wieder auf das unselige Kleid lenkte. Er verfluchte die Verkäuferin, die ihm das angedreht hatte!

»Und, wo bleibt nun der flinke männliche Verstand?«, fragte Lea zuckersüß.

Adam nahm dies als sein Stichwort und drängte sich zu Lea durch. »Die Dame hat mir diesen Tanz versprochen«, verkündete er, nahm Lea kurzerhand beim Ellbogen und führte sie auf die Tanzfläche.

»Was soll das?«, fragte sie empört. »Musst du schon wieder den Retter spielen? Das war doch gar nicht nötig!«

»Dich vielleicht nicht, aber die armen Professoren hatten Hilfe nötig«, sagte Adam leise. »Was haben sie denn gesagt, dass du dich so aufregst?«

Lea ließ seufzend die angespannten Schultern sinken. Adam spürte, wie ihr Rücken unter seinen Fingern etwas von seiner Steifigkeit verlor. Das Gefühl ihrer nackten Haut war berauschend, aber er durfte sich jetzt nicht ablenken lassen …

»Ach, manche von diesen Akademikern bringen mich auf die Palme! Ich kenne sie gut. Die können derart überheblich sein!«

Musste sie so schön sein, wenn sie sich aufregte? Adam atmete den Duft ihrer erhitzten Haut ein. Kein Wunder, dass sie keine Zeit hatte, Angst vor Killern zu haben, wenn es galt, das ganze weibliche Geschlecht zu verteidigen.

»Ich meine, diese Männer gelten als die geistige Elite unserer Gesellschaft. Dabei sind sie Frauen gegenüber so engstirnig und verbohrt!«

Adam konnte ihr Gesicht kaum aus den Augen lassen, während sie übers Tanzparkett glitten. Wie kam es nur, dass alles andere unwichtig wurde, wenn sie bei ihm war?

»Komm mit mir«, sagte er plötzlich.

Lea schaute verblüfft zu ihm auf. Ihre Wut war verflogen. »Was?«

»Wenn das hier alles vorbei ist, lass uns zusammen irgendwo hinfahren. Wir mieten uns eine Villa am Mittelmeer. Oder ein Chalet in den Alpen. Was immer du möchtest. Ich will dich, Lea. Ich will mir noch mehr Zeit mit dir nehmen.«

Zwischen ihren Brauen erschien eine steile Falte.

»Du willst dir *noch mehr Zeit mit mir nehmen?*«, wiederholte sie.

Verdammt, so hatte er das nicht gemeint. Er war doch sonst nicht so ungeschickt bei Frauen! Aber Lea brachte ihn völlig durcheinander, er konnte kaum noch richtig denken.

»Ich möchte mich um dich kümmern, Lea«, gestand er.

»Ich kann mich um mich selbst kümmern. Ich brauche keinen Beschützer.«

»Ach ja? Das merkt man.«

Lea versuchte sich von ihm loszureißen, aber er hielt sie fest.

»Lass mich sofort los!«

Wie war das passiert? Wie hatte er das so vermasseln können? Einen Menschen zu lieben brachte ihn vollkommen aus dem Gleichgewicht. Wenn er sich doch bloß wieder im Griff hätte.

Sie zu lieben? Adam blinzelte, als hätte er einen Schlag über den Schädel erhalten, während er auf die Frau herabsah, die er liebte, und versuchte, die richtigen Worte zu finden.

»So geht das nicht.«

Lea hörte auf sich zu wehren. Steif stand sie vor ihm am Rande der Tanzfläche, als die Musik endete.

»Du hast recht«, sagte Lea, »so geht das nicht. Aber Helenas Gedächtnislöscher werden alles wieder in Ordnung bringen. Dann kann ich dich endlich vergessen, und du kannst mich vergessen, und wir können jeder wieder so weiterleben wie früher.«

Adam hatte das Gefühl, als habe er einen Schlag in den Magen bekommen. Er wandte den Blick ab, holte tief Luft, aber das machte es auch nicht besser. »Ist es das, was du willst?«

Lea schaute zu ihm auf. War das Mitleid in ihren Augen? Gott, was war er nur für ein Idiot!

»Adam, ich ...«

»Adam!« Helena war zu ihnen getreten. Ihr finsterer Gesichtsausdruck war selbst hinter ihrer goldenen Maske erkennbar. »Ihr fallt schon auf! Ihr solltet euch nicht länger miteinander aufhalten.«

Ja, genau das sollten sie, dachte Adam. Aber sie jetzt schon loslassen? Das war zu viel, das schaffte er nicht. Er hatte Zweifel, ob es ihm gelingen würde, Lea Donavan je zu vergessen. Mit einem knappen Nicken ließ er die beiden stehen.

»Alles in Ordnung?«, fragte Helena, während sie Adam nachblickte.

War sie in Ordnung? Nein, natürlich nicht, aber bald würde sie es sein.

»Wann kann ich aus dem Vertrag aussteigen?«, erkundigte sie sich.

Helena seufzte. »Sobald wir die Kerle haben, die hinter dir her sind. Weißt du, ich hatte zu hoffen angefangen, dass es vielleicht gar nicht nötig sein wird, aber ich kann dir nicht vorwerfen, dass du dein altes Leben wiederhaben willst.«

Helena hatte also alles mit angehört? Oder zumindest den letzten Teil? Nun, es war egal. Lea tat das Herz so weh, ihr saß ein so großer Kloß im Hals, dass sie an nichts anderes denken konnte.

»Ich will alles vergessen«, sagte sie schlicht.

»Und das sollst du«, versprach Helena. »Aber fürs Erste musst du dich wieder unter die Leute mischen, und ich muss auf Schurkenjagd gehen. Darf ich dich so stehen lassen? Bist du in Ordnung?«

»Na klar.« Lea lächelte Helena zuliebe. Die Vampirfrau

war ihr in den wenigen Tagen, seit sie sich kannten, ans Herz gewachsen. Sie würde ihr fehlen.

Mit einem knappen Nicken, ganz wie ihr Bruder, verabschiedete sie sich.

Lea, die nun ganz allein am Rand der Tanzfläche stand, schaute sich nervös um. Was jetzt? Viele Augenpaare waren auf sie gerichtet. Das war so ungewohnt. Natürlich waren die Leute neugierig auf die mysteriöse Fotografin X, sie konnte es ihnen nicht verdenken. Aber die ganze Aufmerksamkeit war ihr einfach unheimlich.

Sie führte sich das Bild vor Augen, das sich einem Betrachter bieten musste: *Einsame Frau in schwarzem Strasskleid steht nervös ein wenig abseits. Glückliche Paare drehen sich im Schein funkelnder Kronleuchter auf der Tanzfläche. Jenseits dieser kleinen Welt aus Musik und Tanz die Menge. Maskierte Augenpaare, die durchdringend auf die einsame Frau gerichtet sind.*

Wenn sie das fotografiert hätte, dann hätte sie die Masken hervorgehoben, den Rest der Gestalten unfokussiert gelassen.

»Lea?«

Lea sträubten sich die Nackenhaare. Diese Stimme kannte sie. *Bitte nicht. Nicht ausgerechnet hier.* Langsam, mit einem Rauschen in den Ohren, wandte sie sich um.

»Dachte ich's mir doch, dass du es bist!«

David strahlte sie auf seine typische Weise an. Sie kannte diesen Ausdruck, er bedeutete, dass er seinen Charme spielen ließ, weil er etwas wollte. Ihr wurde ganz schlecht, als sie dieses Grinsen sah. Er nahm seine Maske ab, als fürchte er, sie habe ihn noch nicht erkannt.

»Wie geht's dir denn so?«

Leas Magen krampfte sich zusammen. Ihre Finger waren eiskalt geworden. Tauchte einfach so auf nach all den Jahren und tat, als ob nichts gewesen wäre!

»Du siehst großartig aus«, fuhr er fort, als von ihr nichts kam. David hatte sich schon immer darauf verstanden, ein Gespräch für beide Seiten zu bestreiten. »Und du hast Karriere gemacht! *Das Gespenst*, eine Frau? Wahnsinn. Na, ich hätte es wissen sollen. Du warst immer gut, sehr gut, in deinem Beruf. Hast echtes Talent. In vielerlei Hinsicht, wenn du mir die Bemerkung erlaubst ...«

»Was willst du?«, unterbrach ihn Lea. Sie hasste es, wenn jemand um den heißen Brei herumredete. Und diese Süßholzraspelei von ihm war ihr zuwider. Ihre Hände zitterten vor Wut. Und wenn sie ihm jetzt eine runterhauen würde, mitten in sein widerliches Grinsen?

»Komm schon, Lea, du kannst mir doch unmöglich noch immer böse sein, oder? Das ist doch alles Schnee von gestern!« David strich mit einem Finger über ihre nackte Schulter. Lea würgte es beinahe vor Abscheu. »Und wenn ich sehe, was meine kleine Berührung auslöst, Lea-Schatz, würde ich behaupten, da ist noch was zwischen uns. Hättest du nicht Lust, unsere Bekanntschaft wieder aufzufrischen? Ich schon.«

Leas Hände ballten sich zu Fäusten. Sie wollte gerade ausholen und ihm eine reinhauen, als ihr Blick auf eine hübsche Blondine mit einem kleinen blonden Jungen auf dem Arm fiel. Die Frau schaute besorgt zu ihnen herüber.

Lea musterte den Jungen. Und wurde blass.

»Ist das deine Frau?«

David schaute sich um und zuckte mit den Schultern. »Ja, das ist Diana und unser Sohn, Thomas. Ich habe ihr gesagt, sie soll ihn nicht mit hierher nehmen, aber sie hat es sich nicht ausreden lassen.«

»Thomas?«, flüsterte Lea fassungslos. Das war der Name, den sie ihrem Sohn hatte geben wollen – wenn sie und David einmal Kinder hätten. Sie hatten damals in Boston nächtelang darüber diskutiert, und er hatte den Namen immer abgelehnt. Und jetzt hatte er seinem Sohn ausgerechnet diesen Namen gegeben ...

»Ja, ein gesunder, kräftiger Junge. Aber mach dir keine Sorgen um meine Frau. Das hat doch nichts mit uns zu tun. Ich will dich, Lea.«

War so was möglich? Zwei arrogante Mistkerle an einem Abend? Einer davon hatte ihr vor sieben Jahren das Herz herausgerissen. Und der andere jetzt das, was davon noch übrig war. Und beide sagten sie genau dasselbe: Ich will dich, Lea.

Aber sie wollte sie nicht!

»Und was hält Diana davon?«

David lachte vergnügt, als habe sie einen köstlichen Witz gemacht. Seine Augen funkelten. »Ach, Diana braucht dir nicht leid zu tun. Ich habe schon was mit ihr gehabt, als wir noch verlobt waren. Du könntest es ihr also mit gleicher Münze heimzahlen. Na, wäre das nichts? Ein bisschen Rachesex?«

»David, komm näher, ich muss dir was sagen.«

Lea winkte ihn mit gekrümmtem Zeigefinger zu sich. Wie oft hatte sie von diesem Moment geträumt. Wie oft hatte sie sich ausgemalt, was sie ihm alles an den Kopf werfen würde, wenn sie einander je wieder über den Weg liefen. Aber jetzt, wo es so weit war, wollte sie nur noch eins sagen. Ihre Lippen berührten fast sein Ohr.

»Bleib mir verdammt noch mal vom Leib«, flüsterte sie.

Zufrieden bemerkte sie, wie sein selbstgefälliges Grinsen erlosch. Sie schnappte sich ein Glas Sekt von einem vorbeigehenden Kellner, leerte es in einem Zug und ließ David stehen. Diana schaute noch immer besorgt herüber. Lea beschloss, zu ihr hinzugehen und ihr Bescheid zu sagen. Jemand musste die Frau ja warnen, immerhin hatte sie für ein Kind zu sorgen.

»Hallo, Sie sind Diana, stimmt's?«

Diana schaute sie überrascht an, dann drückte sie der Frau, die neben ihr stand – und die Lea jetzt zum ersten Mal bemerkte – das Kind in die Hand. Das musste das Kindermädchen sein.

»Es geht um meinen Mann, oder?«, fragte Diana.

»Na ja ...« Lea schwieg unschlüssig. Was sollte sie überhaupt sagen? Dass ihr Mann ein betrügerischer Mistkerl war, musste die Frau ja wissen; immerhin hatte sie schon eine Affäre mit ihm gehabt, als er noch mit ihr, Lea, zusammen gewesen war.

»Was hat er jetzt wieder angestellt?« In Dianas Augen traten Tränen, und Lea wich erschrocken einen Schritt zurück.

»Nichts. Bitte, so weinen Sie doch nicht!«

Lea kam sich schrecklich schäbig vor, als die blonde Frau nun mit der behandschuhten Hand vor ihrem Gesicht herumwedelte, um ihre Tränen zurückzuhalten.

»Ach, bitte entschuldigen Sie! Ich geh nur rasch … Wissen Sie vielleicht, wo hier die Damentoilette ist?«

Lea legte mitfühlend einen Arm um Davids Frau. »Warten Sie, ich komme mit Ihnen.«

27. Kapitel

»Wo zum Teufel will sie hin?«

Adam beobachtete, wie Lea mit der Mutter des kleinen Jungen verschwand. Ob die Blondine eine alte Freundin von ihr war? Eher unwahrscheinlich, denn soweit ihm bekannt war, bestand Leas Freundeskreis nur aus Geistern.

»Diese Treppe führt zu den Toiletten. Keine Sorge, dafür hat William sein Okay gegeben. Es gibt nur diese eine Treppe dorthin, und die muss sie auch wieder raufkommen«, versicherte ihm Helena.

»Gut.«

Wenn William sein Okay gegeben hatte, dann war es auch für Adam in Ordnung. Sein Boss hatte die Aufsicht über die Zinnenpatrouille übernommen. Adam fragte sich, ob ihnen bis jetzt schon etwas aufgefallen war. »Gab's schon irgendwas?«

Helena schüttelte den Kopf. »Nichts. Zwei Stunden sind wir schon hier und haben jeden Kopf durchforstet, der reingekommen ist. Null. Gut möglich, dass sie gar nicht kommen werden.«

Helena hatte recht, wie Adam sich nicht ohne eine gewisse Erleichterung eingestand. »Wir hätten sie sowieso nie als Köder benutzen dürfen. Ich finde die Mistkerle auch so.«

»Und wie stellst du dir das vor?«

Als Adam den skeptischen Blick seiner Schwester sah, musste er zum ersten Mal an diesem Abend grinsen. »Ist ja richtig ermutigend, wie viel Vertrauen du in meine Fähigkeiten hast, Schwesterherz.«

»Ach, sei kein Narr«, schalt sie ihn, »ich weiß doch am besten, was du alles kannst. Aber darum geht's gar nicht. Diese Kerle haben keinen Hinweis hinterlassen ...«

»Hinweise gibt's immer«, widersprach Adam. Sein Blick ruhte auf dem Mann, der zuletzt mit Lea gesprochen hatte. Er stand bei der Frau, die jetzt das Kind auf dem Arm hatte. Nach der Ähnlichkeit zwischen den beiden zu schließen, musste das Kind sein Sohn sein. Aber mit der Kinderfrau stimmte was nicht.

»Adam?«

»Schau, das Kindermädchen, das mit diesem Mann redet«, sagte Adam. Mit verengten Augen nahm er jedes Detail in sich auf.

Ihre Kopfhaltung. Ihren Gesichtsausdruck. Die breitbeinige, maskuline Haltung. Ihre muskulösen Arme.

»Sie mag ihn nicht«, bemerkte er abwesend.

»Und sie hält das Kind nicht richtig«, fiel nun auch Helena auf. »Irgendwie linkisch, als wäre sie es nicht gewöhnt. Aber was hat das mit uns zu tun?«

Ein Kindermädchen, das nicht weiß, wie man ein Kind richtig hält, die ihren Arbeitgeber nicht mag und die aussieht, als ob sie am nächsten Arnold-Schwarzenegger-Bodybuilding-Wettbewerb teilnehmen will ... Nein, irgendwas stimmte hier nicht.

»Wurde die Nanny auch überprüft?«, fragte Adam rasch.

Wäre das nicht das perfekte Cover? Wer sieht unschuldiger aus, als eine Frau mit einem Kind auf dem Arm?

»Ich weiß nicht. Die Agenten haben Anweisung, alle zu überprüfen, aber ...«

»Aber die hier könnten sie übersehen haben, weil sie ein Kind auf dem Arm hat«, ergänzte Adam den Satz seiner Schwester. »Cem soll sich sofort darum kümmern. Sie darf diesen Raum nicht verlassen, Helena.«

Helena ging sofort los. Adam beschloss derweil, nach Lea zu sehen. Eine böse Vorahnung stieg in ihm auf.

»Geht's besser?«

Diana drehte den Wasserhahn ab und schüttelte ihre nassen Hände über dem Waschbecken. »Ja, danke, schon viel besser.«

Lea riss ein paar Papierhandtücher aus dem Spender und reichte sie der Frau. »Tut mir leid, Diana, ich wollte wirklich nicht ...«

»Ach, Sie wollten nur nett sein, ich weiß«, lächelte Diana und warf die benutzten Papiertaschentücher in den Abfalleimer neben der Tür. »Sie sind schon immer eine nette Person gewesen.«

»Wie bitte?«, fragte Lea verwirrt. Etwas im Ton der Frau bereitete ihr Unbehagen.

»Sie waren viel zu nett für David, das hab ich ihm auch gesagt«, fuhr Diana ungerührt fort. »Aber er war dickköpfig. Wollte einfach nicht mit Ihnen Schluss machen.«

Wie betäubt schaute Lea zu, wie Diana ihr Haar im Spiegel zurechtzupfte und dann wieder ihre Abendhandschuhe überstreifte, die am Beckenrand lagen. Leas Blick fiel auf die Tätowierung am Handgelenk der Blondine, und sämtliche Alarmglocken begannen zu schrillen.

»Wie nett«, sagte sie lahm. Mit einem angespannten Lächeln versuchte sie, sich zur Türe hin zu schieben. »Aber ich glaube, ich gehe jetzt lieber wieder nach oben.«

Diana vertrat ihr den Weg. »Aber Sie können doch jetzt nicht gehen, wo ich Ihnen das Beste noch gar nicht erzählt habe! Ich habe diesen Drogensüchtigen dafür bezahlt, dass er Sie umbringt.«

Lea erstarrte.

»Ups, das ist mir jetzt so rausgerutscht, aber was soll's!« Sie zuckte mit den Schultern und lachte wie ein kleines Kind. »Der Idiot hat's natürlich vermasselt, aber am Ende hat es doch geklappt, weil David danach mit Ihnen Schluss gemacht hat.«

»Ja, geklappt hat es«, wiederholte Lea dumpf.

»Aber das stimmt leider nicht ganz, wie sich herausgestellt hat. Ich dachte, es wäre nicht wichtig, dass Sie am Leben geblieben sind, aber jetzt haben ein paar Freunde von mir ein Hühnchen mit Ihnen zu rupfen.« Diana sagte es beinahe entschuldigend.

»Ich würde uns nicht gerade Freunde nennen.«

Lea kannte die Frau nicht, die nun die Damentoilette betrat, obwohl ihr ihre Stimme irgendwie bekannt vorkam. Erst als sie die Maske abnahm, wusste Lea, wo sie sie schon mal gesehen hatte. Es war die Frau, die bei Adam gesessen hatte, als sie ins Whighams gekommen war, um mit Victoria zu reden. Aber Lea hätte schwören können, dass sie damals ein wenig anders ausgesehen hatte.

»Ach komm, Jaqueline, ich war dir doch eine gute

Freundin, oder?«, sagte Diana schmollend. »Tolle Perücke übrigens, und diese krumme Nase steht dir auch ausgezeichnet.«

Jaqueline lächelte, aber es sah eher aus wie ein Zähnefletschen. »Ach ja?«

Sie packte die Blondine beim Kopf. Ein Ruck, ein hässliches Knacken, und sie ließ den leblosen Körper zu Boden fallen.

»Ich mag's nicht, wenn man sich über mich lustig macht«, bemerkte sie schulterzuckend, als sie Leas entsetzten Blick auffing.

Lea sah sich panisch um. Sie musste raus hier! Aber der einzige Weg nach draußen war die Türe, und davor stand Jaqueline.

»Ganz richtig.« Die Vampirfrau trat einen Schritt auf sie zu. »Es gibt keinen Ausweg. Also sei jetzt schön brav, dann verspreche ich dir auch, dass ich dich nicht umbringen werde. Noch nicht.«

28. Kapitel

Lea hörte gedämpfte Stimmen, als sie wieder zu Bewusstsein kam. Sie spürte, dass sie auf einem kalten Steinboden lag, und die Luft roch abgestanden und säuerlich. Sie wollte die Augen aufschlagen, aber ihr Kopf tat so weh, dass sie den Gedanken gleich wieder aufgab.

»Sie ist aufgewacht.«

»Ist sie nicht!«

»Armes Ding.«

Das Getuschel war immer lauter geworden.

»Bitte, mein Kopf!«, stöhnte Lea.

»Ah gut, du bist wach.«

Beim Klang dieser Stimme riss Lea erschrocken die Augen auf. Jaqueline kniete neben ihr, ein zufriedenes Lächeln auf den blutrot geschminkten Lippen. »Guten Morgen, Sonnenschein.«

»Ist es schon Morgen?«, sagte Lea. Sie war völlig desorientiert, ihr Mund war wie ausgedörrt, und ihr Schädel hämmerte, als würde ihn jemand mit Eispickeln bearbeiten. Sie kniff die Augen zusammen und versuchte, ihre Umgebung aufzunehmen. Überall Tische und Stühle – man hatte sie ein wenig gegen die Wände gerückt, vor und hinter ihr –, und war das dahinten nicht ein Bartresen? Spiegel über den Stühlen ... irgendwie passte das alles nicht zusammen. Und dieses Getuschel ... wo waren all diejenigen, die so tuschelten?

»Nein, du dumme Gans, das ist nur so ein Ausdruck!«, sagte Jaqueline, erhob sich und klopfte ihr smaragdgrünes Abendkleid ab. »Du hast uns ganz schön Ärger gemacht, liebe Lea. Aber glücklicherweise weiß ich jetzt, wie du uns am Ende doch noch nützlich sein kannst. Ist das nicht toll?«

Lea versuchte zu begreifen, was sie da hörte, aber ihr Kopf hämmerte zu sehr.

»Wie bin ich hierhergekommen?«

»Ich habe dich getragen, Küken. Was gar nicht so leicht war, muss ich sagen. Du bist viel schwerer, als du aussiehst.«

»Ich verstehe nicht ...«

»Nein, natürlich nicht! Aber keine Sorge, Diana ist nicht die Einzige, die große Enthüllungen machen kann.« Die Französin hob die Arme, klatschte in die Hände und tanzte wie ein Kind in dem großen Raum umher. Lea platzte bei dem Lärm fast der Schädel.

»Jetzt steh schon auf! Du willst doch dafür nicht am Boden rumliegen.«

Lea tat wie ihr geheißen. Dabei fiel ihr zum ersten Mal auf, dass sie mit dem Fußgelenk an einer kurzen, dünnen Kette hing, die an einem Ring im Boden festgemacht war. Erschrocken zog sie an der Kette.

Jaqueline übersah es einfach.

»Willst du's von Anfang an hören oder sollen wir an einer Stelle einsetzen, wo was Interessantes passiert, wie zum Beispiel, als unser lieber Adam in der Stadt aufgetaucht ist?«

Lea beobachtete die Vampirin, die vollkommen unbekümmert umhertanzte.

»Mach dir nichts aus meiner guten Laune. Weißt du, es hätte nicht besser laufen können, wenn ich das Ganze selbst geplant hätte!«

Jaqueline stieß ein trillerndes Lachen aus, bei dem es Lea kalt über den Rücken lief. Lea musste die aufsteigenden Tränen niederkämpfen.

»Aber Püppchen, nicht weinen! Ich werde dir ja alles erzählen!«

Lea regte sich nicht.

Jaqueline lachte abermals, diesmal noch schriller. »Ich hatte mir gleich gedacht, dass es Probleme geben würde, als unser *berühmter Friedenshüter* plötzlich hier in Edinburgh auftauchte. Deshalb habe ich mich an ihn drangehängt im Whighams. Ich wollte eine Wanze an ihm anbringen, damit wir mithören können, was passiert, wenn er erfährt, dass Mary die Lösung gestohlen hat. Wir waren nicht sicher, ob er das schlucken würde. Und dann kamst du reingeplatzt und hast laut herumposaunt, dass Mary tot ist!«

»*Sie* haben mir die Wanze drangemacht!«, sagte Lea, der allmählich ein Licht aufging. »Und Sie haben auch diese Killer geschickt.«

»Allerdings, Menschenpüppchen. Ich konnte doch nicht zulassen, dass du das noch weiter ausposaunst!« Sie warf lachend den Kopf in den Nacken. »Leider habe ich diese Aufgabe ein paar *Menschen* überlassen, anstatt es selbst zu tun. Diese idiotischen *Beschützer des Lichts*! Wenn sie nicht so gut zahlen würden, ich würde sie glatt alle umbringen.«

Zuerst Diana und jetzt Jaqueline ... wollte denn jeder ihren Tod? Lea konnte es einfach nicht begreifen. Warum nur? Warum musste das alles ausgerechnet ihr zustoßen?

»Ich habe niemandem was getan. Ich weiß nicht, warum ihr mir das antut.«

»Buhuu! Armes Baby!« Jaqueline ging vor Lea in die Hocke und schaute sie mit geheuchelter Besorgnis an. »Du solltest inzwischen wirklich begriffen haben, dass Menschen die geborenen Opfer sind.«

Mit einem hatte Jaqueline recht. Sie, Lea, hatte lange genug das Opfer gespielt. Viel zu lange. Nach dem Vorfall am Lochrin Place hatte sie es sich zum Lebensinhalt gemacht, Geistern zu helfen. Für etwas anderes war kaum Zeit geblieben. Zumindest hatte sie sich das eingeredet; aber das stimmte nicht. Sie hätte lebende Freunde haben können, eine Beziehung, hätte vielleicht sogar heiraten können.

Sie hatte sich selbst belogen, hatte Ausflüchte gemacht.

Weil Geister einem nicht wehtun können.

»Ich bin kein Opfer.«

»Ach, auf einmal so zornig! Du willst doch nicht etwa einen auf Buffy machen, Menschenpüppchen?«

Jaquelines lange Krallen fuhren blitzschnell vor und kratzten ihr die Wange auf. Lea schlug die Hand ans Gesicht und spürte, wie Blut ihre Wange herunterlief. Es brannte höllisch. Tränen traten in ihre Augen. Die Hand an der verletzten Wange, schaute Lea zu der Vampirfrau auf.

»Mm, das schmeckt gut.« Jaqueline leckte sich die Finger ab. »Aber mit dem Schlachten warten wir noch ein wenig, bis die anderen da sind!«

»He, aufwachen.« Cem schüttelte David Sands am Kragen. »Aufwachen!«

Der Mann erwachte nach Luft ringend aus seiner Bewusstlosigkeit. Mit wilden Augen schaute er zu seinen Angreifern auf. »Nein, bitte nicht! Halten Sie mir den vom Leib!«

Cem folgte dem Blick des Wiesels zu Adam. Er schüttelte den Mann noch einmal. »Dann rede schon, oder ich lass ihn auf dich los.«

»O mein Gott, warum ich? Warum ich? Warum tut ihr mir das an? Ich hab doch nichts getan!« Dicke Tränen kullerten über Davids Wangen.

Adam hatte die Hände hinter dem Rücken verschränkt, weil er diesen winselnden Feigling sonst umgebracht hätte. Sie hatten ihn unter einem Vorwand aus dem Ballsaal gelockt, und dort hatte er ihn dann k.o. geschlagen.

Lea war verschwunden. Schon der Gedanke daran raubte ihm fast die Beherrschung.

»Wenn er uns nicht in den nächsten dreißig Sekunden alles sagt, was er weiß, dann reiße ich ihm die Kehle raus.«

David begann zu wimmern und kroch rückwärts auf dem Teppich, bis er an ein Sofa stieß. Sie hatten ihn hierher, in Cems Haus gebracht, weil sie ihn dort ungestört verhören konnten.

Adam war bereit, alles zu tun, um Lea wiederzufinden.

»Wo hat man sie hingebracht?« Cem hatte ihn erneut am Kragen gepackt und seinen Oberkörper vom Boden gerissen.

»Ich weiß nicht, ich schwör's! Ich weiß nicht, wovon ihr redet.«

»Deine *Brüder* haben Lea entführt!«, knurrte Adam. »Und du sagst mir jetzt sofort, wohin!«

»Mein Gott, ich weiß es doch nicht! Ich weiß es nicht!«, wimmerte David.

»Er sagt die Wahrheit«, sagte Cem, der seine Gedanken las. Aber Adam genügte das nicht.

»Wer ist der Anführer der Beschützer des Lichts? Was habt ihr mit der Formel vor?«, fragte er bedrohlich ruhig.

»Ich weiß nicht!«, rief David wieder. *»Ich weiß es doch nicht*!«

»Er hat von der Formel gehört, und er weiß, wer der Anführer ist«, sagte Cem. Er starrte David finster an. Der Feigling hob schützend die Hände über den Kopf. »Du weißt, was wir mit dir tun, wenn du nicht auspackst, Sands, also rede schon.«

»Mein Gott!«

»Gott hilft sadistischen Mistkerlen wie dir nicht. Und jetzt rede!«, knurrte Cem und ließ seine Fangzähne hervorwachsen.

»Nein, bitte, ich sag's ja! Dianas Vater ist der Anführer. Deshalb bin ich überhaupt nur Mitglied geworden. Aber ich weiß nichts über diese Formel, von der ihr redet.«

»Du lügst, Sands, du weißt von der Formel!«, brüllte Cem ihn an.

»Nein, ich schwöre es. Ich weiß nicht, was das ist. Ich habe nur gehört, wie es jemand erwähnt hat, ganz zufällig. Ich hätte das gar nicht hören dürfen.«

»Wer?«

Adam, der es nicht länger aushielt, trat einen Schritt näher. Diana war tot, und das Kindermädchen war gleichzeitig eine Leibwächterin, die Dianas Vater angestellt hatte, um seinen Enkelsohn zu beschützen. Sie wusste nichts über die Beschützer des Lichts; blieb nur Sands. Er war ihre einzige Chance, Lea wiederzufinden.

»Er hat draußen gewartet, nach einem unserer Treffen im House of Light. Ich weiß nicht, wer er war. Er hat mit ein paar von den anderen geredet. Das ist alles, ich schwör's! Ich weiß nicht, wer er ist.«

Adam riss den Mann wütend von Cem weg, hob ihn hoch und drückte ihn gegen die Wand. »Du musst dir schon mehr Mühe geben, wenn du am Leben bleiben willst!«

David schaute nach unten, auf seine Füße, die mehrere Zentimeter über dem Boden baumelten. Sein Kopf sackte nach vorn.

»Verdammt!« Der Idiot war schon wieder ohnmächtig geworden! Adam ließ ihn wie einen nassen Sack fallen und wich einen Schritt zurück.

Cem trat vor. »Überlass ihn mir.«

»Wir *müssen* sie finden. Sie haben Lea!«, stieß Adam verzweifelt hervor. Er wusste, dass es seine Aufgabe als Friedenshüter war, immer und in allen Situationen die Ruhe zu bewahren, aber das war im Moment einfach unmöglich. Dass sie in Gefahr schwebte, war allein seine Schuld! Seine verdammte Schuld! Er hätte nie zulassen dürfen, dass man sie benutzte. Er hätte sie beschützen müssen. »Wenn ihr irgendwas zustößt ...«

Cem packte ihn bei der Schulter. »Reiß dich zusammen, Adam! Schuldgefühle helfen uns jetzt auch nicht weiter.«

»Das ist er!«

David war, unbemerkt von den beiden, wieder aufgewacht. Er lehnte an einem Beistelltisch und hatte ein gerahmtes Foto in der Hand. Zitternd richtete er sich auf und hielt ihnen das Foto hin. »Das ist er!«

Cem nahm das Foto und drehte es langsam zu Adam hin. Es war ein Foto von Victorias Vampirkurs-Klasse. Nur ein einziger Mann war darunter. Ihr Lehrer. *Sam.*

Plötzlich fügten sich die Puzzleteile zusammen und ergaben ein Bild: der geheime Gang unter der Royal Mile. Dass Colin erwähnt hatte, Sam habe ihn dazu überredet, den Club renovieren zu lassen ...

»Ruf William an. Sie sind im Club V.«

29. Kapitel

Willkommen, willkommen! Ich freue mich, euch wieder einmal alle hier begrüßen zu können!«

Sam grinste breit und fletschte dabei seine Fangzähne. Er freute sich über die müden, eingeschüchterten Blicke, die er von den Anwesenden erhielt.

Die Gesichter der dreißig Männer und Frauen, die an den Tischen verteilt saßen, lagen im Schatten, denn sie trugen – nicht ganz freiwillig – dunkle Kapuzenumhänge. Immer wieder huschten ihre Blicke zu der festgeketteten Frau, die am Boden in ihrer Mitte saß.

Lea hatte die Arme um ihre Knie geschlungen. Die tiefen Kratzer auf ihrer Wange brannten höllisch. Sie versuchte, langsam und tief zu atmen und sich auf die Stimmen der anwesenden Geister zu konzentrieren, aber das war nicht leicht. Sie hatten Mitleid mit ihr, waren aber natürlich ebenso hilflos wie sie selbst.

»Ich möchte noch einmal erklären, wie der heutige Abend ablaufen wird.« Sam schritt mit weit ausholenden Gesten auf und ab, wie der Direktor in einem Zirkus. Jetzt deutete er auf Jaqueline, die soeben die letzte der Kerzen angezündet hatte, welche die einzige Lichtquelle im Raum bildeten. »Meine Assistentin wird Ihnen nun zunächst demonstrieren, dass unsere *Freiwillige* hier nur allzu menschlich ist. Jaqueline, wenn ich bitten darf?«

Sam zauberte schwungvoll einen langen Dolch aus seinem zeremoniellen Umhang. Die scharfe Klinge blitzte im Licht der zahlreichen Kerzen. Lea stieß ein erschrockenes Keuchen aus. Sie musste an eine andere Nacht denken, an ein anderes Messer, an einem anderen Ort. Auf ihrer Stirn standen Schweißtröpfchen, und sie wimmerte leise auf.

»Lauf, Mädchen!«

»Wehr dich!«

»Wehr dich gegen sie, das ist deine einzige Chance!«

Aber die Stimmen der Geister verklangen, während Jaquelines Gesicht immer näher kam. Lea war wie gelähmt vor Angst. Nur das rasche Blinzeln ihrer Augen verriet, dass sie keine Statue war. Mit einem grausamen Lächeln auf den makellos geschminkten Lippen kam Jaqueline immer näher.

Keine Panik, Lea, keine Panik. Nicht mehr so wie damals. Bleib ruhig. Diesmal wirst du nicht klein beigeben. Diesmal nicht. O Gott, bitte hilf mir.

»Seid ihr da?«, flüsterte Lea den Geistern zu. Keine Reaktion. »Geister, ich rede mit euch!«

»Ich bin da.«

»Ich auch!«

»Redet sie mit uns?«

»Ja, wir sind da!«

»Pass auf!«

Jaqueline hob den Dolch ... Doch dann schoss ihre freie Hand vor, und sie riss Lea das Kleid vom Leib. Lea, die damit nicht gerechnet hatte, versuchte verzweifelt den Stoff ihres Kleids festzuhalten und fiel nach hinten.

»Warum so schamhaft?«, lachte Jaqueline, »glaub mir, Menschenpüppchen, du hast ganz andere Sorgen!«

Lea presste keuchend ihr Kleid an sich, ohne Jaquelines Dolchhand aus den Augen zu lassen. Sobald Jaqueline Anstalten machte zuzustechen, warf sie der Frau ihr Kleid ins Gesicht und stürzte sich auf sie. Die Vampirin war von diesem Angriff so überrascht, dass sie den Dolch fallen ließ.

Ein Aufkeuchen ging durch den Raum. Lea warf sich auf den Dolch, konnte ihn jedoch nur mit den Fingerspitzen zu fassen kriegen.

»Hinter dir!«, rief einer der Geister.

Zu spät. Sam, den Fehler seiner Partnerin erkennend, hatte Lea bereits bei den Fußgelenken gepackt und zog sie mit einem Ruck zurück. Lea schrie auf, ihr nackter Bauch und ihre nackten Brüste schrammten über den rauen Steinboden. Aus den Kratzern sickerte Blut.

»Na, na, du kleine Wildkatze!« Sam warf Lea lachend auf den Rücken. Lea krabbelte rückwärts, so weit es die Kette zuließ. Verzweifelt bemerkte sie, dass Jaqueline den Dolch bereits wieder an sich gerissen hatte und sie nun außer sich vor Wut anfunkelte.

»Das wollen wir jetzt noch mal versuchen, ja?«, sagte Sam höflich. Dann holte er aus und schlug Lea so brutal mit dem Handrücken ins Gesicht, dass sie zur Seite geschleudert wurde. Benommen rappelte sie sich wieder auf.

»So sollte es leichter für dich sein«, sagte er, als habe er ihr einen Gefallen getan. »Jaqueline, mach schon!«

»O nein!«

»Das arme Ding!«

»Nicht hinschauen, Mädchen!«

Der Dolch sauste auf Lea hernieder und durchbohrte ihre linke Schulter. Lea biss sich auf die Zunge, um nicht laut aufzuschreien. Blut strömte aus der Wunde und floss über Brust und Arm.

»Wie kann man nur so grausam sein!«

»Kann ihr denn keiner helfen?«

»Das arme Ding!«

So sollte sie sterben? Zu Füßen eines sadistischen Vampirs? Nein! Nein, verdammt noch mal!

Lea zog die Beine an und sprang trotz der rasenden Schmerzen in ihrer Schulter auf die Füße. Sie wankte, empfand aber eine bittere Genugtuung, als sie sah, dass Jaqueline das Grinsen verging.

Sam lachte. »Wolltest du was sagen, meine Liebe?«

Lea schwankte. Das Blut strömte nur so aus ihrer Schulter, rann ihr bis zu den Knien hinab und auch über den Rücken, wie sie spürte. Aber es gelang ihr, sich auf den Beinen zu halten. Sie verzog ihre Lippen trotz ihrer schmerzenden Wange zu einem wilden Grinsen.

»Was gibt's da zu grinsen?«, fragte Jaqueline erbost.

Lea schluckte. Ihre Kehle war wie ausgedörrt. »Ich grinse, weil …«, krächzte sie mit einer Stimme, die fremd in ihren Ohren klang.

»Weil?«, knurrte Jaqueline.

»Weil ich dir keine Ruhe mehr lassen werde, du Miststück! Mein Geist wird dich verfolgen bis in den Tod.«

Eine verblüffte Stille folgte. Dann sprang Jaqueline vor

wie ein Panther und stieß Lea den Dolch in den Bauch. Grausam umklammerte sie ihre blutende Schulter und trieb Leas Körper noch tiefer in die Klinge.

»Jetzt ist dir das Grinsen vergangen, du Biest!«, lachte sie.

»Verdammt, Jaqueline, ich hab doch gesagt, du sollst sie nicht umbringen!«, rief Sam zornig. »Nun gut, Ladies und Gentlemen, ich denke, wir haben unseren Punkt ausreichend klargemacht: Diese Frau ist nur ein schwacher Mensch. Und jetzt wollen wir uns ansehen, welche Wunder die Formel wirkt, ja?«

Sams Stimme drang nur noch wie von Ferne an Leas Ohr. Sie blinzelte, konnte nicht mehr klar sehen. Alles verschwamm, begann sich aufzulösen, die Schmerzen, ihr Wille ...

»Lea, mein Gott, Lea!«

War das Liam, oder träumte sie? Kam jetzt der Tod? Hörte man kurz vor dem Tod noch einmal die Stimmen jener, die man am meisten liebte? Aber warum dann nicht Adams Stimme?

»Nein, du Bastard. Weg von ihr! Weg!«

»Liam?«

Ein Schatten fiel auf Leas Gesicht, dann drang Sams Stimme an ihr Ohr. »Mund auf, Schätzchen, das tut jetzt richtig weh.«

Etwas Kaltes wurde an ihre Lippen gepresst. Keuchend und hustend schluckte sie eine zähe Flüssigkeit herunter.

»Jetzt nur noch ein bisschen Spezialblut, und die Magie kann beginnen!«, verkündete Sam.

»Nein, Lea, trink das nicht! Wehr dich!«, rief Liam.

Lea versuchte stöhnend den Kopf wegzudrehen, aber der Vampir packte sie am Kinn und drückte ihr eine zweite Phiole an die Lippen. »Trink!«, befahl er barsch.

Als sie sich weigerte, hielt er ihr so lange die Nase zu, bis sie nach Luft schnappen musste. Dann goss er ihr das salzig schmeckende Blut in den Mund. Sie weigerte sich zu schlucken, behielt das meiste im Mund und spuckte es wieder aus – in sein Gesicht, wie sie hoffte, aber ihr war so schwindelig, dass sie kaum noch sehen konnte.

Dann wurde sie jäh von fürchterlichen Schmerzen gepackt, viel schlimmer als alles, was sie sich je hätte vorstellen können. Ihre Stichwunden waren wie Insektenstiche dagegen.

»Aaaaahhh!« Leas Schrei zerriss die Stille.

»Du kümmerst dich um Lea, die anderen überlässt du uns«, befahl William. Sie rannten die glatten, ausgetretenen Stufen zu der unterirdischen Vampirkneipe hinab. »Hast du gehört, Adam? Das ist ein Befehl!«

Aber Adam hörte nicht mehr auf Befehle. Er hatte nur noch einen Gedanken: Lea zu retten. Und wenn er das nicht mehr konnte, würde er alle, die dafür verantwortlich waren, töten. Einschließlich sich selbst.

»Cem, du und McLeod, ihr übernehmt Sam«, befahl William, während sie durch den Tunnel liefen, der zum Eingang der Kneipe führte. »Der Rest nach Belieben! Jeder wird überwältigt. Fragen werden später gestellt.«

Die Türe zum Club V war so konstruiert, dass sie sich nur von innen öffnen ließ. Adams erster Tritt ließ sie in ihren Angeln erzittern. Mit dem zweiten Tritt flog sie auch schon auf. Sie hörten den Schrei, unmittelbar bevor der Geruch nach Blut zu ihnen drang.

Williams Männer strömten in den Raum, über den das Chaos hereingebrochen war, doch Adam hatte nur Augen für Lea. Er bewegte sich wie in Trance. Menschen rannten, schrien, doch keiner so laut wie Lea.

Da lag sie, nackt und in ihrem eigenen Blut. Sie schrie und schien sich in Krämpfen zu winden. Er stürzte zu ihr und nahm sie in seine Arme. Blut quoll aus einer Stichwunde in ihrem Bauch und strömte aus ihrer Schulter.

»Lea!«, sagte er leise. »Lea!«

Er wusste nicht, was er tun sollte, wusste, dass sie ihn nicht hören konnte. »Lea, schau mich an!«

Hilflos presste er eine Hand auf ihre Bauchwunde, versuchte die Blutung zum Stillstand zu bringen. Aber er sah selbst, dass es zu spät war, sie hatte schon zu viel Blut verloren. Er weinte, ohne es zu merken. Dicke Tränen tropften aus seinen schwarzen Augen auf Lea herab.

»Es tut mir so leid, Lea, es tut mir so unendlich leid.«

Es wurde still, und nur noch Leas Schreie erfüllten die unterirdische Kammer.

»Adam, sie haben ihr die Lösung gegeben.«

Cem war neben ihm in die Knie gegangen. Wo kam der plötzlich her? Adam nahm kaum mehr etwas um sich herum wahr.

»Adam, hörst du mich? Sie haben ihr das Mittel eingeflößt, aber sie braucht mehr Blut, um die Transformation vollziehen zu können!«

Transformation? Nein. Das wollte Lea nicht. Lea wollte so weiterleben wie bisher. Als Mensch.

»Adam, verdammt noch mal! Wenn wir ihr kein Blut geben, stirbt sie!«

Adam erwachte schlagartig aus seiner Starre. Lea liebte das Leben, hatte nie aufgegeben, hatte sich immer wieder aufgerappelt und von vorne angefangen. Sie durfte nicht sterben. Sie würde nicht sterben. Nicht heute Nacht.

Adam ließ seine Fangzähne hervorwachsen und biss sich ins Handgelenk. Über die Schmerzen war er fast dankbar. Er *wollte* Schmerzen haben, wollte genauso leiden, wie sie litt. Das war das Mindeste, was er verdiente.

Lea in seinen Armen, hielt er ihr sein blutendes Handgelenk an den Mund. Sie schrie, und die rote Flüssigkeit tropfte in ihren weit aufgerissenen Mund.

»Nein!« Lea bäumte sich auf, wurde von heftigen Krämpfen geschüttelt, schlug mit Armen und Beinen um sich. Mit Cems Hilfe hielt Adam sie fest und flößte ihr sein Blut ein.

Lea hörte auf zu schreien. Stille kehrte ein.

Dann öffnete sie ihre Augen und schaute zu ihm auf.

»Adam.«

Er beugte sich liebevoll über sie und strich ihr das blutverkrustete Haar aus dem Gesicht. »Ich bin da, Liebling, ich bin da. Verzeih mir, Lea. Ich hätte nie zulassen dürfen, dass dir ein Leid geschieht.«

»Adam.« Ein schwaches Lächeln umspielte ihre Lippen, dehnte die tiefen Kratzer in ihrer Wange, die vor Adams Augen bereits zu heilen begannen. Auch er lächelte.

»Ja, Liebes?«

Sie packte seine Hand, schaute flehend zu ihm auf. »Töte mich.«

Bevor er darauf reagieren konnte, begann sie wieder um sich zu schlagen, schreiend vor Schmerzen. Die anwesenden Vampire wichen erschrocken zurück.

»Hilf mir sie festzuhalten!«, brüllte Cem.

Also tat es Adam. Er hielt sie fest, die Frau, die er liebte. Hielt sie fest, während sie von Krämpfen geschüttelt wurde, hielt sie fest, wenn sie zwischendurch einmal Luft bekam und ihn anflehte, sie zu töten, ihrer Qual ein Ende zu machen. Die ganze Nacht lang hielt er sie fest, bis sich all ihre Wunden geschlossen hatten und die Transformation abgeschlossen war.

Erst dann erlaubte er sich wieder, etwas zu fühlen.

30. Kapitel

Auf der Waldlichtung war ein Scheiterhaufen errichtet worden. Die Flammen schlugen hoch hinauf in den Nachthimmel und erleuchteten die barfüßigen, in schwarze Kapuzenumhänge gekleideten Gestalten, die sich um das Feuer versammelt hatten.

Die Stimme des Chronisten, der aus dem Schwarzen Buch von Mary Robertson vorlas, wurde vom Wind über die Lichtung getragen. Die anwesenden Vampire hörten aufmerksam zu, die Augen auf den nackten Leichnam von Sara Smith und das in Sacktuch gewickelte Bündel mit den sterblichen Überresten von Mary gerichtet. Alle, außer ihm.

Ein Zweig zerbrach unter Adams nackter Fußsohle, aber er spürte die spitzen Enden kaum. Genauso wenig konnte er sich auf das konzentrieren, was der Chronist über Marys Leben vorlas, für ihn war es nur ein Wortbrei, ein unverständliches Hintergrundgeräusch, das nichts mit ihm zu tun hatte. Auch den Schnee spürte er nicht, der sacht hernieder fiel, nicht einmal, als eine dicke, flauschige Flocke direkt auf einer seiner Wimpern landete.

Er fühlte sich ausgebrannt, innerlich wie tot. So war das schon seit vier Wochen, seit jener schrecklichen Nacht, in der der Halloween-Ball stattgefunden hatte. Er hatte Leas Schreie noch in den Ohren. Konnte hören, wie sie ihn anflehte, sie zu töten, hörte sie schreien: *»Lass mich in Ruhe! Bitte, lass mich doch in Ruhe!«*

Er hatte es nicht geschafft, sie zu beschützen, wie er es ihr versprochen hatte. Hatte es nicht geschafft, ihr wenigstens durch den Tod Erlösung zu schenken.

Aber sie in Ruhe lassen, das konnte er wenigstens.

Auch, wenn es das Letzte war, was er wollte.

Der Schnee fiel in dicken Flocken und sammelte sich auf den schwarzen Kapuzen der Anwesenden. Er fragte sich, wo sie wohl stehen mochte. Dass sie auch hier war, das wusste er. Jetzt, wo sie zu ihnen gehörte, war auch für sie die Anwesenheit bei einer Beerdigung Pflicht. Ob sie sich wohl sehr verändert hatte? Er war bald nach dem Abschluss des Wandlungsprozesses gegangen und hatte sie Cems Obhut überlassen. Eine Woche lang war er noch in Edinburgh geblieben, hatte sich täglich bei seinem Freund nach Leas Zustand erkundigt. Cem hatte ihn angefleht, Lea zu besuchen, hatte ihn beschimpft, aber Adam hatte es einfach nicht übers Herz gebracht, ihr noch einmal unter die Augen zu treten, auch wenn er sich noch so sehr nach ihr sehnte.

Das war seine Strafe.

Als er es nicht mehr ertrug, sich noch länger von ihr fernzuhalten, hatte er kurzerhand eine Mission übernommen und Edinburgh verlassen.

Drei Wochen lang war er in Argentinien geblieben. Seine Mission hatte er bereits nach zwei Wochen erfüllt gehabt, aber er hatte seine Rückreise immer wieder hinausgezögert, hatte in Bars Vergessen gesucht, wo Männer zu viel tranken und Frauen tanzten.

Wie sie.

Dann war der Ruf aus dem Hauptquartier gekommen, der Befehl zur Rückkehr. Zurück nach Blair Castle, wo auch Helena sogleich mit Vorwürfen über ihn hergefallen war. Er solle sich zumindest bei Lea entschuldigen, für alles, was er ihr angetan habe.

Aber es gab etwas, das weder Cem noch Helena wussten. Etwas, das Adam sich kaum selbst einzugestehen wagte.

Er war froh. Er war froh, dass Lea jetzt eine von ihnen war. Er war froh, dass sie keine Wahl gehabt hatte, denn sie hätte vielleicht Nein gesagt. Sie hätte vielleicht ein Mensch bleiben wollen. Und dann hätte er zusehen müssen, wie die einzige Frau, die er je geliebt hatte und je lieben würde, vor seinen Augen alterte und starb. Er war ein abscheulicher Mistkerl, er wusste es selbst. Sich von ihr fernzuhalten *war* seine Entschuldigung.

Sie hatte etwas Besseres verdient als ihn.

Der Chronist hob das schwarze Büchlein, das Signal, dass die Lesung beendet war. Bewegung kam in die Versammelten. Man wartete nun darauf, dass die beiden Leichname dem Feuer übergeben wurden. Abermals schaute sich Adam nach Lea um. Es war ihre erste Vampir-Beerdigung. Wie würde sie das alles aufnehmen? Ein einzelner Mann löste sich aus den Reihen der Anwesenden und erklomm das Podium. Auch Adam beugte, wie alle anderen, respektvoll das Knie vor ihm.

Es war Prinz Mitja Kourakin, ihrer aller Clanoberster und Sohn des verstorbenen Clanoberhaupts Alexander Kourakin und seiner Frau Angelica. Er war der erste der

Auserwählten, der zum Clanoberhaupt geworden war. Und einer der meistgeliebten.

»Bevor wir zum letzten Teil dieser Beerdigung schreiten, haben wir noch eine schwere Pflicht zu erfüllen«, sagte Prinz Mitja. Seine klare Stimme drang bis in den letzten Winkel der Lichtung. »Es ist lange her, seit wir ein solches Urteil vollziehen mussten. Lasst es eine Mahnung an all jene sein, die *vergessen* haben.«

Adam verfolgte mit zornig verengten Augen, wie Sam und Jaqueline aufs Podium geführt wurden. Beide waren gefesselt und geknebelt.

»Unsere Clangesetze dienen dem Schutz unserer Spezies. Jene, die sie brechen, gefährden unsere Existenz, unser aller Leben!« Mitjas Worte hallten über die Lichtung. Jetzt trat Helena neben ihn, ein Schwert in der Hand.

Adam sah zu, wie sie es an ihren obersten Clanführer weitergab. Jetzt würde die Exekution stattfinden. Aber wo war Lea? Er hoffte, dass Cem sie auf das vorbereitet hatte, was jetzt kam.

»Das *House of Order* hat sein Urteil gefällt, und die Vollstreckung erfolgt heute Nacht.«

Ein Murmeln ging durch die Menge, einige traten nervös von einem Fuß auf den anderen.

Da bemerkte er sie, sie stand gar nicht weit von ihm, nur ein paar Schritte entfernt. Die Kapuze war ihr vom Kopf geweht, und ihr schwarzes Haar wehte im Wind, verbarg ihr Gesicht vor seinen Blicken. Aber da war es, ihre zarte, ein wenig nach oben weisende Nase, der sanfte Schwung ihrer Wange. Ja, es war ein Fehler gewesen, zu kommen. Jetzt, wo er sie wieder gesehen hatte, wusste er, dass er sich nicht mehr länger von ihr würde fernhalten können. Nicht jetzt, wo sie ihn vielleicht brauchte, wo sie seinen Schutz, seinen Trost brauchte.

Ja, sie brauchte ihn. Cem war nirgends zu sehen, und Helena stand auf der Tribüne. Er sollte zu ihr gehen …

Da wandte Lea den Kopf zur Seite, weg von ihm und einem anderen Mann zu, der neben ihr stand. Adam sah ihn erst jetzt. Der Mann beugte sich zu ihr hinab und flüsterte ihr etwas ins Ohr. Sie nickte und schaute wieder nach vorne. Adam erstarrte, als er sah, dass der Mann Leas Hand ergriff und festhielt.

Ein Sirren, das Zischen einer Klinge und schon kullerte Sams Kopf über die Tribüne. Jaquelines folgte wenig später. Prinz Mitja beendete die Zeremonie mit einer Rede über die Bedeutung von Loyalität, dann gab er den Befehl, alle vier Leichname dem Feuer zu überantworten.

Adam sah zu, wie Sara und Mary die Zähne ausgebrochen wurden. Man würde sie zusammen mit ihren schwarzen Büchern an einem geheimen Ort aufbewahren, den nur der Chronist kannte. Sams und Jaquelines Bücher waren bereits verbrannt worden. Von ihnen würden keine Spuren zurückbleiben. Niemand würde sich mehr an sie erinnern. Das war Teil ihrer Strafe.

Der Geruch brennenden Fleisches wehte Übelkeit erregend über die Lichtung. Die Versammlung begann sich aufzulösen.

Adam rührte sich nicht. Steif stand er da, während die anderen Vampire an ihm vorbeigingen und im Wald verschwanden. Sein Blick ruhte unverwandt auf Lea. Sie stand noch immer neben dem Mann, der sie noch immer bei der Hand hielt, und schaute ins Feuer.

»Adam?« McLeod war vor ihm aufgetaucht. »Freut mich, dich zu sehen.«

»Ebenfalls«, antwortete Adam, ohne den Blick von dem Paar abzuwenden.

McLeod folgte Adams Blick. »Hast du Matt schon kennen gelernt? Sicher, oder? Er und Lea sind ja so gut wie unzertrennlich.«

Unzertrennlich. Adam bekam fast keine Luft mehr. Langsam, unter Aufbietung all seiner Willenskraft, wandte er sich ab. Er hatte sich geirrt. Lea brauchte ihn nicht. Sie war glücklich mit *Matt*, wer immer das auch sein mochte. Und obwohl es ihn mit jeder Faser seines Körpers dazu drängte, das Gesicht dieses Mistkerls zu Brei zu schlagen, er durfte es nicht. Das zumindest schuldete er Lea. Lieber würde er sterben, als ihr noch einmal wehzutun.

Langsam ging er durch den Wald davon.

31. Kapitel

Der Tanzclub in der Colins Avenue war rammelvoll mit gebräunten jungen Leibern, die im Takt der Reggae-Musik zuckten. Junge Frauen in Ultraminiröcken, funkelnden Tubetops und Plateauschuhen mit fünfzehn Zentimeter hohen Blockabsätzen tanzten zwischen Burschen in Hemden mit offen stehenden Krägen und hautengen Hosen. Messages liefen über ein elektronisches Anzeigenbord an der Decke. Lea strich sich den Pony aus den Augen, wobei die riesigen Creolen an ihren Ohrläppchen wippten, und las die neueste Botschaft: *Put your hands up for DJ Ra!*

Ra? Wie der ägyptische Sonnengott Ra? Lea schüttelte den Kopf, doch dann gab sie sich einen Ruck und konzentrierte sich wieder auf ihre Aufgabe.

»Siehst du ihn irgendwo?«, flüsterte sie durch den linken Mundwinkel.

»Nö«, antwortete Carlos. »Ich schwebe mal nach oben und schaue mich in den oberen Räumen um, sí?«

»Carlos! Warte!«

Aber er war schon weg. Gott, sie hasste es, wenn sie so einfach verschwanden. Und was sollte sie jetzt tun? Sie wusste ja nicht mal, wie der Kerl aussah, den sie suchten, also *konnte* sie nicht viel tun.

Sie schlenderte zu der langen Bar zu ihrer Linken, geflissentlich jeden Augenkontakt mit der Gruppe Männer vermeidend, die lässig an der Bar lümmelten. Miami war in der Tat die Stadt von Sex, Drugs und Latin Music, fand Lea. Allein auf dem kurzen Weg von ihrem Hotel hierher war sie von jedem Mann, der ihr begegnete, angemacht worden, vom Portier bis zum Taxifahrer. Die Leute hier waren eindeutig weniger zurückhaltend als die Schotten. Musste am Klima liegen und an der spärlichen Bekleidung der Damen.

»Was darf ich dir bringen?« Der Barmann hatte sich über den Tresen gebeugt und musste ihr die Frage ins Ohr brüllen. Ob dieser Club wohl eine Blutausschanklizenz besaß? Sie musterte die Kleidung des Barmanns, konnte aber keinen der versteckten Hinweise finden. Nein, wohl nicht. Zu schade, sie hätte jetzt ein Glas Blut vertragen können.

»Einen Mojito, bitte.«

Er hielt den Daumen hoch, um ihr zu signalisieren, dass er verstanden hatte. Da Alkohol keine Wirkung mehr auf sie hatte, konnte er ihr natürlich auch nicht helfen, ihre Nervosität zu überwinden, aber es half, hier nicht aufzufallen. Eine junge Frau tauchte neben ihr an der Bar auf, und Leas Nase zuckte. Die Kleine trug eine weiße Shorts, die aussah wie auf die Pobacken aufgemalt, dazu ein goldenes Bikini-Top und gelben Lidschatten, der zu ihrer kurzen, blond gefärbten Igelfrisur passte. Sie war, trotz der billigen Aufmachung, ein sehr hübsches Mädchen. Leas Blick blieb wie von selbst an der Halsschlagader haften, die unter der karamellbraunen Haut der Kleinen verführerisch pochte.

Lea blinzelte. Sie durfte nicht riskieren, dass ihre Augen plötzlich schwarz wurden! Obwohl es ihr mittlerweile leichter fiel, ihre Blutlust unter Kontrolle zu halten, gab es Momente, in denen es schwerer war als in anderen. So wie jetzt zum Beispiel, auf einer Mission, wenn all ihre Sinne hellwach sein mussten. Der Duft des Mädchens drang in ihre Nase. Lea fuhr mit der Zunge über ihre Schneidezähne. Sie juckten.

»Wie kommt's, dass eine so heiße Braut wie du ganz allein ist?«, fragte das Mädchen keck.

Lea zog die Augenbrauen hoch. Wenn man hier nicht von Männern angebaggert wurde, dann von den Frauen.

»Ich bin gern allein«, antwortete Lea mit einem zurückhaltenden Lächeln. Sie wollte nicht unhöflich sein, die andere aber nicht auch noch ermuntern. Sie war mittlerweile ganz gut im Treffen dieser Zwischentöne. Sie tat es nicht gerne, da sie sich nicht gern verstellte, aber ihre neue Tätigkeit verlangte es nun mal.

»Niemand ist gern allein«, sagte das Mädchen vollkommen sachlich. Lea konnte nicht umhin, ihr zuzustimmen. Niemand war gern allein. Aber sie war ja nicht allein. Sie hatte gute Freunde: Liam, Victoria, Helena, Cem, Marco, die Geister von Edinburgh.

Trotzdem fühlte sie sich manchmal einsam.

Aber nicht oft. Sie hatte einfach keine Zeit, einsam zu sein. Mit ihrer Arbeit als Fotografin, den Geistern von Edinburgh, die immer noch eine Menge Zeit und Pflege beanspruchten, dann ihrem neuen Job als Friedenshüterin, da blieb keine Zeit, sich einsam zu fühlen. Aber es gab Momente, wie diesen hier, da spürte sie das Loch, das Adam gerissen hatte.

Rotes und grünes Strobo-Licht flackerte über die Gesichter der Clubbesucher.

»Hast wohl schlechte Erfahrungen gemacht, was?«, fragte die zierliche Blondine kaugummikauend. Der bestellte Mojito tauchte vor Leas Nase auf, und sie reichte dem Barmann einen Zwanziger. Lea nahm einen Schluck und zuckte die Achseln.

»Nein, ich kann wirklich nicht behaupten, dass ich mit den Männern Glück gehabt hätte«, antwortete sie, ihre sexuellen Präferenzen von vornherein klar stellend.

Das Mädchen grinste, wollte aber trotzdem wissen: »Was ist passiert?«

Ja, was war passiert? Gute Frage. Lea tat ihr Wechselgeld in ihre silberne Clutch und ließ den Blick prüfend durch den Saal schweifen. Aus den Lautsprechern dröhnte Kayne West, und eine Schar Mädchen, das Haar mit Clips hochgesteckt, die Fingernägel in Acrylfarben lackiert, sprang begeistert auf die Tanzfläche.

»Was passiert ist? Die Freundin meines Ex-Verlobten hat versucht mich umbringen zu lassen, sieben Jahre später verliebe ich mich wieder, der Typ stellt meine Welt auf den Kopf, und dann lässt er mich ohne ein Wort sitzen.«

Ja, das war wohl die ganz grobe Zusammenfassung. Davids psychopathische Frau war jetzt tot. David war, soweit sie gehört hatte, mit seinem Sohn nach Boston zurückgegangen. Und Adam hatte sie seit der Nacht in den unterirdischen Gewölben nicht wiedergesehen.

Zuerst hatte sie alle möglichen Gründe gesucht, um sein plötzliches Verschwinden zu erklären: Er war auf einer Mission und durfte sie nicht anrufen. Er war auf einer Mission in der Arktis und konnte sie nicht anrufen, weil dort sein Handy nicht funktionierte. Sogar einen plötzlichen Gedächtnisverlust hatte sie nicht ausgeschlossen. Eine Entschuldigung verrückter als die andere. Und wenn sie Cem oder Helena nach ihm fragte, erfuhr sie auch nichts. Die beiden brummten nur und wechselten das Thema.

Irgendwann hatte sie dann aufgehört, nach Adam zu fragen. Und nach Saras und Marys Beerdigung hatte sie auch aufgehört, Entschuldigungen für ihn zu finden. Sie wusste, dass er ebenfalls anwesend gewesen sein musste, das war schließlich Pflicht. Aber er war nicht zu ihr gekommen, hatte sich nicht blicken lassen.

Da war ihr klar geworden, dass sie Adam nur deshalb nicht sah, weil Adam sie nicht sehen *wollte*. Und nicht, weil er unter galoppierendem Gedächtnisschwund litt.

»He, das ist echt hart«, sagte das Mädchen mitfühlend. Sie nahm einen Schluck aus ihrer Flasche Corona-Bier.

»So ist das Leben.« Lea zuckte mit den Achseln.

»Lea, ich hab ihn!«, brüllte Carlos ihr aufgeregt ins Ohr. Lea schenkte dem Mädchen ein letztes Lächeln und wandte sich von der Bar ab.

»Wo ist er?«

»Da drüben, an den VIP-Tischen. Siehst du die Kleine in dem Kimono-Verschnitt?«

Die bezeichneten Tische befanden sich auf einer erhöhten Plattform auf der anderen Seite der Tanzfläche. Jeder Tisch war in eine halbkreisförmige Sitznische eingepasst, und auf jedem stand ein Eimer mit Eiswürfeln, in dem Wodkaflaschen steckten.

Da war das Mädchen, das Carlos, das Gespenst, gemeint

hatte. Kimono-*Verschnitt*, ja das passte, denn das Kleidchen reichte der Kleinen kaum über den Po. Eher ein Wickel-T-Shirt, überlegte Lea.

»Ah ja, ich sehe sie.«

»Der Mann, der ihr gegenübersitzt, in dem schwarzen Seidenhemd mit dem offenen Kragen und dem Goldkettchen, das ist er!«

Lea holte ihren Blackberry hervor, betätigte den Kameramodus und drückte auf zoomen. Sie zögerte kurz, dann zwängte sie sich durch die Tanzenden, um noch ein wenig näher an die Tische heranzukommen.

»Du bist absolut sicher, dass das der Mann aus den Flamingo Residences ist, der die kleine Asiatin erschossen hat?«

»He, ich geistere da schon seit zehn Jahren rum, ich kenne dort jeden Stein! Und das ist der erste Mord, bei dem ich Zeuge war – außer meinem eigenen, natürlich. Ne, das Gesicht von dem Kerl vergesse ich nicht so schnell! Ich sage dir, das ist er! Ich hab gehört, wie er mit seinen Amigos telefoniert und sich hier mit ihnen verabredet hat. Und da ist er!« Carlos klang ehrlich empört, und Lea glaubte ihm.

Gut. Dann musste sie jetzt nur noch ein Foto machen und es an ihren Boss schicken. William hatte einen anderen Agenten bereitstehen, der den Fall von da übernehmen würde. »Unser Medium«, so wurde sie von Sybil genannt, und das stimmte ja auch. Lea hatte sechs Monate Training hinter sich; das hier war schon ihr dritter Auftrag. Sie war sozusagen Kundschafter der Truppe. Sie reiste an, suchte geisterhafte Zeugen für das jeweilige Verbrechen und leitete die Informationen dann an die Friedenshüter-Kollegen weiter.

Dies war der erste Auftrag, bei dem der Geist tatsächlich Zeuge des Mordes geworden war. Wenn er recht hatte, dann war die Lösung dieses Falls ein Kinderspiel.

Lea tanzte zur Mitte der Tanzfläche, hob das Handy ans Auge, nahm das Gesicht des Mörders ins Zielkreuz und drückte ab.

Klick.

Sekunden später hatte sie das Foto bereits mit einer kurzen Bemerkung an William verschickt: *Das ist er.*

Nur ein paar weitere Sekunden später vibrierte ihr Blackberry: *Unser Agent ist dran, geh zurück in dein Hotel. Sybil ruft dich an.*

Lea verstaute ihr Handy in ihrer Clutch und eilte zum Ausgang. Die feuchtschwüle Nachtluft von Florida legte sich wie eine samtige Decke auf ihre Haut. Vor dem Club hatte sich eine lange Schlange gebildet; man wartete geduldig auf Einlass. Ein Taxi war nirgends zu kriegen, aber das machte Lea nichts aus. Sie war viel zu aufgeregt und daher ganz froh darüber, zu Fuß zurück in ihr Hotel gehen zu können. Sie würde sich erst dann richtig beruhigen können, wenn Sybil angerufen und ihr gesagt hatte, dass alles vorbei war. Tief in Gedanken versunken ging sie an den niedrigen, bunten Häusern im typischen Art-Deco-Stil, der in dieser Gegend verbreitet war, vorbei. Dann bog sie kurz entschlossen in eine schmale Gasse ein und ging, angelockt vom Rauschen der Wellen, hinunter zum Strand.

Es war ein weiter, breiter Strand, und er lag vollkommen verlassen im Mondschein. Lea streifte ihre schwarzen Heels ab und grub lächelnd die Zehen in den Sand. Ihr Hotel lag sowieso am Strand, sie konnte also auch auf diesem viel ruhigeren Weg dorthin zurückgehen.

Sie hatte kaum ein paar Schritte getan, als jemand ihren Namen rief.

»Lea!«

Carlos! Den hatte sie ja ganz vergessen.

»Carlos, entschuldige! Ich habe mich noch gar nicht bei dir bedankt.«

»Lea, er ist hinter dir!«

Lea fuhr herum und sah einen Mann aus einer Gasse auf den Strand treten. Ihre Nasenflügel bebten, ihre Augen wurden schmal. Aufmerksam wartete sie ab. Zwei Dinge wurden rasch klar: Es war der Mann, den sie fotografiert hatte.

Und er wollte sie töten.

Immer dasselbe.

»Diesmal ohne Pistole?«, fragte sie, während sie überlegte, welche Möglichkeiten ihr blieben: Entweder sie lief davon und überließ den Rest dem anderen Agenten. Oder sie stellte sich dem Mann. Angreifen durfte sie natürlich nicht, das war ihr als Vampir verboten. Sie musste warten, bis er den ersten Schritt tat. Oder sie konnte versuchen, ihn irgendwie kampflos zu überwältigen, William anrufen und ... Ja, wo blieb eigentlich der andere Agent?

»Überrascht mich doch, dass sie mir einen Novizen geschickt haben«, bemerkte der Mann mit einem selbstgefälligen Grinsen. Lea konnte jetzt sein Aftershave riechen. Aber da war noch etwas ... den Geruch kannte sie. Der Mann hatte Menschenblut getrunken!

Menschenblut? Ach du liebe Scheiße.

»Du bist eine Friedenshüterin, stimmt's? Oder findest du mich so attraktiv, dass du einfach ein Foto von mir machen musstest?«

Der Killer war ein Vampir, wurde ihr auf einmal klar. Lea ließ sich ihre plötzliche Angst nicht anmerken. Nach sechs Monaten Training konnte sie es zwar mit einem Menschen aufnehmen, aber nicht mit einem Vampir. Ganz besonders nicht mit einem, der trunken von Menschenblut war!

»Kann ich nicht behaupten. Ich mache nur gern Fotos von Arschlöchern, die junge Mädchen umbringen.«

Er lachte, ein hässliches Lachen. »Und die Opfer? Fotografierst du die auch? Wenn ja, dann solltest du jetzt schleunigst ein Foto von dir selbst machen, denn jetzt bist du dran.«

Shit.

32. Kapitel

Adam sah seine Zielperson in einer Seitengasse verschwinden, also überquerte er die Straße und ging hinterher. Er verstand das alles nicht. Das musste ein Irrtum sein! José konnte unmöglich der Mörder sein, er war schließlich ein Friedenshüter. Und ein sehr guter noch dazu. William musste sich irren. Oder besser gesagt, Williams geheimnisvoller Informant.

Er überlegte gerade, ob er Sybil anrufen und noch einmal nachfragen sollte, als ihn plötzlich ein komisches Gefühl überkam. Dasselbe Gefühl wie in jener Nacht, als Lea in Gefahr war. Steckte sie in Schwierigkeiten? Er blieb am Eingang der Gasse stehen, in der José verschwunden war, und wollte gerade Cem anrufen, als ihm Blutgeruch in die Nase stieg.

Adam schob sein Handy in die Tasche und rannte los. Draußen auf dem Strand kämpften zwei Gestalten, eine davon José. José sprang in die Luft und kickte nach einer anderen Person, doch der gelang es gerade noch, sich zur Seite zu werfen und dem Tritt auszuweichen. Eine Frau, wie Adam am eng anliegenden schwarzen Kleid erkannte. Sie rollte zur Seite und sprang sofort wieder auf. Adam sah, dass sie eine Verletzung hatte, die jedoch schon wieder zuheilte: ein Schnitt, der sich über beide Schulterblätter zog. José packte sie bei den Schultern, aber die Frau trat nach hinten und konnte sich erneut befreien.

Adam wusste zwar nicht, was da vor sich ging, aber er erkannte mörderische Absichten, wenn er sie sah. Ohne zu überlegen, rannte er über den Strand und warf sich von hinten auf José. Beide rollten in entgegengesetzte Richtungen über den Sand und waren sofort wieder auf den Beinen.

»Adam! Was für eine nette Überraschung«, grinste José.

Die beiden beäugten sich abschätzend. Adam grub unmerklich die Zehen seines linken Fußes in den Sand.

»Ich würde ja dasselbe sagen, aber ich bin nicht hier, um ein Schwätzchen zu halten.«

José grinste breit. Seine Fangzähne blinkten im Licht einer Neonreklame rosa auf. »Ach was, du wirst ebenso brav sein wie meine kleine Friedenshüterin dort hinten.« Er wies mit einer Kopfbewegung auf die Frau, die ein paar Schritte hinter Adam stand.

Adam ließ sich davon nicht ablenken. Den Blick unverwandt auf seinen Gegner gerichtet wartete er auf den günstigsten Moment zur Attacke. Aber jetzt wusste er wenigstens Bescheid. Die Frau war zwar keine besonders gute Kämpferin, aber sie stand auf seiner Seite und konnte ihm helfen, die Angelegenheit rasch zu beenden.

»José, du könntest es nicht mal an einem guten Tag mit mir aufnehmen«, sagte er. »Und schon gar nicht, wenn ich auch noch Verstärkung habe. Also spar dir den Tanz, und ergib dich. Dann kannst du zumindest auf eine faire Verhandlung hoffen.«

Adam hörte eine Bewegung in seinem Rücken. Gut, die Frau war neben ihn getreten. Sein Blick war immer noch fest auf José gerichtet, doch jetzt spürte er etwas ... etwas Seltsames ... wollte man ihn reinlegen? Seine Nase zuckte. Nein, keine Pulverspuren, es war also keine Schusswaffe im Spiel. Jetzt, wo die Wunde der Frau wieder verheilt war, roch er noch etwas anderes. Einen blumigen Duft. Jasmin.

Adam hatte keine Zeit, sich von seinem Schock zu erholen, denn José wählte ausgerechnet diesen Moment für seinen Angriff. Er machte einen Satz auf ihn zu, und Adam schleuderte ihm mit dem linken Fuß eine Ladung Sand ins Gesicht. Dann packte er die Frau und rollte sich mit ihr zur Seite.

Jetzt, wo er sie berührte, gab es keinen Zweifel mehr: Es war Lea! Zornig schaute sie zu ihm auf, doch er hatte sie schon wieder auf die Füße gezogen. Jetzt war keine Zeit für Fragen, denn José hatte sich ebenfalls wieder aufgerappelt. Adam gelang es nur im letzten Moment, seinen Kick abzublocken.

Knurrend fletschte er die Zähne, packte Josés Arm und schleuderte ihn herum. José rollte sich ab, konnte aber Leas Uppercut nicht mehr ausweichen. José holte mit der Faust aus, aber Adam hielt ihn fest, bevor er Lea im Gesicht treffen konnte, und zog den Vampir zu Boden. Ein rascher Tritt in die Brust und ein lautes Brechen von Rippen. Zwei Faustschläge gegen den Kopf und der mörderische Friedenshüter war k.o.

Adam trat einen Schritt zurück. Seine Hand wanderte automatisch zu seiner Gesäßtasche, um sein Handy herauszuziehen, da versetzte Lea dem bewusstlosen José einen heftigen Tritt in die Weichteile.

»He?!« Adam schaute sie verwundert an.

Er sah sie jetzt zum ersten Mal besser. Sie wandte ihm ihr Gesicht zu, und ihre schwarzen Augen nahmen wieder ihre normale hellgrüne Färbung an. Sie blinzelte zweimal und zuckte mit den Achseln.

»Ich hasse Leute, die mich umzubringen versuchen.«

Er hätte am liebsten gelacht. Das war die Lea, die er jede Nacht in seinen Träumen sah: sorglos, ironisch und wunderschön.

»Du hast eine andere Frisur.«

Das stimmte zwar, aber unter all den Dingen, die er ihr so gerne sagen wollte, war dies wohl das unwichtigste. Jetzt, wo die Gefahr vorüber war, spürte er allmählich den Schock, den das plötzliche Wiedersehen ausgelöst hatte. Da er nicht gerne die Kontrolle abgab, flüchtete er sich in Zorn.

»Was zum Teufel machst du hier, Lea?«

Sie warf einen Blick auf den leblosen José, dann ging sie zu der Stelle, wo ihre Abendtasche im Sand lag, holte ihr Handy heraus und begann eine Botschaft einzutippen.

»Lea, ich habe dich was gefragt!«

»Ja, ich habe eine andere Frisur«, antwortete sie ungerührt und steckte ihr Handy wieder weg. Sie musterte ihn spöttisch. »Und ich habe mir ein Tattoo machen lassen, damit du's gleich weißt. Ich habe mir immer eins gewünscht, aber ich hab mich nicht getraut, weil das wehtut. Das spielt ja jetzt keine Rolle mehr. Überhaupt habe ich in den letzten Monaten viele Ängste abgelegt.«

»Ein Tattoo?«, wiederholte er verständnislos. Wieso redeten sie über Tattoos? Hier stand er, vor der Liebe seines Lebens, der Frau, über die er nie hinwegkommen würde. Und nach acht langen Monaten, in denen sie sich nicht gesehen hatten, redeten sie ausgerechnet über Tattoos?

»Ja.«

Sie hielt ihr rechtes Handgelenk hoch. »Es ist Sa, das Symbol der altägyptischen Göttin Taweret, die die Toten in die Gefilde des Jenseits begleitet hat. Vor allem aber war sie die Beschützerin der Frauen. Ich finde es einfach perfekt, du nicht?«

»Lea, sagst du mir jetzt, was du hier tust oder nicht?«

Sie wurde ernst. »Wie es scheint, war ich dein Informant. Obwohl mir keiner gesagt hat, dass ausgerechnet du der andere Agent bist.«

Der *andere* Agent?

»Oh nein. Das kommt überhaupt nicht in Frage.«

Sie musterte ihn interessiert. »Was meinst du?«

»Das erlaube ich nicht!« Ganz bestimmt nicht! Undenkbar. »Du wirst nicht rumlaufen und dein Leben riskieren, wie …«

»Wie du?«, warf sie ein und trat einen Schritt näher. Adams ohnehin faserige Konzentration wurde einer noch stärkeren Prüfung unterzogen: Leas Kleid. Es war viel zu kurz.

»Darum geht's nicht. Und was hast du da überhaupt an? Willst du unbedingt jeden Sexualtäter Floridas auf dich aufmerksam machen? Davon gibt's hier viele, glaub mir!«

Er fuhr sich mit allen zehn Fingern durch die Haare. »Ich werde Cem umbringen. Er sollte auf dich aufpassen, verdammt, und dich nicht frei rumlaufen lassen. Du bringst dich laufend in Gefahr!«

Adam fuhr herum, lief ein kurzes Stück weg, warf die Arme hoch, machte eine Kehrtwendung und kam wieder zurück.

Er lief direkt in einen ausgestreckten Zeigefinger, der sich in seine Brust bohrte.

»*Niemand* sagt mir, was ich zu tun und zu lassen habe! Ich bestimme selbst, was ich tue.« Lea stach ihn erneut in die Brust. Adam kam der Gedanke, dass er sie leicht stoppen könnte, aber sie nach all den Monaten so dicht vor sich zu haben machte ihn ganz benebelt.

»Und was zur Hölle geht dich das überhaupt an? Wenn dir so viel an meiner *Sicherheit* liegt, warum bist du dann einfach abgehauen?«

Der sinnliche Nebel verflüchtigte sich. Adam sah rot. »Ich wäre ja geblieben, wenn du dich nicht mit diesem Matt Robertson eingelassen hättest, kaum dass ich dir den Rücken zudrehe!«, brüllte er.

Lea runzelte die Stirn. »Matt? Was hat der damit zu tun?«

Das konnte nicht ihr Ernst sein! Adam suchte noch nach einer passenden Antwort, als José stöhnend zu Bewusstsein kam. Froh über ein Ventil für seinen aufgestauten Frust ging Adam mit zwei langen Schritten hinüber und schlug den ehemaligen Friedenshüter erneut bewusstlos. Sofort fühlte er sich besser, obwohl ihm seine Hand jetzt verdammt wehtat.

»Jetzt halt doch mal die Klappe!«, rief Lea hinter ihm ungehalten.

Adam drehte sich um. »Ich hab doch gar nichts gesagt.«

»Nicht du. Carlos.«

Was sollte das schon wieder heißen?

»Carlos ist unser Mordzeuge«, erklärte sie. »Er ist ein Geist«, fügte sie wie selbstverständlich hinzu. »Und er geht mir verdammt auf die Nerven! Doch, Carlos, du bist gemeint. Misch dich *bitte* nicht in meine persönlichen Angelegenheiten!« Sie seufzte. »Wie gesagt, Carlos kann einem zwar gewaltig auf die Nerven gehen, aber er hat José für uns identifiziert. Wir sind ihm also Dank schuldig.«

»Danke, Carlos«, sagte Adam und kam sich extrem blöd vor.

»Er sagt: gern geschehen«, sagte Lea grinsend.

Sie sah einfach atemberaubend aus, wenn sie lächelte. Wie sehr er dieses Lächeln vermisst hatte. Um sich abzulenken, zog er sein Handy aus der Tasche. Er musste William Bescheid geben.

»Falls du William anrufen willst, er hat gerade zurückgetextet. Sie schicken uns einen Wagen.«

Frustriert steckte Adam sein Handy wieder weg und ließ sich neben José in den Sand plumpsen.

Lea zögerte einen Moment, dann setzte sie sich zu ihm. Beide starrten einen Moment lang aufs stille, seidenglatte Meer hinaus.

Dann sagte sie ernst: »Würdest du mir eine Frage beantworten?«

»Ja.«

Sie holte tief Luft. »Diese Nacht auf Blair Castle. Hat sie dir was bedeutet?«

»Ja.«

Lea seufzte. »Ja, ich hatte das Gefühl, dass dir was an mir liegt.«

»Lea, es liegt mir sogar sehr viel an dir.«

»Warum bist du dann ohne ein Wort verschwunden?« Jetzt schaute sie ihn an. Der verletzte Ausdruck in ihren Augen war fast mehr, als er ertragen konnte.

»Ich bin gegangen, weil du gesagt hast, dass ich gehen soll. Aber als ich wieder nach Schottland zurückgekommen bin, ist mir klar geworden, dass das nur eine Ausrede war. In Wahrheit habe ich es einfach nicht ertragen, dir noch mal in die Augen zu sehen, nachdem ich so versagt hatte.« Vorsichtig strich er ihr die stacheligen Fransen aus dem Gesicht. »Als ich dann endlich wieder zur Vernunft gekommen bin, war es zu spät. Du warst bereits mit Robertson zusammen, und ich wollte deinem Glück nicht im Weg stehen.«

Lea fuhr zurück, so dass seine Hand plötzlich nur noch Luft berührte. Das war unfassbar! »Also, du haust ab, weil du dich schuldig fühlst für etwas, für das dich kein normal denkender Mensch verantwortlich machen würde. Und dann kommst du zurück und beschließt, dass Robertson und ich ein glückliches Paar sind!«

»Ich habe euch zusammen gesehen, Lea. Und McLeod hat gesagt, ihr seid praktisch unzertrennlich.«

Was für ein Idiot! Lea sprang auf und klopfte wütend ihr Kleid ab. Mit einiger Befriedigung sah sie, dass Adam der Sand ins Gesicht wehte.

»Unzertrennlich, ja. Weil er mein Ausbilder war! Zum Friedenshüter. Und mit seinem Ausbilder verbringt man nun mal viel Zeit. *Mann*!«

Adam sah aus, als hätte ihm jemand eine Ohrfeige verpasst.

»Bist du nicht ein bisschen zu streng mit ihm?«, mischte sich nun Carlos ein. »Schau ihn dir doch an. Der Arme hatte keine Ahnung!«

Das war ja wieder mal typisch!

»Nein, Carlos, ich bin nicht zu streng mit ihm. Und du bist ja bloß auf seiner Seite, weil du auch ein Mann bist. Warst. ›Der Arme‹, von wegen! Und was ist mit mir? Acht lange Monate! Und die ganze Zeit habe ich geglaubt, der Mann, den ich liebe, macht sich nichts aus mir!« Sie fuhr herum und funkelte Adam an. Der schaute sie mit einem ganz seltsamen Ausdruck an. »*Du* kannst dich um den Kerl da kümmern. Ich geh zurück in mein Hotel!«

Sie blieb keine Sekunde länger hier am Strand – mit einem bewusstlosen Mörder, einer absoluten Nervensäge von Geist und einem Vampir, der vielleicht kämpfen konnte, aber sonst von nichts eine Ahnung hatte!

Lea hatte kaum zwei Schritte getan, als sie plötzlich von zwei starken Armen gepackt und hochgehoben wurde. Sie fing an zu zappeln, aber Adam hielt sie mühelos fest.

»He, was fällt dir ein! Lass mich sofort los!«

»Nein.«

»Was heißt hier nein?!«

»Nein heißt nein«, sagte Adam ungerührt.

»Wenn William kommt, wird er mir schon helfen, dir ordentlich in den Hintern zu treten!«

Adam zog eine Augenbraue hoch.

»Lea, William würde es nicht wagen, sich zwischen mich und die Liebe meines Lebens zu stellen. Was den Tritt in den Hintern betrifft, darüber lässt sich reden. Aber zuerst mal will ich dich einfach nur festhalten. Weil's einfach zu verdammt lange her ist. Und weil ich mich schon seit acht Monaten danach sehne.«

Lea hatte schon bei der zweiten Hälfte des ersten Satzes zu zappeln aufgehört. »Die Liebe deines Lebens?«, wiederholte sie leise.

Adam lächelte, dann ließ er sie herunter und küsste sie. »Ja, ich liebe dich, Lea. Für mich gibt es keine andere Frau. Ich werde dich immer lieben, also gewöhne dich besser gleich daran.«

Er liebte sie. Er liebte sie wirklich. Lea seufzte. Er hatte sich benommen wie ein Idiot, das stimmte, aber irgendwie wäre es Zeitverschwendung gewesen, ihm jetzt noch böse zu sein. Zeit, mit der man etwas viel Besseres anfangen konnte.

»Und was jetzt?«, fragte sie.

»Jetzt«, sagte Adam und warf einen Blick in Richtung Gasse, »warten wir auf William, damit er José übernehmen kann. Und dann machen wir Urlaub.«

Lea zog eine Augenbraue hoch. »Ach ja?«

»O ja! Mein letzter Urlaub ist sozusagen ins Wasser gefallen«, grinste Adam. »Und ich möchte gern nach Blair Castle zurück.«

»Warum?«

»Lass es mich so ausdrücken: der Ruf des Jadezimmers.«

»Ach.« Lea errötete wie ein Schulmädchen. Moment mal, sie war kein kleines Mädchen mehr. Und er sollte auch gar nicht versuchen, sie so zu behandeln! »Adam?«

»Ja?«

»Du bist abgehauen und hast mich acht Monate lang sitzen lassen, bloß weil du auf irgendwelche hirnrissigen Ideen gekommen bist, ja?«

Adam stöhnte. »Ja?«, fragte er vorsichtig.

»Tja!« Lea grinste ihn freundlich an. »Ich habe soeben beschlossen, dass ich dir das nur verzeihen kann, wenn du aufhörst, mir wegen der Friedenshüterei die Hölle heiß zu machen.«

»Lea! Das ist nicht fair …«

»Und du warst auch nicht fair, aber ich werde nie wieder davon sprechen. Weißt du, das ist ein ziemlich nettes Angebot von meiner Seite: Ich kann als Informant arbeiten, ob dir das nun gefällt oder nicht, aber ich bin bereit, für deine Zustimmung zu kämpfen, Adam. Wohlgemerkt: zu *kämpfen*. So wie du *nicht* um mich gekämpft hast, als du glaubtest, ich wäre mit Matt warm geworden.«

»Ja, ja, schon gut! Verflucht noch mal, muss es eigentlich immer nach deinem Kopf gehen?«

Lea verbarg ihr Lächeln an seiner Schulter. »Ja, leider. Aber daran gewöhnst du dich schon.«

Adams Lachen hallte über den Strand. Ein Pelikan flatterte erschrocken von einem nahe gelegenen Steg auf und flog hinaus aufs mondbeschienene Meer.